越水利江子
絵／牧野千穂
ガラスの梨《なし》
ちいやんの戦争

ガラスの梨《なし》

ちいやんの戦争

わたしは、川を知っている。
あっちにもこっちにも、光る鳥が飛び交うようにせせらぐ川面《かわも》のきらめき。
そんなきらめきの中で、わたしは育った。
あの川面が、うずまく火の濁流《だくりゅう》となって、人や家をのみこむなんて、
だれが想像《そうぞう》しただろう。

そう、川は思いもよらぬことが起きる「時の流れ」に似《に》ている。
時が、すべての人をまきこんで押《お》し流《なが》してしまうように、
あの日の、あの町の、あの川であったことは、
みんなの悲しみや怒《いか》りを、ぼうぜんのかなたに押し流した。

けれど、わすれてはいけない。
わたしたちはみな、過去《かこ》から続く川の流れのとちゅうに立っていて、

そこはいつでも、思いもよらぬ未来へ向かう川の
とちゅうでしかないということを。

もし、今が幸せでも、
どんなに不幸でも、
だれにとっても永遠《えいえん》の今はない。
「今」は、いつも、大きな川のように流れ続けている。
その今を知るには、過去《かこ》をわすれないこと。
どれほどむごく、不幸な過去であっても、
見つめ直すことで、時は、真実を映《うつ》し出《だ》してくれる。

光る鳥が飛び交うような時の流れがよみがえり、
天地がきらめきに満ちる日が、きっとやってくると信じて……
わたしは生きようと思う。

目次

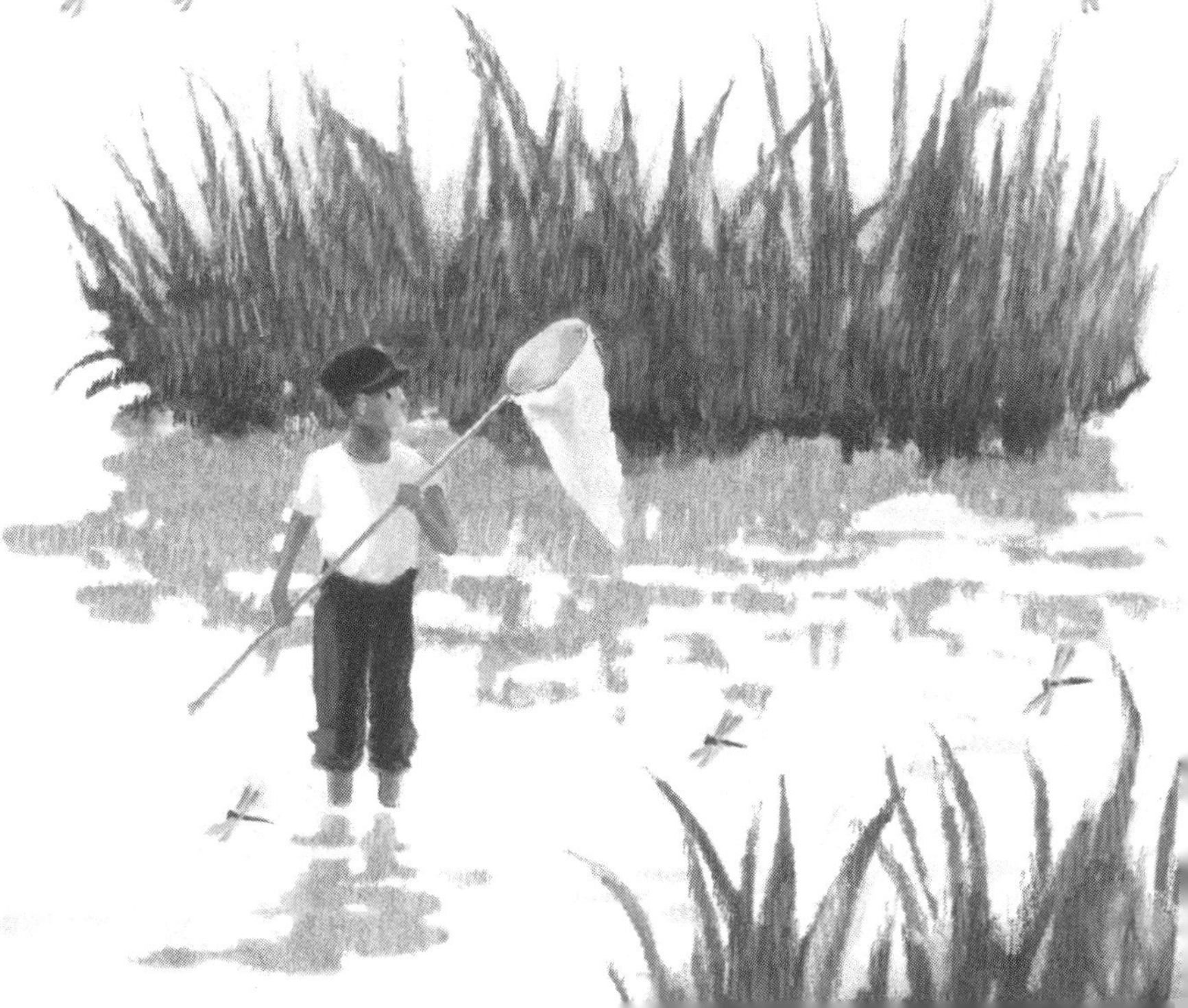

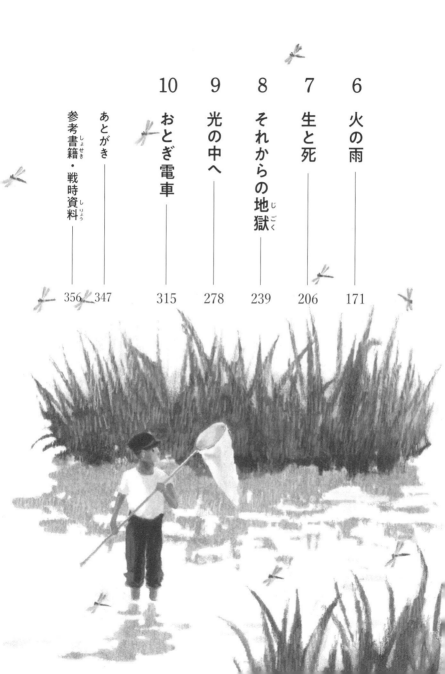

1 キラとクリ

「それは、あかん。人間だけでも大変やのに！」

昭和十六年、夏休みも終わったころ。大阪《おおさか》、鶴町《つるまち》にある新千歳《しんちとせ》国民学校から帰ってきた三年生の笑生子《えいこ》の耳に、お母やんの大きな声が聞こえた。

「ぼくのごはん、あげるから！」

たのんでいるようなのは、国民学校一年生の弟、春男《はるお》の声だった。

「どうしたん⁉」

笑生子は、玄関《げんかん》の格子戸《こうしど》を開けて、飛びこんだ。

見れば、黒っぽい子犬を抱《だ》いた春男と、台所に立ったお母やんが向かい合っていた。

キュウゥウン、キュン……

子犬が鳴くので、よく見ると、その子は、顔や背中《せなか》の表面は黒い毛色なのに、四肢《しし》や

おなかあたりは、ほぐした絹糸《きぬいと》みたいな細いフワフワした毛並《けな》みをしていた。それが、白金色にキラキラ光っている不思議な子犬。

「これ、野良犬やろ？」と、お母やんがいった。

「野良犬でもええやんかっ！」

「な、おねいちゃん」

春男《はるお》が口をとんがらせて、お母やんにいった。

「おねがいやし、お母ちゃん！」と、春男は子犬を抱《だ》いたまま、駆《か》け寄《よ》ってきた。

春男は、笑生子《えいこ》のふたつちがいの弟で、小さなころから「おねえちゃん」とはいえず、「おねいちゃん」と呼《よ》ぶような子だが、今年、一年生になった。

末っ子なので、小さなころからわがままをゆるされてきた春男が、子犬を抱きしめ、うるうるした目で、笑生子にすがってきた。

「その犬、どうしたん？」

笑生子は春男にたずねたのに、お母やんがいった。

「学校の裏《うら》で拾うてきたんや。いっしょに遊んでた子らに押《お》しつけられたんか？」

お母やんが聞くと、「ちゃうわいっ！」と、春男《はるお》が怒《おこ》った。

「ぼくが拾ったんや！　ぼくの犬や！」

真剣《しんけん》な春男の顔を見て、笑生子《えいこ》はお母やんに頼《たの》んでみた。

「こんなんいうてるんやから、飼《こ》うてやったら？」

「そやかて、このところ、人間かて食べるのが大変になってきてるんやで。お米は配《はい》給制《きゅうせい》になったし、これから、どうなるかもわからへんのに、犬なんか飼うてる場合やないやろ」

いつもなら、お地蔵《じぞう》さんみたいにニコニコ笑ってるお母やんが、眉《まゆ》をひそめていった。

笑生子は、春男の抱《だ》いている子犬の顔をのぞきこんだ。

子犬はくるくるした目で笑生子を見て、まるで「抱っこして」っていうみたいに、鼻を鳴らした。黒い目と黒い鼻がまぁるくて、ぬれてて、すごくかわいい。

「おいで」と、笑生子は子犬を抱きとった。

やわらかくてぽよぽよした子犬は、笑生子の顔を、桃色《ももいろ》の舌《した》でペロペロなめた。

「ほらな、かわいいやろ？」

春男《はるお》がいった。

「……そやな」

春男にこたえながら、笑生子《えいこ》は考えた。

「お母やん、この子、やせてへんで。ぽよぽよしてるもん。野良犬やのうて、だれかに飼《か》われてたんちがう？　野良犬の子どもやなかったら、野良犬として生きていけへんかもしれへんし、お母やん、ええやろ？　うちのごはんと春男のごはんを、ちょっとずつあげるから。散歩もうちらが行くし、お母やんやお父やんに迷惑《めいわく》かけへんから！」

そこまでいうと、お母やんは「やれやれ」というように、ため息をついた。

「ほな、約束やで。指切りや！」

お母やんがいって、笑生子と春男とお母やんは、三人で指切りげんまんをした。

「指切りげんまん、うそついたら、針《はり》千本飲ぉます！」

それから、子犬になんという名をつけるかで、春男と、あれこれいい合った。

「目も鼻も、黒くてまるいボタンみたいやから、『ボタン』がいい！」と春男がいった。

けれど、笑生子は、黒い毛の下にあるほぐした絹糸《きぬいと》みたいな毛色がキラキラしている

のがきれいだと思ったので、

「ほんまに、ぬれたボタンが三つあるみたいで、かわいいな」と、春男《はるお》の意見をみとめつつ、「でも、このキラキラの毛の犬は、めったにいいひんのちがう？」といってみた。

「そやなぁ……」

春男が子犬をなでながら、考えはじめたので、すかさず、笑生子《えいこ》はいった。

「『ボタン』もかわいいけど、『キラ』はどう？」

春男の意見をかわいいといったからか、春男はこくんとうなずいた。

「キラでもええ」と。

「よし、そんなら、キラにしよっ！」

その日、春男と笑生子はキラを抱《だ》きかかえ、ころがって遊んだ。


それからというもの、笑生子は学校から帰るのが楽しみだった。

笑生子が、家の見えるところまで帰ってくると、家の中で鳴くキラの声が聞こえるようになったのだ。笑生子が帰ったのに気づいて、もう夢中《むちゅう》でしっぽをふっているにちがいない。

その姿《すがた》が見える気がして、いつも、笑生子《えいこ》は駆《か》け出《だ》してしまう。

ウワンッ、ワン、キュウン……キュン……ワン！

ほえる声と、あまえる声がいっしょに聞こえてくる。

「キラ、ただいまぁーっ」

格子戸《こうしど》を開けたとたん、キラが飛びついてきた。

キラは、まだ首輪を買えてないので、せまい玄関《げんかん》に放《はな》し飼《が》いにしているのだ。

キュウン、キュンッ、キュウン……

キラが、短いしっぽだけでなく、体中でよろこんで、鼻を鳴らす。

同時に、先に家へ帰っていた春男《はるお》が飛び出してきて、「行くでっ」という。

笑生子と散歩に行くのを待っていたのだ。くさりも首輪もないから、キラが駆け出したら、春男ひとりではつかまえられない。

なので、遊びに行かない日の春男は、こうして、いつも、笑生子を待っているのだ。

「よーし、出発っ」

笑生子《えいこ》はランドセルを家へ放りこんで、キラと春男《はるお》と散歩に出た。

キラは大よろこびで駆《か》け出《だ》すので、それを追うのは大変だ。

鶴町《つるまち》の大通りには市電も通っているので、「キラッ！」と呼《よ》びもどす。キラはしっぽをふってふりかえるけれど、じっとしないで、また駆け出す。

「もうっ、キラーッ！」

笑生子も駆け出し、キラをつかまえたとたん、敷石《しきいし》につまずき、バランスを失った。

「わ、わわわっ……」

前向きに転んだら、抱《だ》きあげたキラが下敷《したじ》きになるっ……と、体をひねった。横ざまに転びかけたせつな、「おっと！」と、だれかが受け止めてくれた。

「どうしたんや？　この犬」

見ると、成年《なるとし》兄やんだった。

「兄やんっ！」

笑生子はうれしくて、キラごと、兄やんに抱きついてしまった。

兄やんは、キラと笑生子を受け止めながら、ニコニコしていた。

「おかえりっ、にいちゃん！」

春男《はるお》もピョンピョンとんだ。

成年《なるとし》兄やんは中学を出てから十九歳《さい》になる今まで、ずっと、森林組合の山の仕事をしている笑生子《えいこ》の二番目の兄やんだ。

しかも、兄やんは、戦争に職員《しょくいん》をとられて人が少なくなった天王寺動物園の仕事も、ときどき手伝っているので、山仕事や手伝いでいそがしい。

「おれは、動物園の飼育員《しいくいん》に頼《たの》まれたときだけ手伝う、お助け係みたいなもんや」

兄やんはそんなことをいっていたけれど、ふだんは、宇治《うじ》で働いている長姉、澄恵美《すえみ》姉やんを手伝ったりすることも多くて、家へ帰ってくるのも、顔を合わせるのも、ひさしぶりだった。

いつも宇治からの帰りは、宇治の山から採《と》った柴《しば》を運んでくる柴船に乗って帰ってくるので、兄やんは、たいてい背中《せなか》に草や柴を背負《せお》っている。なのに、今日はちがった。

「兄やん、今日は、草刈《くさか》ってないん？」

笑生子が聞くと、兄やんが笑った。

「うん。燃《も》やすだけの柴《しば》とちごうて、兄やんの刈《か》るのは動物の食べる草やから、毒の草が入らんように、念入りに見て刈らなあかん。それで、一日仕事なんや。今日は、半日しか体があかんかったし、無理やったんや」

兄やんははじめて見たキラを、「よしよし」と、なでながらいった。

「毒の草って？」

「いろいろあるんや。たとえば、草の毒が、草を食べたヤギや牛のお乳《ちち》にまで回ってな、そのお乳飲んだだけで、人間かて死んでしまうような毒草もあるし、そこまでこわい毒でなかっても、山にようあるスイバや、ワラビやフキ、カタバミなんかも、草食動物には毒なんや。沈丁花《じんちょうげ》やスミレや水仙《すいせん》なんかも毒やけど、花の咲《さ》く前は目立たへんから、気ぃつけなあかんのや」

「へえ、大変なんやね」

「そうなんや。……けど、人間の食べものがなくなってきてるのと同じに、動物の食べものもなくなってきてるから、時間のあるときは、採《と》ってきてやってるんや。それがまあ、臨時《りんじ》のお助け係の仕事なんや」

いいながら兄やんは、キラをなでて、「こいつ、首輪は?」と聞いた。

「春男《はるお》が拾うてきたばっかりやから、まだ首輪がないねん」

笑生子《えいこ》がいうと、兄やんは笑って、「それでも、縄《なわ》ぐらいないと、あかんやろ」と、背負《しょ》ったリュックから、馬車の荷をしばるためのわら縄を出して、キラの首がしまらないよう、前足にかけてタスキみたいにして結んでくれた。

「こいつは、洋犬がまじってる犬やな。今はイギリスやアメリカから伝わってきたもんは、なんでも軍部が目のかたきにしてるから、それで、こいつも捨《す》てられたのかもしれんな」

兄やんがいった。

キラは、おとなしくしっぽをふっている。

動物には優《やさ》しい人間がわかるみたいで、成年《なるとし》兄やんは、犬猫《いぬねこ》だけでなく、馬にも好かれていると、お母やんがいってたことがある。

お母やんのいうとおり、兄弟姉妹の中で、成年兄やんはいつでも一番優しい。

「さあ、これで行ってこい!」

兄やんが、縄《なわ》の端《はし》を輪にして、笑生子《えいこ》ににぎらせた。

「ぼく！　ぼくが持つっ」

春男《はるお》がいうので、笑生子は春男に縄の輪をにぎらせた。

「おおきに、兄やん！」

駆《か》け出《だ》しながら、笑生子は手をふった。

「おお」

成年《なるとし》兄やんも手をふりながら、お母やんのいる家へ帰って行った。


（きっと、お母やんがよろこぶな……）と、笑生子は駆けながら思った。

笑生子の兄弟姉妹は、赤ちゃんのときに亡《な》くなった子も数えれば十人もいる。

そのうち、無事大きくなった長女の澄恵美《すえみ》姉やんは京都に住んでいて、その下の正義《まさよし》兄やんは結婚《けっこん》して吹田《すいた》市で暮《く》らしている。さらにその下の成年兄やん、雅子《まさこ》姉やん、笑生子、春男が、お父やんとお母やんの家に住んでいた。

でも、成年兄やんは山仕事と、いろんな人の手伝いでいそがしくて、めったに帰ってこない。

（ひさしぶりに兄やんを見たら、お母やんは、きっとまた、お地蔵《じぞう》さんみたいにニコニコになるな……！）と、笑生子《えいこ》までうれしかった。

キラの散歩のとちゅう、笑生子は春男《はるお》にいった。

「よっしゃ、散歩してから、紙芝居《かみしばい》、観に行こか？」

「うん！」

春男がよろこぶのを見て、笑生子は駆《か》けながら、ポケットの財布《さいふ》の中身をたしかめた。

近所の空き地へいつもやってくる紙芝居やさんが持っているあめやお菓子《かし》は、笑生子の一年生のときは種類も多かったし、値段《ねだん》も安かったけれど、最近の紙芝居やさんには、あめがなくなって、せんべいになり、値段は高くなった。

しかも、お兄さんやおじちゃんだった紙芝居やさんは、いつの間にか、おじいちゃんばっかりになっていた。

「一銭店屋《いっせんみせや》」と呼《よ》んでいた町の駄菓子《だがし》やさんでも、一*銭で買えるお菓子はなくなってきていたし、子どもが「当てもん」と呼ぶおもちゃの当たりくじがついたくじ引きでは、

＊お金の単位《たんい》。円の百分の一。

鉄のおもちゃはなくなってセルロイドになったり、まぜこぜの金属《きんぞく》、アルミや錫《すず》なんかを流しこんでつくった鋳物《いもの》と呼《よ》ばれる安物のおもちゃだけになっていた。

紙芝居《かみしばい》のお話も、どんどん戦争の英雄《えいゆう》の話ばかりになっていって、桃太郎《ももたろう》も金太郎《きんたろう》も戦争へ行く兵隊になってしまったけれど、笑生子《えいこ》にとっては、まだ紙芝居は楽しかった。

なぜなら、紙芝居では、悲しくつらいことが起こっても、負けない主人公ばかりだったので、それだけで、なにか力をもらえるような気がしたのだ。

その日は、「兄さんの手紙」という紙芝居だった。

戦死したお兄さんのいいつけを守って、がんばって生きる女の子のお話だった。

「この子とちがって、うちには、元気な兄やんがいるもん！」

そう思うだけで、笑生子は幸せな気持ちになっていた。

「あれ、成年《なるとし》兄やんは？　どこ行ったん？」

その日、キラの散歩と紙芝居から帰った笑生子は、台所に立っていたお母やんにたずねた。

「成年《なるとし》？　ああ、今日は馬を借りられるから、お父やんの石炭運びを手伝うっていうてたよ」

お母やんはそれだけいって、洗濯《せんたく》ものを抱《かか》えて、もの干《ほ》しへの階段《かいだん》を駆《か》けあがって行った。

笑生子《えいこ》のお父やんは、大阪《おおさか》の港に着いたタンカーの積み荷の石炭を、はしけ船に運んだり、工場や町へ運んだりする仕事をしている。

ギラギラした真夏には、裸《はだか》にふんどしだけのお父やんが、ふご*で石炭を運んでいるのを笑生子は見たことがある。

その石炭運びのお父やんは、早朝から夜までずっと、あちこちへ石炭を運んでいるので、めったに家にいない。でも、帰ってくるときには、よく、「油をとったしぼりカスや」といって、コークスを燃焼《ねんしょう》したあとのガラを持って帰ってくれた。

「日本の国には石油がないから、ドイツの技術《ぎじゅつ》にならって、石炭から人造《じんぞう》の合成石油をつくろうとしているんや」と、お父やんはいっていた。

＊竹やわらなどを網状《あみじょう》に編《あ》み、四すみにつり縄《なわ》をつけて、てんびん棒《ぼう》で前後にかつぐ用具。「もっこ」ともいう。

「へえ……」

わかったようにうなずいたけど、笑生子《えいこ》には、石から油がしぼれるというのが不思議だった。

でも、そのおかげなのか、笑生子の家は煮炊《にた》きに使う燃料《ねんりょう》にこまったことはない。

けれど、お父やんの仕事はとてもきつかった。

戦争がはじまってからは、便利な機械はみんな戦争用に持っていかれるようになって、田畑の耕作《こうさく》や荷運びを手伝ってくれていた馬までが、軍馬として、どんどん戦争へ連れていかれるようになったので、お父やんのような仕事は、なにもかも人力だけに頼《たよ》るしかなくなったのだ。

お父やんがかつぐ石炭の重さは、人間ひとりをかつぐより重いこともあって、それで、いつも背骨《せぼね》が痛《いた》いといって、お母やんが、ビワの葉の湿布《しっぷ》をしてあげることが多かった。

ビワの葉を背中《せなか》のツボにあてて、上から温《あった》めたこんにゃくをのせ、ビワの葉のエキスで痛みをやわらげたりするのだけれど、そのこんにゃくもめったに配給されないし、温めたあとは料理して食べてしまうから、毎日とはいかなかった。

それで、いつからか、成年兄《なるとし》やんが、馬を借りられたときだけ、お父やんの仕事を手伝いに行くようになっていた。

ところが、その日は、陽《ひ》が西にかたむいても、成年兄やんは帰ってこなかった。

「馬って、クリ？」

笑生子《えいこ》は、もの干《ほ》しで、かわいた洗濯《せんたく》ものを取り入れているお母やんにたずねた。

「そうやと思うよ」

お母やんが背中《せなか》でこたえた。

クリは、材木問屋さんの馬で、しょっちゅう重い木材を運んだりする働き者の馬だ。

アーモンド形の目をした栗毛《くりげ》の木曽馬《きそうま》で、たてがみから背中、しっぽのつけ根まで濃《こ》い茶色の毛筋《けすじ》が入っている。「鰻線《まんせん》」といって純粋《じゅんすい》な日本の馬の印だと、兄やんがいってた。

笑生子はそんなこと知らなかったが、この印のおかげで、馬を見ても、ひと目でクリかどうか、見わけられる。

成年兄やんは大阪《おおさか》へ帰ったら、宇治《うじ》で刈《か》った草をよくクリに持っていってやったりしてるけど、今日はお父やんの仕事が終わってから、どこかで草を食べさせているのかもしれない。

「ほな、草の生えてるとこにいるかも……！　キラ、いっしょに行こか！」

笑生子《えいこ》はキラを連れて家を飛び出した。

真夏には、重い荷を運んだ馬は汗《あせ》びっしょりになるから、成年《なると》兄《し》やんは、仕事終わりには、馬を井戸《いど》か川へ連れて行くといっていた。

今は夏の終わりだけど、ときどき、秋の風もふく。

……だとしたらと考えてみたが、やっぱり、兄やんは川辺にいるような気がした。

でも、鶴町《つるまち》は、コンクリートでかためられた運河《うんが》ばかりだから、馬は水辺に寄《よ》れないし、どうなんだろう……と思いつつ、尻無《しりなし》川に沿《そ》って歩いた。

海が見える尻無川沿《ぞ》いの西空は、もう赤くなりはじめている。

ふと見ると、渡《わた》し場《ば》に、みょうなはり紙があった。

「時節を知らないパーマネントは、川へはまって死ぬがよい」

戦時標語というやつだった。

このごろ、海外からつたわってきた髪型《かみがた》のパーマネントをあてた女の人は、目のかたきにされていた。

それにしても、「死ぬがよい」は、死ねといってるのと同じだ。

「死ねは、いい過《す》ぎやろ……」とは思うが、戦争がはじまってからは、戦争に協力しないで着飾《きかざ》ったり遊んだりする人を、町中が目を光らせて怒《おこ》っているようだったので、笑生子《えいこ》はそのはり紙から目をそらした。

すると、ずっと向こうの土手の上に、馬と男の人が見えた。

「あ、成年兄《なるとし》やん！」

キラと駆《か》け出《だ》した笑生子は、ふと、立ち止まった。

夕焼けの色がこの世のものと思われないぐらい真《ま》っ赤《か》で、夕空が川面《かわも》にまで、赤く映《うつ》ってゆれていたのだ。

よりそって立っている成年兄やんとクリは、空と川の夕焼け色に染《そ》まりそうに見えた。

夕焼け色の成年兄やんが、クリに向かって笑うのが見えた。

（兄やん、クリと話しているんや……！）

　そう思ったとき、さっき、渡《わた》し場《ば》のはり紙を見て、ぞっと心が寒くなったのとちがって、笑生子《えいこ》はなんだか、胸《むね》の奥《おく》まで夕焼け色がしみこんでくるような温かな気持ちになった。

　よく見ると、クリと成年《なるとし》兄やんの足もとの水たまりにも夕焼けが映《うつ》っている。防火《ぼうか》用水のバケツがあるから、兄やんが、川から水をくんだのかもしれない。

「冷やし馬……！」

　水たまりに足をひたしているクリをながめて、笑生子は学校でならった俳句《はいく》の夏の季語を思い出した。

　夏のさなかに働いた馬は、燃《も》えるように熱い体をしているという。その馬を、冷たい川の水にひ

たしてやり、汗《あせ》をぬぐって、体を冷やしてあげるのを「冷やし馬」というらしい。

「昔は、川辺で、よう見られた風景でした。日本人は、そういう季節の風景を季語《きご》にして、世界で一番短い詩をつくる文化、俳句《はいく》を生み出したんです」

そう教えてくれたのは、学校の亀岡《かめおか》先生だったけれど、笑生子《えいこ》は冷やし馬の景色を見たことはなかった。この町には、馬が入れるような浅瀬《あさせ》の川はなかったし、今ではなんでも機械の世の中になったからだと思う。

そんな夕焼けの土手で、クリは、成年《なるとし》兄やんに体を冷やしてもらって気持ちがいいのか、話しかけてる兄やんの言葉がわかるみたいに、うっとりと兄やんを見たりしている。

笑う兄やんの白い歯が、きらっとこぼれる。

その兄やんの腕《うで》や肩《かた》に頭をこすりつけて、幸せそうなクリ。

笑生子《えいこ》は、なんだか、クリと成年《なるとし》兄やんをそっとしておいてあげたい気持ちになった。

それで、声もかけずに、キラを草むらで遊ばせていた。

この日、夏の終わりの海や川は静かで、夏休み中、うるさいぐらい鳴いていたセミの声は、これが最後とでもいうみたいに、ジジィ――――ンと耳鳴りのようにひびく。

そんなセミの声をかすめて、海と川を包む夕焼け空から飛び散ったのは、赤い花火のような赤トンボだった。

夕焼けと飛び散る赤トンボ……その空の下に、クリと成年兄やんと、そして、笑生子とキラがいた。

ただそれだけのことなのに、笑生子は、ずーっと、赤トンボの飛び交う空をながめていた。

しばらくたって、成年兄やんがからになったバケツをさげ、クリを引いて土手をもどってきた。

「なんや、ちいやん。いたんか？」

笑生子《えいこ》を見て、兄やんがいった。

「ちいやん」というのは、笑生子のあだ名だ。生まれたときから、同年齢《どうねんれい》の子より小さくて人なつっこかったので、成年《なるとし》兄やんがいつも、そう呼《よ》んだ。

それが、ご近所のおばちゃんや同級生にもひろがって、いつの間にか、笑生子のあだ名になってしまっていた。

「うん！　兄やん、……日本ってええ国やね」

つい、そんなことをいってしまった笑生子に、成年兄やんは笑った。

「なんでや？」

兄やんが聞いた。

そのとき、笑生子は、汗《あせ》みずくで働いた馬を川水につけて洗《あら》ってあげることを「冷やし馬」と呼《よ》んだ日本人の優《やさ》しさのようなものを感じていたし、今、耳にひびいてくるセミの声や、きれいな夕焼けや、赤トンボや、成年《なるとし》兄やんの優《やさ》しさにも、なんだか切ないような気持ちになっていたのだ。

だが、それをあらわす言葉が見つからなかったから、そんなことをいってしまったのだ。

「日本が、ええ国か……」

兄やんが考えるみたいにつぶやいた。

「……うん、まあ、鶴町《つるまち》はええとこやな。ちいやん、ここが、なんで鶴町っていうのか、知ってるか？」

「え、知らん。そんなん……」

「そうか、学校で習わへんかったか？　ここはな、明治から昭和のはじめにかけて、海を埋《う》め立《た》ててできた新しい町やけどな、鶴町《つるまち》っていう名前は、昔むかしの歌集『万《まん》葉集《ようしゅう》』にある歌『潮干《しおひ》れば　葦辺《あしべ》にさわぐ百鶴《ももたづ》の　妻《つま》よぶ声は　宮もとどろに』っていうのからとった名前や。干潮《かんちょう》になったら、ここらへんにあった聖武天皇《しょうむてんのう》の難波宮《なにわのみや》まで鳴き声がとどろくほど、鶴がやってきたんやそうや。この向こうの福町も、古い歌からとった名前やそうやで」

「へえ……」

笑生子《えいこ》は、潮《しお》の引いた海辺に、たくさんの鶴が群《む》れてるのを思《おも》い浮《う》かべた。

「きれいなとこやったんやね、ここ。今もええとこやけど」

いいながら、笑生子は夕焼け空を見あげた。

赤トンボは、夕焼けにキラキラ光って飛び交い、ときどき、クリのしっぽあたりに、ひゅーっと落ちてきて、止まったりした。クリはこそばゆいのか、歩きながら、しっぽで、ふわり、ふわりと、赤トンボをはらっていた。

（うん、ほんま、鶴町《つるまち》はええとこやな。な、クリ！）

笑生子は心の中で、クリに話しかけていた。

その夜、成年《なるとし》兄やんは、洋ものが大好きだったという先輩《せんぱい》からもらった使い古しのベルトを切って、キラの首輪をつくってくれた。

ベルトが古いのでなめしたような革《かわ》だが、ベルトを通す金具部分が三日月のような形をしていて、ベルトにも金色の星飾《ほしかざ》りがいくつもついていた。

「このベルトも洋もの？」

笑生子《えいこ》がたずねた。

「そうかもしれんなあ。先輩《せんぱい》が若《わか》いころの百貨店は、洋ものをたくさん売ってたそうやからな。ま、洋もののベルトでも、犬の首輪にまで文句《もんく》つけてくるようなヒマなやつはおらんやろ」

兄やんが笑った。

「さ、これで、散歩も安心やろ」

そういう兄やんに、首輪をつけてもらったキラは、うれしそうにしっぽをふっていた。

「キラが大きくなったら、首輪をゆるめられるようにしてあるから、大きゅうなったらゆるめてやるんやで。首がしまると、犬かて苦しいんやからな」

お店では、もう革製品《かわせいひん》も手に入りにくくなってたし、兄やんのつくってくれた首輪は、古い革がやわらかくなってるので、キラには優《やさ》しかったと思う。

その夜、「明日は京都へ行く」という成年《なるとし》兄やんに、笑生子はいってみた。

「いつか、わたしも京都へ行ってみたいなあ」

京都にいる澄恵美《すえみ》姉やんは、六人兄弟姉妹の一番上のせいか、兄弟のだれよりもきっぱりしていて、笑生子《えいこ》にはちょっとこわかったけど、成年《なるとし》兄やんが手伝ってる澄恵美姉やんの職場《しょくば》は、夏は涼《すず》しくて、泳げるところもあると聞いていたので、ずっと行ってみたかったのだ。

「うん、ええよ。けど、夏休みはもう終わったから。そや、あっちは、春がきれいなんや。春になったら、行こな！」

成年兄やんは笑って、指切りげんまんをしてくれた。

けれど、その年の冬、十二月になって、大変なことが起こった。

「臨時《りんじ》ニュースを申しあげます。臨時ニュースを申しあげます！」

ラジオから聞こえてきたのは、朝のニュース。

「大本営陸海軍部《だいほんえいりくかいぐんぶ》、十二月八日午前六時発表。帝国陸海軍《ていこくりくかいぐん》は、本八日未明、西太平洋においてアメリカ、イギリス軍と戦闘状態《せんとうじょうたい》に入れり。帝国陸海軍は、本八日未明、西太平洋においてアメリカ、イギリス軍と戦闘状態《せんとうじょうたい》に入れり。……今朝、大本営陸海軍部《だいほんえいりくかいぐんぶ》からこのように発表されました」

「え？」と、お母やんがぼうぜんとした。

お父やんや雅子《まさこ》姉やんは、仕事に出たあとだったので、茶の間にいたのは、笑生子《えいこ》と春男《はるお》だけ。

春男はなんのことかわからず、ただ、ごはんをほおばっていた。

「どういうこと？」

笑生子はお母やんに聞いた。

「日本がまた戦争はじめたんや。中国だけやのうて、アメリカとイギリスとも……！」

お母やんの声はふるえていた。

けれど、この日のラジオニュースは、学校でも、昼も夜も、何度も放送された。

*「皇軍《こうぐん》」と呼《よ》ばれていた日本軍のハワイ奇襲《きしゅう》作戦は、アメリカの戦艦《せんかん》二隻《せき》を撃沈《げきちん》、四隻を大破《たいは》、敵機《てっき》多数を撃墜《げきつい》、撃破《げきは》して大戦果であったと発表があった。

さらに、フィリピンでの日本海軍勝利のニュースも入って、学校でも、町でも、日本中が興奮《こうふん》して万歳《ばんざい》をさけんだし、ラジオからは勇壮《ゆうそう》な行進曲が次つぎ流れっぱなしだった。下校に通る町の電気屋さんのラジオも大音量でひびいていたし、家へ帰ると、学校から帰った春男《はるお》がラジオにはりついて、足ぶみしながらいっしょに歌っていた。

♪海の民なら男なら　みんな一度は憧《あこが》れた
太平洋の黒潮《くろしお》を　ともに勇んでゆける日が　きたぞ歓喜《かんき》の血がもえる
今ぞ雄々《おお》しく大陸に　明るい平和築《きず》くとき
太平洋をのりこえて　希望涯《はて》ない海の子の　意気を世界に示《しめ》すのだ……

『太平洋行進曲』を歌ってると、アジアのために戦った日本の兵隊さんたちといっしょに、平和を目指して戦っているようで、笑生子《えいこ》まで血がわき立つようだった。

このとき、笑生子は、日本の皇軍《こうぐん》が、イギリスやアメリカの支配《しはい》から、アジアの人た

＊天皇《てんのう》が統率《とうそつ》する軍隊のこと。

ちを救うのだと信じていた。

新年が過《す》ぎた昭和十七年の一月、日本軍がマニラを占領《せんりょう》して、二月には、シンガポールのイギリス軍を降伏《こうふく》させたというニュースが続いたので、町でも学校でも、みんなの気持ちはわき立っていた。

その日の放課後、笑生子《えいこ》は、チンチン電車の停留所《ていりゅうじょ》まで走った。

ガッタンゴットン、ガッタンゴットン
チンチン電車が大正通りをやってきた。

「鶴町《つるまち》四丁目、鶴町四丁目」

停車した電車から、女の車掌《しゃしょう》さんの声が聞こえる。

チンチン電車とは大阪《おおさか》市電のことで、動き出すときの合図のベルが「チンチン」と鳴るので、大阪や京都では、市電をそう呼《よ》んでいた。

ドアが開いて、ランドセルを背負《せお》った笑生子は、急いで電車に駆《か》けこんだ。

お客さんが降《お》りる出口に、女の車掌さんを見つけて、笑生子はにこっと笑った。

車掌《しゃしょう》さんがベルを「チンチン」と鳴らし、市電が動きはじめる。

「姉やん！」

笑生子《えいこ》は、車掌さんに駆《か》け寄《よ》った。

女車掌の雅子《まさこ》姉やんは、笑生子の二番目の姉だ。

「笑生子、今日も間《ま》に合《お》うたね」

紺《こん》の制服《せいふく》を着た雅子姉やんは、車掌帽《ぼう》をかぶっていて、笑生子にかっこよく敬礼《けいれい》してくれた。

「うん！」

笑生子もうれしくて、ニコニコになる。

（おでかけのとき、よそいきの着物を着ている雅子姉やんより、ずっとかっこええ！）

と、笑生子は思う。

「この日の、この時間に、小林町から鶴町《つるまち》四丁目にくる電車に乗ってるから」と、学校が終わるころの時間を教えてくれたのも、雅子姉やんだった。

雅子姉やんは、自分で選んだこの仕事を誇《ほこ》りにしているみたいだったので、笑生子もよろこんで、いつもその時間を待って市電に乗るのだ。

ないしょだが、切符《きっぷ》は買わない。

この市電は鶴町《つるまち》線といって、小林町から鶴町の各駅を通って行って、大運橋通《だいうんばしどおり》駅が終点なので、そこからまた折りかえず。だから、乗った電停へまた帰ってくるまで、笑生《えい》子は降《お》りない。つまり、乗った駅で降りるだけだったから、姉やんと仲のいい運転士さんも見逃《みのが》してくれた。

「鶴町三丁目、鶴町三丁目」

雅子《まさこ》姉やんがアナウンスする。

降りる人たちが出口へやってきて、車掌《しゃしょう》の雅子姉やんに切符を渡《わた》そうとする。それを、雅子姉やんの前に立った笑生子がにっこり受けとるのだ。

車掌《しゃしょう》さんの仕事を手伝って、降《お》りるお客さんから切符《きっぷ》をもらって、「ありがとうございました！」と、かっこよくいう。そんな車掌さんごっこがしたくて、笑生子はいつも市電に乗る。

「笑生子ちゃんは、ええ車掌さんになれるぞ」

運転士の杉山《すぎやま》さんがいう。

杉山さんは四十歳《さい》ぐらいで、いつでも優《やさ》しいおじさんだ。

この鶴町《つるまち》あたりは、大阪《おおさか》市の西の端《はし》にあるので、すぐそばに港があって、臨海《りんかい》には工場や倉庫が並《なら》んでいるけれど、白く舗装《ほそう》された道路には、明るいポプラ並木《なみき》が続いて、小さな野原なら、あちこちにあったし、テニスコートもあった。

大阪湾《わん》を臨《のぞ》んだ海岸は男の子の釣《つ》り場《ば》や、遊び場だったし、市電で、工場や倉庫の職《しょく》場《ば》に通う人も多かった。

笑生子《えいこ》の乗った鶴町四丁目から、市電は、鶴町三丁目、鶴町二丁目、鶴町一丁目、昌《しょう》運橋《うんばし》、大運橋通《だいうんばしどおり》まで行って折りかえし、ふたたび鶴町四丁目へもどってくる。

その間、笑生子はずっと車掌《しゃしょう》さんのかわりをして、降《お》りるお客さんから切符《きっぷ》を受けとって、「ありがとうございましたっ」と、お礼をいう。

そして、鶴町四丁目まで帰ってくると、「杉山さん、姉やん、またね!」と手をふって、市電を降りる。電停で手をふる笑生子をおいて、杉山さんと姉やんの市電は、ガッタンゴットン、小林町方面へ去っていった。

夕日にキラキラ輝《かがや》く運河《うんが》や港を背《せ》にして、笑生子《えいこ》は大急ぎで家へ駆《か》け出《だ》した。

中国だけでなく、イギリスやアメリカとも戦争がはじまったとはいえ、鶴町《つるまち》はまだ平和だった。

2 防空壕《ぼうくうごう》と動物園

　昭和十七年に笑生子《えいこ》は四年生になったが、この年から衣料品が勝手に買えなくなった。国から配られる点数の入った衣料切符《きっぷ》がないと、どこの店も売ってくれなくなったのだ。

　もともと、お米は早くから配給制《はいきゅうせい》になっていたし、砂糖《さとう》、マッチ、みそやしょうゆも勝手に買えなかった。

　そのうえ、この年からは、下着や靴下《くつした》といった、繊維《せんい》、布製品《ぬのせいひん》を買うのも、お金と衣料切符を持っていかなければならなくなったのだ。

　それも、家族ひとりに何点と決まっている切符なので、好きなだけ買うことはできない。

　それで、お母やんや近所のおばちゃんたちは、上等の着物も切って縫《ぬ》い直《なお》して、上着

やモンペをつくるようになった。

笑生子《えいこ》ら、子どもがはく「ズック靴《ぐつ》」と呼《よ》ばれた運動靴も、靴屋の店頭から消え、学校からの抽選《ちゅうせん》配給になった。

抽選配給というのは、学級の人数ぶんにはまったく足りず、一年に一度だけ、運がよければ、くじ引きで少人数に配給されるというもので、これまで笑生子には一度も当たらなかった。

けれど、姉やんのおさがり靴をツギハギにしてでもはける笑生子はまだましで、同級生には、ツギハギしても、ズック靴の布《ぬの》部分がボロボロになって、靴底《くつぞこ》から切《き》れ破《やぶ》れてしまいそうな子がいた。ほかにも、靴底と布部分をひもでぐるぐる巻《ま》きにした子や、小さくてはけないので、いつもうしろをふんでる子もいた。

そんな中で、成年《なるとし》兄やんは徴兵検査《ちょうへいけんさ》に呼び出されて、「甲種合格《こうしゅごうかく》」だった。

甲種合格は、兵隊になる検査で、兄やんは百点満点だったということらしい。

「合格になった者は、翌年《よくとし》の一月には、兵隊に行かなあかんのや」と、兄やんがいったので、それからの笑生子《えいこ》は毎日、成年兄《なるとし》やんが帰ってくるのを待っていた。

春に京都へ行く約束は、いつ連れて行ってもらえるのかと思っていた四月だった。

東京に、はじめての空襲《くうしゅう》があった。

アメリカの攻撃機《こうげきき》が、ふつうの家や学校に爆弾《ばくだん》を落として、国民学校高等科の子が飛行機からの機銃掃射《きじゅうそうしゃ》を受けて死んでしまったという。

「鬼畜《きちく》の敵《てき》、校庭を掃射」と、新聞が報道《ほうどう》していた。

「国際法《こくさいほう》では、兵隊でない人を攻撃《こうげき》することは禁《きん》じられているのに、アメリカがそれをやったんです」と、学校の朝礼でも、校長先生が話していた。

(東京に空襲があったってことは、大阪《おおさか》にもあるのかもしれへん!)

そう思ったのは笑生子だけではなく、大阪の町でも、空襲があったときのための避難《ひなん》場所、防空壕《ぼうくうごう》づくりを急げということになった。

去年あたりから防空壕が増《ふ》えはじめていたが、この年には、笑生子の家でも畳《たたみ》をあげて、床下《ゆかした》を掘《ほ》っただけの家族のための防空壕のほかに、＊隣組《となりぐみ》のみんなが入れる大きな防空壕づくりがはじまった。

＊戦時下で隣十軒《となりけん》ほどで結成された互助組織《ごじょそしき》。

家の床下《ゆかした》の防空壕《ぼうくうごう》はいわば一時しのぎで、家そのものが爆撃《ばくげき》されて燃《も》えあがれば、壕《ごう》にいる人間も蒸《む》し焼《や》きになってしまう。

そこで、隣組《となりぐみ》のみんなで入る防空壕は、燃える建物のない空き地に、深い横穴《よこあな》を掘《ほ》った。

壕の屋根に二尺《しゃく》*ばかりの土があれば、敵《てき》の焼夷弾《しょういだん》が突《つ》き破《やぶ》ることはないといわれていたから、防空壕の天井《てんじょう》は木枠《きわく》と厚板《あついた》でしっかりと土止めをした上に、みんなでさらに盛《も》り土《ど》をした。

この防空壕づくりのために、お父やんもお母やんも、成年兄《なるとし》やんも、お休みの日を返上で働いた。

そうやって、隣組のみんなが座《すわ》って入れるほどの高さの防空壕が完成した。

「これで、もう空襲《くうしゅう》があっても、だいじょうぶやね！」

できあがった防空壕をながめた笑生子《えいこ》は、みんなの働きをたたえたくて、そういったけれど、心から安心していたわけではなかった。

成年兄やんが、笑生子の頭をポンポンとたたいて、「よしよし」って顔で、笑ってくれた。

兄やんには、笑生子《えいこ》の気持ちがわかっていたのかもしれない。

同じころ、国から「金属類回収令《きんぞくるいかいしゅうれい》」というのが出て、これまでは、みんながおなべやお釜《かま》の不用品など出せるものだけ出していたのに、それでは足りず、公園や学校の銅像《どうぞう》や、お寺のだいじにしている仏具《ぶつぐ》や梵鐘《ぼんしょう》まで強制的《きょうせいてき》に出せという命令書が隣組《となりぐみ》にも回覧《かいらん》されてきた。

回収された鉄製品《てつせいひん》は溶鉱炉《ようこうろ》で溶《と》かして、武器《ぶき》や戦闘機《せんとうき》にするという。

あちこちのお寺から集められたのは、古くから刻《とき》を知らせていた鐘楼《しょうろう》の大きな鐘《かね》や仏具だった。それらが乱暴《らんぼう》に転がされてトラックや貨物車で運ばれて行ったのと入れかわりに、成年《なるとし》兄やんが、山から帰ってきた。

成年兄やんは、背中《せなか》に、刈《か》り立《た》ての柴《しば》と草をかついでいた。

ウワンッ、ワン、キュン、キュ、キュウウン……

兄やんの足音に、キラが自分のしっぽにふり回されるみたいに、おしりまでふりま

＊一尺《しゃく》は、約三〇・三センチメートル。

くってよろこんだ。

兄やんが玄関《げんかん》で、「よっこらしょ！」とおろした草のにおいを、キラはクンクンかいだ。

「キラ、元気やったか？　それは動物園のや。おまえには、もっとええもんやろうな！」

兄やんが、おしりをふりまくってるキラを抱《だ》きあげていった。

抱きあげられたキラは、兄やんの顔をペロペロなめた。

「よしよし、これをやろう！」

兄やんが、リュックの中からお弁当箱《べんとうばこ》を出して、かつおぶしをかけた麦ごはんを、キラにやった。

パクッ、パクッと食べたキラは、あっという間に飲みこんだ。

「ああ、もっと味わって食べな、もったいないがな！」

お母やんがいったけど、キラは、「もっともっと」っていうみたいに、兄やんの顔をなめる。

最近は、笑生子《えいこ》も春男《はるお》も、ほんの少しずつしか、ごはんをあげられなくなっていたの

で、キラはいつでもおなかをすかしていたのだ。

「ちいやん、春に京都へ連れてってやらんと、すまんかったな。もう、来年の春は召集《しゅう》《しょう》がかかるから、春の京都へ行くのは無理やけど、どっか、行きたいとこあるか？　兄やんは、今日、宇治《うじ》で刈《か》ってきた草や柴《しば》を、動物園に届《とど》けなあかんのやけど」

成年《なるとし》兄やんがいった。

「そんなら、動物園に行きたい！」

長い間、動物園には行っていないので、笑生子《えいこ》はそくざにいった。

「行きたい！　ぼくも行きたい！」

春男《はるお》もいったので、成年兄やんは、「よっしゃ、まかしとき！」と、笑生子と春男を、天王寺《てんのうじ》動物園へ連れて行ってくれた。

「兄やんは、なんで、ここを手伝うことになったん？」

動物園の入り口で、笑生子はたずねた。

「動物園の飼育員《しいくいん》がどんどん出征《しゅっせい》して、手が足りんから、できるときだけでええから、手伝《てつど》うてくれへんかって、ねずみのおっちゃんに頼《たの》まれたんや」

兄やんがいった。

「へえ、ねずみのおっちゃんって、隣組《となりぐみ》の人やろ？　動物園の人やったん？」

笑生子《えいこ》が聞くと、兄やんは「ああ、おっちゃんはもう引退《いんたい》してたのに、動物園の手が足りんようになって、呼《よ》び出《だ》されたんやそうや」といった。

ねずみのおっちゃんは、根角《ねずみ》さんと書いてねずみと読む。もう五十代ぐらいの隣組のおっちゃんで、見た目はやせぎすだが、ほんとのねずみみたいに、すばしっこい元気な人だった。

町中の若《わか》い男は出征したり、軍の工場への徴用《ちょうよう》などで、町のどこにもいなくなっていたので、動物園でも、おじいちゃんや女の人が目立った。

そんな中で、成年《なるとし》兄やんみたいな力持ちの若い男がいれば、そりゃあ、手伝ってほしいだろうと、笑生子はちょっと、兄やんが自慢《じまん》に思えた。

それにしても、動物園にねずみのおっちゃんがいるのは、なんだか似合《にあ》ってる。

兄やんは、動物園の入り口で、背負《せお》ってきた山の草や柴《しば》を見せて、「今日は、これを、根角《ねずみ》さんに届《とど》けるだけです」といったので、係の人は、笑生子《えいこ》と春男《はるお》の頭をなでてから、動物園へ入れてくれた。

「おーい！　なるとしーぃ！」

ヒョウの檻《おり》の前で、ねずみのおっちゃんが手をふっていた。

「また持ってきてくれたんか！」

「はい。宇治《うじ》の山へ行ったんで、ヤギやゾウのえさの足しになるかと……」

兄やんがこたえた。

「すまんのう、なんでんかんでんのうなって、みんな、腹《はら》をすかしとるんや。よろこぶぞ！」

ねずみのおっちゃんが草や柴を受けとって笑った。

「ナアァァ……ウ」

檻の中で、ヒョウが、かわいく鳴いた。

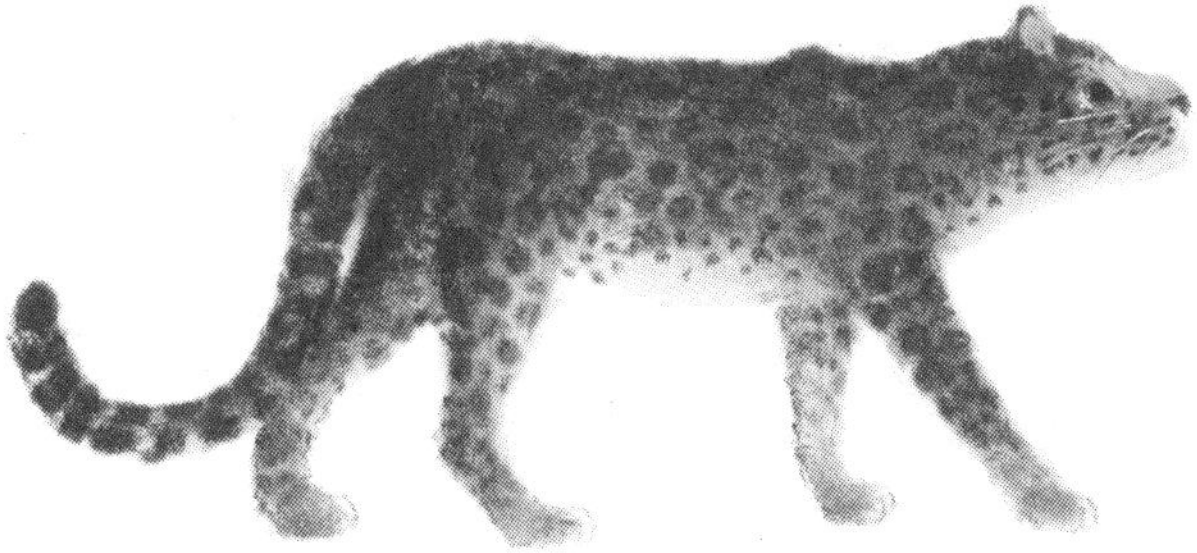

「おお、すまんすまん。こらあ、おまえには食べられんのや」

ねずみのおっちゃんが、子どもにいうみたいに、ヒョウにいった。

大きなヒョウは、おっちゃんになついてるみたいで、猫《ねこ》みたいに手招《てまね》きするように檻《おり》をかいた。

その姿《すがた》が、「ちょうだい、ちょうだい」といってるように、笑生子《えいこ》には見えた。

おっちゃんはため息をついた。

「このごろは、鶏《にわとり》やウサギの肉も手に入りにくうなったし、このままでは、こいつらにも山のヘビやカエルの肉でもやるしかのうなるかもしれんが、は虫類は毒持ってるやつも多いからなあ……」

中国だけではなく、イギリスやアメリカとも戦争をはじめたせいなのか、笑生子の家でも、昔なら食べられた卵《たまご》や鶏肉《とりにく》さえ、めったに手に入らない。

なのに、兄やんは、「これ、猟師《りょうし》さんにわけてもろたんや。ちょっとだけやけど……」と、手にした袋《ふくろ》をあげた。

中には、イノシシの毛がついたままの肉切れが入っていた。

ねずみのおっちゃんの手からそれをもらったヒョウは、すごくよろこんで、猛獣《もうじゅう》とは思えないほど、かわいかった。

その日、笑生子《えいこ》たちが見て回った動物はみんな、おなかをすかせてるみたいだった。ことに、大きなゾウはおなかがへこんで、とてもやせこけていた。

「ゾウの食べものも足らへんの？」

笑生子は兄やんに聞いた。

「ああ、ゾウはもともと玄米《げんまい》や小麦のフスマ*なんか食べてたけど、今は、玄米も小麦のフスマも人間が食べるようになったからな。いもやにんじんや、くだものなんかも、なかなか手に入らんしな」

兄やんがいった。

「ほな、兄やんの持ってきた柴《しば》や草をあげるん？」

笑生子が聞くと、春男《はるお》がズボンのポケットをごそごそしはじめた。

「これ、食べる？」

春男がポケットから出したのは、新聞に包んだふかしいもだった。

＊小麦を製粉《せいふん》するときに出る皮のくず。家畜《かちく》の食料にするのが一般的《いっぱんてき》。

「それ、春男《はるお》のだいじなおやつやろ？　やってもええんか？」

兄やんが聞いた。

「うん、半分だけ！」

春男がいって、さつまいもを半分に割《わ》った。

兄やんは、そのさつまいもを差しあげて、金網《かなあみ》の向こうのゾウを、「ほいほい」と呼《よ》んだ。

大きなゾウは、堀《ほり》にかこまれているゾウ舎《しゃ》の遊び場の端《はし》の端までやってきた。

大きな丸い足の半分が堀にはみ出るぐらいぎりぎりまできて、鼻を差しあげた。

「ほいっ」

兄やんが金網の上に差し出したさつまいもを、ゾウは長い鼻で上手にとって、口に運んだ。

ゾウにとっては、半分のさつまいもなんか、たったひと口にも足りなかったけれど、それでも、笑生子《えいこ》にはゾウがよろこんでいるように見えた。

「今度くるとき、うちもヒョウになにか、お肉持ってきてあげたいな。鶏肉《とりにく》は無理やけど、カエルとかやったら、うちにも獲《と》れるかも！」

笑生子《えいこ》には、さっき、ねずみのおっちゃんに、「ちょうだい、ちょうだい」ってしていたヒョウの顔が、わすれられなかったのだ。

「そやな、けど、今年はできるだけ、澄恵美《すえみ》姉さんを手伝ってやりたいんや。出征《しゅっせい》したら、もうなんにもできんようになるから。こんどは、姉さんとこ行こな」

成年《なるとし》兄やんがいった。

五月半ばの休日になって、成年兄やんが、「姉さんとこへ行くのは、これが最後になるかもしれん。ちいやん、どや、いっしょに行くか？」と、さそってくれた。

むろん、笑生子《えいこ》はついて行くことにした。

澄恵美《すえみ》姉やんが働いている京都の宇治《うじ》村は、大阪《おおさか》とちがって、とっても静かなところだった。

昔ながらのかわら屋根の京阪《けいはん》宇治駅前には、人力車が何台も並《なら》んでいて、車夫《しゃふ》が数人いたけれど、どれもおじいさんに見えた。

駅前には、大きくゆったり流れる宇治川と、りっぱな木造《もくぞう》の宇治橋が見える。

「もうちょっと奥《おく》まったところにある平等院《びょうどういん》や宇治上神社《うじがみじんじゃ》も有名なんやで」

成年《なるとし》兄やんがいった。

町には、ほかにも古い神社やお寺が多いようだが、その周囲は山と田んぼと茶畑が多かった。

駅を出た正面に、宇治橋のたもとでゆれている藤棚《ふじだな》が目に入った。あざやかな藤色《ふじいろ》の房《ふさ》が今まさに満開で、舞妓《まいこ》さんの花かんざしのようにも、花すだれのようにも見えた。

その下に、緋毛氈《ひもうせん》の床几《しょうぎ》があって、そこに座《すわ》ってお茶を飲んでいる人が、ひとりふたりいた。

藤棚《ふじだな》の古民家は茶店らしく、「御茶《おちゃ》のみ処《どころ》 つぅゑん」と染《そ》めぬいたのれんが、かかっている。

今が戦争中だということをわすれてしまいそうな落ち着いたたたずまいは、まるで時代劇映画《じだいげきえいが》を見るようだ。その藤の花房《はなぶさ》をくぐるように出てきたのは、きれいな若《わか》い女の人だった。

「あら、成年《なるとし》さん」

女の人がほほえんだ。

「こんにちは、藤子《ふじこ》さん。姉さん、きてますか？」

成年兄やんがいった。

「あ、澄恵美《すえみ》さんなら、いつもの山へ、いも掘《ほ》りに行ってくれてはります。去年、ええ場所に山いもを見つけたんやけど、秋になったらだれかが掘ってしまうかもしれんから、今のうちに掘りたいっていわはって……。けど、うち、今日はお母さんの具合悪いんでよう行かんかったんで、澄恵美さんがひとりで行ってくれはったんです。……うちとこ、お母さんとおばあちゃんと、うちだけで、男手が全然ないんで、澄恵美《すえみ》さんがきてくれはって、ほんま、助かってます！」

そういった女の人は、とても若《わか》い。

たぶん、成年《なるとし》兄やんと同じぐらい。

茶店ののれんの奥《おく》には、笑生子《えいこ》のお母やんよりずっと年をとったおばあちゃんの顔も見えた。

（たぶん、ここでも、お兄さんやおじさんはみんな、戦争にとられていいひんのや……）

笑生子は思った。

「ほな、ぼくらも手伝ってきますわ」

兄やんがいった。

「まあ、そういわんと、お茶ぐらい飲んでいきなはれ」

のれんの奥《おく》から、長火鉢《ながひばち》を前に座《すわ》っているおばあちゃんが呼《よ》びとめてくれたので、兄

やんと笑生子《えいこ》は茶店に入った。

おばあちゃんは、長火鉢《ながひばち》にかかった茶釜《ちゃがま》のお湯をくんで、ゆっくり冷ましてから、熱くもなく冷めてもいない、ちょうど人肌《ひとはだ》ほどのお茶を入れて出してくれた。

かしこまって、そのお茶をひと口飲んだ笑生子は、思わず、

「おばあちゃん、おいしい！」と、声をはずませてしまった。

家で飲むような番茶の味ではなくて、ほんのりあまくて、きれいな緑色で、ほんとにおいしいのだ。

兄やんもお茶を飲みながら、「おいしいですね」とうなずいている。

「そうか？　そうやろ。ここはな、室町時代から橋守《はしも》りの茶屋として続いてる茶店なんえ」

おばあちゃんがいった。

「けど、今は戦争やから、お茶も配給制《はいきゅうせい》ちゃうの？　そやのに、こんなおいしいお茶あるんや！」

笑生子は感動していた。

「戦争でもなんでも、ここは、お客さんにおいしいお茶入れてあげて、なんぼなんや。今は女ばっかりになったけど、どこよりおいしいお茶入れて、お客さんによろこんでもらう。それが、うちの仕事なんや。この茶釜《ちゃがま》も、金属回収《きんぞくかいしゅう》に出せっていう人おったけど、おいしいお茶を入れるためには、この茶釜でないとあきまへんのやっていうて、ほかのもんを出して、かんにんしてもろたんえ。……うちのご先祖《せんぞ》は武士《ぶし》やったけど、ご隠居《いんきょ》されてからは、ここに庵《いおり》をむすんで『通圓《つうえん》』って名乗るようになりはったんや。それに続く七代目が、あの一休禅師《いっきゅうぜんじ》さんともお茶友達やったんえ」

優《やさ》しげに見えるおばあちゃんが胸《むね》をはってみせた。

「そやのに、こないだ起こったばっかりの戦争なんかに、七百年以上続いたこの茶店をつぶさせてたまるかいな」

笑生子《えいこ》は、うんうんとうなずいたが、藤子《ふじこ》さんが小さな声で、

「おばあちゃん、そんなこと、大きい声でいわはったらあかんえ。だれが聞いてるかわからへんのやし……」って、いう。

その藤子さんに、おばあちゃんが「わかってる、わかってる。ここだけの話や」とい

うのを見て、成年《なるとし》兄やんはうなずいて笑っていた。

今は、日本中がピリピリしていて、戦争にちょっとでも反対するようなことをいったり、弱気なことをいったりしただけで、すぐこわい特高《とっこう》がくるという。

特高というのは、思想犯《しそうはん》や社会運動をする人を取《と》り締《し》まる警察《けいさつ》で「特別高等警察《とくべつこうとうけいさつ》」という。ふつうの人はみんな、「特高」と呼《よ》んでこわがっていた。

近所のだれが、特高に密告《みっこく》するかわからないし、その特高につかまったら、拷問《ごうもん》されたり、殺されたりするらしい。

それで、学校へ行っても、男子は「天皇陛下《てんのうへいか》のために戦う兵士になるのだけが夢《ゆめ》だ」というし、校長先生も「御国《おくに》のために尽《つ》くし、戦いぬくのは、皇国民《こうこくみん》の務《つと》めである」としかいわない。

「国民学校になってからは、学校も軍隊みたいになって、女子にとっては、楽しいことがへったねえ」と、こっそりつぶやいたのは、担任《たんにん》の亀岡《かめおか》先生だけだった。

そんなことを思い出していると、兄やんが、茶店の中の神棚《かみだな》のようなところに飾《かざ》ってある、古い木像《もくぞう》を指さしていった。

「ちいやん、あれが、一休《いっきゅう》さんが彫《ほ》ったっていう、ここのご先祖《せんぞ》さまの木像《もくぞう》やで」

それは、お坊《ぼう》さんみたいなおじさんが、踊《おど》りながらお茶を立ててるみたいな、なんだかゆかいな木像だった。

「一休さんって、とんちの一休さん？」

「そうや、あの一休さんや」

そう聞いて、笑生子《えいこ》は、木像がなんだかゆかいそうに見える理由がわかったような気がした。

「そやけど、一休さんって、昔むかしのお坊さんやろ？ ここ、そんな昔からあったんや……」

いいながら見回すと、この家には、古いものがたくさんあった。

一休さんが彫ったという木像だけでなく、太閤秀吉《たいこうひでよし》さまからもらったという古い井戸《いど》の釣瓶《つるべ》なんかも、たいせつに置いてあった。

「ここはね、最初は、茶店というより、ご先祖《せんぞ》さんの庵《いおり》どしたんや。それを、代々《だいだい》、『つうゑん』の子孫が継《つ》いで、今みたいな茶店になってから何百年も経《た》つんえ。宇治《うじ》は

ええ水がわき出てるから、その水をくむために、あんな釣瓶《つるべ》を太閤《たいこう》さんがくれはったんえ。これで水くんで、おいしいお茶が入れられるようにって」

おばあちゃんがいった。

「あの、『つうゑん』って、苗字《みょうじ》なん？」

「そうや。漢字で書くと通圓《つうえん》や。そやから、この子は、通圓藤子《ふじこ》」

おばあちゃんが、若《わか》くてきれいな藤子さんを指していった。

「日本にはなあ、お茶やら、着物やら、古い文化を守る人らがどこにもいるし、だいじな文化財《ぶんかざい》もいっぱいあるんや。この店の建物も江戸《えど》時代のものなんえ。そやから、もし、うちらが死んだら、あんたら子どもがこういう古いものを守っていってほしいのや。さあさ、もう一杯《ぱい》、どうぞ」

おばあちゃんが笑生子《えいこ》の飲み干《ほ》した湯飲みに、もう一杯のお茶をゆっくりそそいでくれた。

そのまろやかなお茶の味に、笑生子は「うん、うん」と、何度もうなずいた。

文化や、文化財《ぶんかざい》なんていわれてもよくわからないけれど、この一杯のおいしいお茶が、日本の文化だといわれればわかるような気がしたのだ。

なにより、たいせつなものが、釣瓶《つるべ》や、木像《もくぞう》や……昔からたくさんあるというのが、笑生子《えいこ》にはすごいことに思えた。


しばし休んでから、お茶のお礼をいって、笑生子と兄やんは山へ向かった。

「どの山か、わかってんの？」

たくさんの山にかこまれている宇治《うじ》なので、笑生子がたずねると、兄やんは、「姉さんが入る山は、あそこだけや」といって、宇治川の対岸にあるやや遠い山を指した。

かなり歩いてその山に着くと、兄やんは藪《やぶ》をかきわけ、どんどん入って行く。

「なんで、ここだけなん？」

「姉さんの婚約者《こんやくしゃ》の清二《せいじ》さんが、この山だけ、山の持ち主から入山許可《きょか》をとってたんや。清二さんは山掘《やまほ》り職人《しょくにん》やったからな」

兄やんは歩きながらいった。

「え、澄恵美《すえみ》姉やん、好きな人おったん!?　山掘り職人ってなに？」

兄やんに遅《おく》れないよう歩きながら、笑生子《えいこ》はびっくりしていった。

(あのオトコらしいといってもいいような澄恵美《すえみ》姉やんに、婚約者《こんやくしゃ》がいたなんて!)

「ああ、山掘《やまほ》り職人《しょくにん》っていうのは、山いもを掘ったりする人や。おれが山の仕事をするきっかけも、清二《せいじ》さんが宇治《うじ》の森林組合を紹介《しょうかい》してくれたからや。……けど、清二さんは出征《しゅっせい》してしもたから、今は、姉さんがときどきこの山に入って柴《しば》を刈《か》ったり、わらびやふきを採《と》ったりして、たったひとり残された清二さんのお母さんに届《とど》けてるんや。そんで、ときどき、おれも手伝いにきてたんや。あ、いた! 姉さんっ」

兄やんが呼《よ》んだ。

見ると、山中の湿《しめ》ったしげみに、しゃがみこんだ澄恵美姉やんが見えた。モンペに白い手ぬぐいをかぶって、細くとんがった鍬《くわ》や、棒《ぼう》の先に平たいノミみたいなものがついている道具で、土を掘っている。

「姉やんっ」

笑生子も駆《か》け寄《よ》った。

「ああ、成年《なるとし》! 笑生子もいっしょか!? 頼《たの》むわ、手伝《てつど》うて!」

姉やんがいった。

いつもなら、涼《すず》しげに見えるべっぴんさんの澄恵美《すえみ》姉やんが、赤い顔して汗《あせ》みずくになってる。

「わかった。まあ、姉さんは休んで、お茶でも飲み」

そういって、兄やんは、藤子《ふじこ》さんが持たせてくれた水筒《すいとう》を姉やんに手渡《てわた》した。

姉やんはほっとしたみたいに座《すわ》りこんで、水筒のお茶をごくごく飲みながら、笑生子《えいこ》を見た。

「笑生子、山に入るのに、そんなかっこうでは虫に刺《さ》されるがな。なんで、モンペはいてこんかったんや！」

「……あ、そやな。おれがうっかりしてた！」

兄やんが、笑生子のかわりに返事をしてくれた。

笑生子は、おでかけだからと、よそいきのスカートをはいていたのだ。

きつく見えるぐらいきれいな澄恵美姉やんは、いつだって兄やんみたいに優《やさ》しいことはいわない。

一度、風邪《かぜ》をひいた笑生子《えいこ》が、ついあまえて「もう、息をするのもしんどい」といったことがあった。そのとき、澄恵美《すえみ》姉やんが、「なら、息をするな」といったので、笑生子は一瞬《いっしゅん》、かたまってしまったことがある。

そのときに、よくわかった。

澄恵美姉やん自身、一度も弱音を吐《は》いたことがないし、弱音を吐く人間がきらいだったのだ。

いつだってきりっとしていて、笑生子がグズグズ泣いても、すねても、絶対《ぜったい》かまってはくれない。それが、澄恵美姉やんだった。

けど、兄やんに「休んどき」といわれたら、素直《すなお》にすわりこんで休んでいる姉やんが、笑生子には、なんだかかわいらしく見えた。

姉やんの掘《ほ》りこんだところを見ると、土の底から山いものつるが伸《の》びていて、あたりの木に巻《ま》きついていた。

姉やんとかわって、成年《なるとし》兄やんが根っこを傷《きず》つけないよう掘りこんでいくと、細長い根だったが、とちゅうから八方に向かって白い根っこが伸びていた。

「姉やん、まちがいない。この下にりっぱな山いもがあるぞ！」

兄やんがいいながら、どんどん掘《ほ》った。

細いとんがったクワで、兄やんは掘り進んだ。笑生子《えいこ》も、土をどかす手伝いをした。

一メートルぐらい掘った。

「せっかくの山いもやし、もし折ったら、かけらまで拾うてもらうえ」

姉やんがまたきついことをいったけど、目は笑っていた。

「まかしとき！」

兄やんがこたえたけど、掘っても掘っても、山いもは見えてこない。

掘《ほ》り出した山土がどんどん盛《も》りあがって、兄やんも汗《あせ》みずくになっていった。

「兄やん、かわろか？」

見かねて、笑生子《えいこ》がいうと、兄やんが笑った。

「ここからが、一番むずかしいとこやから、やれるか？」

兄やんがいうので、笑生子はちょっと緊張《きんちょう》した。

「よっしゃ、いっしょにやろ！」

兄やんが笑生子《えいこ》に、棒《ぼう》の先に平たいノミみたいなのがついている道具を持たせて、うしろから抱《だ》っこするように手をそえてくれた。

「お、うまいぞ、うまいぞ」

兄やんが手をそえてくれているので、笑生子はほとんど苦労しないうちに、山いもが見えてきた。

その山いもに傷《きず》をつけないよう、ゆっくり掘《ほ》りあげてみると、くねくねした山いもはどっしり重かった。

「ちいやんのお手柄《てがら》や！」

兄やんは、掘り出した山いもを、笑生子に持たせてくれた。

どっしりした重さに、笑生子のおなかが反応《はんのう》したのか、キュルルンと鳴った。

「おおっ、ちいやんのおなかが、もう待てんって、いうとるな」

兄やんが笑った。

「よっしゃ！　ほな、埋《う》めもどすぞ！」

兄やんは、穴《あな》に土をもどした。

それから、山いもの上で八方に白い根を伸《の》ばしていたあたりを埋《う》めもどして、トントンと土をたたいた。

「ほら、こうして、ここだけでも埋めといてやるとな、三年ぐらいしたら、また山いもがとれるんや」

兄やんがいった。

「なんで、そんなこと知ってるん?」

笑生子《えいこ》がたずねた。

「清二《せいじ》さんに教えてもろたんや」

兄やんはいって、空をあおいだ。

山の空は、真《ま》っ青《さお》に澄《す》んでいて、白い雲がひとつ浮《う》かんでいるだけ。その下を飛び交う羽虫《はむし》がキラキラ光って見えた。それは、きらめく透明《とうめい》な花びらのようで、真昼の夢《ゆめ》のようだ。

その虫一匹《ぴき》の羽が、陽差《ひざ》しにきらりと虹色《にじいろ》に光った。

「わ、虹色に光った!」

「たまむしや……！」

兄やんがつぶやいた。

「清二《せいじ》さんがいうてはったことがある。羽虫《はむし》が虹色《にじいろ》に光ったら、それは『霊虫《たまむし》』やって。人の魂《たましい》が虫に宿って帰ってくるんやって……」

その言葉に、澄恵美《すえみ》姉やんは聞こえなかったような顔をしていた。

（ほな……あの虫は、もしかして、戦争へ行った清二さんの魂が宿った霊虫なん……？）

一瞬《いっしゅん》、そう思った。

清二さんが、遠い戦地から、姉やんを思っているような気がして。

人の心は目に見えないけれど、いつでも青空の下を、霊虫がいっぱい、いっぱい、飛び交ってるのかもしれない……と。

その夕方、「つうゑん」に帰ると、藤子《ふじこ》さんが大よろこびして、とっておきのかつお出汁《だし》をとって、そこに貴重《きちょう》なおしょうゆも入れてくれた。

それから山いもの皮をむく前に、「手がかゆうなると、あかんから」といって、藤子《ふじこ》さんは笑生子《えいこ》の手を酢水《すみず》にひたしてくれた。

山いもも酢水にさっとひたして、水気をとってから、すり鉢《ばち》ですりおろすのだ。

それを、笑生子も手伝った。

すりおろして、どろりとした山いもの中に、つくっておいたお出汁《だし》を、少しずつ入れてまぜ合わせたら、かつおとおしょうゆのいいにおいがしてきた。

「さ、これは、働いた人だけ」といって、藤子さんは、笑生子と姉やんと兄やんのおわんに、ひとつずつ、生卵《なまたまご》を割《わ》って入れてくれた。

それをかきまぜて、みんなで、ずずずっと山いも汁《じる》をすすった。

体調が悪いと聞いていた藤子さんのお母さんも起きてきて、卵《たまご》は入っていない山いも汁を「おいしい、おいしい」って食べてくれた。

「こんな時期に山いもが食べられるなんて、澄恵美《すえみ》さんのおかげやねえ」って、おばあちゃんもよろこんでくれた。

「秋になったら、山いものつるにはむかごがなるから、それやったら、うちらでも採《と》れるけど、山いも掘《ほ》りは根気がいるもんねえ。笑生子《えいこ》ちゃんも手伝ったん？　えらいねえ！」

藤子《ふじこ》さんは、笑生子までほめてくれた。

山いも汁《じる》は、そんなふうにみんながニコニコになるぐらい、めちゃくちゃおいしかった。


そのあとは、姉やんと兄やんと三人で京都駅へ出て、丸物《まるぶつ》百貨店へ行った。

澄恵美《すえみ》姉やんは、一番茶の四月から五月ごろの茶摘《ちゃつ》みの時期と、二番茶が摘まれる六月から七月上旬《じょうじゅん》、三番茶が摘まれる七月中旬から八月下旬ぐらいまでだけ「つうゑん」に住みこんで手伝っていたので、姉やんがふだん暮《く》らしている借家は京都の東山《ひがしやま》にあった。

丸物百貨店では、笑生子は、ずっとほしかったガラスの「ままごと道具」を買ってもらうことができた。

戦争で金属《きんぞく》が足りなくなったので金属のおもちゃはなくなっていて、買ってもらったのは、食卓《しょくたく》も椅子《いす》もついていて、お皿や食器も、全部ガラス製《せい》のものだった。

小さなお皿にのったかわいい赤いいちごや黄色い梨《なし》もガラス製で、今ではめったに食べられないので、よけいおいしそうに見えた。

大阪《おおさか》の百貨店ではじめて見たときから、光線のかげんによって、ガラスがキラキラ見えてすごくきれいだったので、どうしても買いたくて毎日のおこづかいをためていたぐらい、笑生子《えいこ》がずっとほしかったおもちゃだ。

「おお、この梨はうまそうやな！」

そういって、兄やんが、ガラスの「ままごと道具」を買ってくれたけれど、そこに、姉やんがお金を足してくれた。

「成年《なるとし》、あんたはこれから戦争へ連れて行かれるんや。この先、なにがあるかわからん。地獄《じごく》の沙汰《さた》も金次第いうてな、軍隊に入っても、お金は持っとかなあかんで」といって。

そのとき、笑生子は、おこづかいをためていた財布《さいふ》をぎゅっとにぎりしめた。

「兄やん。ほな、笑生子のこれ、持っていって！」

笑生子《えいこ》は財布《さいふ》ごと、兄やんに差し出した。

ほしかったおもちゃを買ってもらえたから、笑生子も、兄やんになにかしてあげたかったのだ。

すると、兄やんは笑って、「よっしゃ、ほんなら、これだけ、お守りにもらうわ。五銭《せん》は死（四）線を越《こ》えるそうやからな」といって、五銭硬貨《こうか》だけポケットに入れ、残ったお金と財布はかえしてくれた。

3 兄やんとの別れ

昭和十八年、お正月もすんだ一月に、成年《なるとし》兄やんは出征《しゅっせい》することになった。

同じころ、ラジオで「前線へ送る夕《ゆうべ》」という音楽番組がはじまったので、笑生子《えいこ》は、前線へ連れて行かれる成年兄やんのことを思って、そのラジオを聞くたびに、胸《むね》がちくちく痛《いた》んだ。

成年兄やんの出征日が決まった夜。

「イギリスやアメリカとも戦争がはじまったこんなときに、なんで、おまえが行かんならんの……っ」

お母やんが泣いていた。

「お母やん、しょうがないんや。こんなご時勢《じせい》なんやから」

成年《なるとし》兄やんがなぐさめている。

「家を継《つ》ぐ正義《まさよし》には、兵役免除《へいえきめんじょ》があったのに……」

正義兄やんは、結婚《けっこん》して吹田《すいた》に住んでいる大きなお兄やんで、兄弟姉妹の二番目だが、長男だった。

（たしかに兵隊さんになるなら、成年兄やんより、おこりんぼうの正義兄やんのほうが向いてる）と、笑生子《えいこ》も思った。

戦争に狩《か》り出《だ》されれば、敵《てき》を殺したり、殺されたりする。

でも、家族の中でも、一番優《やさ》しい成年兄やんが鉄砲《てっぽう》持って人を殺すなんて、笑生子には想像《そうぞう》できなかった。

小さなころ、家の天井《てんじょう》や壁《かべ》に出てくる大きなクモを、笑生子がこわがったことがあった。

そのとき、成年兄やんは、ほうきの先でひょいひょいとつついて、「ちいやんがこわがるから、あっち行け、あっち行け」って、見えないところに追いはらってくれた。

けど、殺したりなんかしなかった。それが、成年兄やんだ。

「兄やんっ、いつ行くの⁉」

笑生子《えいこ》がたずねると、成年《なるとし》兄やんは、にっこり笑った。

「三日後や」

「ええっ、すぐやんか！」

笑生子は、胸《むね》がドキドキした。

（三日後に、兄やんがいなくなるなんて！）

そんなこと、信じたくなかった。

「ほら」と、兄やんは、現役兵証書《げんえきへいしょうしょ》というのを見せてくれた。

兄やんの名前の左に、『右現役兵ニ徴集《ちょうしゅう》シ左ノ通リ入営《にゅうえい》ヲ命ス』と書いてある。

「これが、赤紙なん？」

軍隊に召集《しょうしゅう》されるときは「赤紙がくる」と聞いていたので、笑生子はその紙をにらみつけていった。

「これは、徴兵検査《ちょうへいけんさ》を合格《ごうかく》した新兵への通知やから、赤紙とはちがうんや。兵役をいったん済《す》ませた人にまたくる招集状《しょうしゅうじょう》が赤紙や。けど、このごろは赤紙も赤い染料《せんりょう》がなくなって、桃色《ももいろ》らしいけどな」

兄やんが笑っていった。

その笑顔はいつもと変わらなくて、それがよけいに笑生子《えいこ》には悲しかった。

それからは、お母やんらといっしょに、三日後召集《しょうしゅう》されて行く兄やんのために、木綿《もめん》の布《ぬの》の腹巻《はらま》きを必死でつくった。

お母やんや姉やん、笑生子はもちろん、近所の人や親戚《しんせき》や友達、おまけに町角を行く人にまで頼《たの》んで、腹巻きに赤い糸で一針《ひとはり》ずつ縫《ぬ》ってもらって、結び目をつけてもらうのだ。

その結び目が千人ぶんになったら、千人針《せんにんばり》といって、出征《しゅっせい》する人のお守りになる。

千人針には、お母やんが、五銭玉《せんだま》と十銭玉をひとつずつ縫いつけた。

それは、以前、兄やんがいったように、五銭は死（四）線を越《こ》え、十銭は苦（九）戦を越えるという意味があったからだ。

三日後、成年《なるとし》兄やんは、千人針《せんにんばり》の腹巻《はらま》きを身につけて、出征《しゅっせい》することになった。

出征の朝、笑生子《えいこ》は泣きそうになっていた。

すると、兄やんが、いきなり笑生子をひょいと抱《だ》きあげた。

「戦争に行く前に、おちびのちいやんはどれぐらい重うなったか、覚えときたい！」

そんなことをいいつつ、兄やんが笑生子にほおずりしたので、なんだかくすぐったくて、なのに、切なくて、兄やんと泣き笑いになってしまった。

それを見て、ふたりで遊んでいると思ったキラが駆《か》け寄《よ》ってきた。

キャン、キュウウン……

まるで、「ぼくも、ぼくも……」っていうみたいに、キラは兄やんのひざに飛びついてあまえた。

そのとき、兄やんは、キラも抱きあげてほおずりしてやった。

「じゃあな、キラ。元気でな」

兄やんが家を出ていって、笑生子も兄やんの見送りに行こうとすると、キラがほえた。

ワウンッ、キュウウン、キャンッ

その鳴き方は、いっしょに行きたいといってるんだと、笑生子《えいこ》は感じた。

「キラ、ごめんね！　今日は、隣組《となりぐみ》や町内の人らが集まるから、キラを連れて行けへんね」

笑生子はキラをなでてあやまった。

キュウウン、キャンッ
追うようなキラの鳴き声を背中《せなか》に、笑生子はみんながいる空き地へ駆《か》けて行った。

空き地にいた家族は、お母やんと春男《はるお》、雅子《まさこ》姉やんだけ。

こんなに早く仕事へ行ったのか、お父やんの姿《すがた》も見えなかった。

あとは、「祝出征《しゅっせい》　町田成年《まちだなるとし》君」と書かれたのぼりを持っている人や、日の丸の旗を持ったおばちゃんたちがいた。

ひとりだけ、学校を休んだのか、隣組の中学生、黒田武男《くろだたけお》くんがきりりとした制服姿《せいふくすがた》できていた。

桜《さくら》の花芯《かしん》に「中」の漢字が入った中学の校章をつけて、直立不動で立っているので、まるで武男くんが出征するみたいだった。

見れば、向こうには、材木問屋のおじさんもクリを連れてきていた。

ミカン箱の台の上では、町内会長のおじいさんが出征祝《しゅっせい》いのあいさつをしていて、成年《なるとし》兄やんは、国民服に名前を書いた赤いたすきをかけて、やっぱり直立不動の緊張《きんちょう》した顔で立っていた。

だれかが、「万歳三唱《ばんざい》！」とさけんで、みんなが「ばんざーい、ばんざーい、ばんざーい」と手をあげた。

成年兄やんは、直立不動のまま敬礼《けいれい》をした。

「さあ、出発や！」

と、みんなが移動《いどう》しようとしたとき、

「晴れの出征や。乗りや」

と、材木問屋のおじさんがすすめたのは、鞍《くら》をつけたクリだった。

「は……」

成年《なるとし》兄やんはとまどったみたいやったけど、おじさんは、

「クリも、見送りたいやろしな」

といったので、成年兄やんは、そぉーっとクリに乗った。

プルプルッと、クリが顔をふったので、成年兄やんはクリの首すじをなでてやった。

すると、クリがうっとりした目になった。

そのとき、笑生子《えいこ》は、家に残してきたキラも、お別れがしたかっただろうなと思った。出かけて帰ってくるときは、いつもキラのために、弁当《べんとう》を残して持って帰ってくれる兄やんを、キラも大好きだったから。

（ごめんね、キラ……）

笑生子《えいこ》は、家で寂《さび》しがってるだろうキラに、心であやまった。

クリにまたがって行く成年兄《なるとし》やんはりりしくて、すごくかっこよかった。

「ごめん、笑生子。うちは、市電の仕事休めへんから、駅まで、送っていけへんねん」

雅子《まさこ》姉やんが、笑生子だけに聞こえるようにいった。

「成年兄やんにいいたかったこと、笑生子が伝えて」

「え、いいたかったことって、なに？」

笑生子は聞きかえした。

「お母やんのために死んだらあかん。生きぬくんやでって、伝えて。それに、成年兄やんは、うちが車掌《しゃしょう》になったとき、写真が上手な友達がいるから、いつか、うちと市電の記念写真を撮《と》ってくれるっていうてたんや。その約束守ってもらわんと！　……あ、もう遅刻《ちこく》しそうやから、ほなね！」

（し、市電の記念写真って……！）

笑生子は一瞬《いっしゅん》、ポカンとしたが、そのときにはもう、見送りの行進がはじまっていて、ふいに武男《たけお》くんが歌い出していた。

♪我《わ》が大君《おおきみ》に　召《め》されたる
生命《いのち》光栄《はえ》ある　朝ぼらけ
讃《たた》えて送る　一億の
歓呼《かんこ》は高く　天を衝《つ》く
いざ征《ゆ》け　つわもの　日本《にっぽん》男児！

それに合わせて、おばちゃんたちも、みんなも歌う。

正義《せいぎ》の軍《いくさ》　征《ゆ》くところ
たれか阻《はば》まん　この歩武《ほぶ》を
いざ征《ゆ》け　つわもの　日本《にっぽん》男児！

武男《たけお》くんだけではなく、みんなが合唱しつつ、手をふり、日の丸をふりながら勇ましく行進した。

どうやら市電には乗らず、*省線《しょうせん》の駅へ向かうらしい。

みんなについていきながら、お母やんは末っ子の春男《はるお》の手を引きながら、こっそり泣いている。

兄やんの出征日《しゅっせいび》だというのに、雅子《まさこ》姉やんは、とちゅうで仕事にいってしまったし、結婚《けっこん》して、吹田《すいた》で暮《く》らしている正義《まさよし》兄やんもこなかった。

英米との戦争がはじまる前は、出征となると、家族総出《そうで》の見送りをよく見ていたので、笑生子《えいこ》はなんだか寂《さび》しかった。

成年《なるとし》兄やんの背中《せなか》ばかり見ていると、なぜだか、みんなが歌う勇ましい軍歌に、涙《なみだ》が出そうになって仕方がない。

「こっちや！　澄恵美《すえみ》っ」

うしろから、お父やんの声が聞こえて、お父やんといっしょに駆《か》けてくる澄恵美姉やんが見えた。

「澄恵美《すえみ》姉やんっ」

笑生子《えいこ》は手をふった。

「成年《なるとし》っ」

澄恵美姉やんが呼《よ》んだので、成年兄やんがふりかえった。

「姉さん……！」

成年兄やんが、はじめて笑顔になった。

「間《ま》に合《お》うて、よかった！」

澄恵美姉やんが、心からほっとしたようにいった。

「わしもや。港で早出の石炭運搬《うんぱん》があったんで、大急ぎで済《す》ませてきた。澄恵美もくるっちゅうから、市電の電停で待ち合わせてきたんや！」

お父やんも息を切らせていった。

お父やんは、今日は国民服でもなく、一張羅《いっちょうら》のよそいきの上着を羽織《はお》っていた。

♪父祖《ふそ》の血汐《ちしお》に　色映《いろは》ゆる

＊当時、政府《せいふ》が運営《うんえい》していた鉄道のこと。現在《げんざい》のＪＲ線にあたる。

国の誉《ほま》れの　日の丸を
世紀の空に　燦然《さんぜん》と
揚《あ》げて築《きず》けや　新亜細亜《アジア》
いざ征《ゆ》け　つわもの　日本《にっぽん》男児！

みんなの歌は続いていた。

澄恵美《すえみ》姉やんは、クリに乗った成年《なるとし》兄やんに駆《か》け寄《よ》って、兄やんのひざをたたいたので、兄やんはクリの上で澄恵美姉やんに向かって体をかしげた。

「日本《にっぽん》なんかより、あんた、死んだらあかんで」

澄恵美姉やんが兄やんの耳もとでいったので、笑生子《えいこ》はドキッとした。けど、兄やんはまっすぐ前を見ていて、なにもこたえなかった。

（だ、だれかに聞かれたら、特高《とっこう》に密告《みっこく》されるかもしれへん！）

笑生子はドキドキして、周囲を見回した。

でも、みんなは勇ましい歌に夢中《むちゅう》になっていたから、だれも澄恵美《すえみ》姉やんのいったことなんか聞いてなかった。

たぶん聞こえていたとしたら、クリの手綱《たづな》を引いている材木問屋のおじさんと、そばにいたお父やんと笑生子《えいこ》ぐらいだったが、おじさんは知らん顔をしていたし、お父やんは、年とっても白髪《しらが》一本もない真っ黒で太い眉毛《まゆげ》を、ピクリとも動かさなかった。

笑生子ひとりが、周囲に特高《とっこう》がいないか目を光らせたが、いっしょに歩いているのは近所の人ばかりで、こわそうな特高みたいな人はいなかった。

長々《ながなが》行進して、省線《しょうせん》の駅に着いた。

成年《なるとし》兄やんはクリから降《お》りて、クリにほおずりをした。

「さいなら、クリ」

兄やんがクリにいったときも、手綱は材木問屋のおじさんが持っていた。けど、クリは成年兄やんについていきたいっていうみたいに、手綱をぎりぎりいっぱいまで引っぱった。

行きかけた兄やんが、思いついたように、クリのそばにもどってきた。

兄やんは、クリの耳もとでなにかをささやいてから、ポケットから短い鉛筆《えんぴつ》を出し、クリの鞍《くら》の上で、なにかを走り書きした。

クリは兄やんがそばにいるだけで、なんだかうれしそうだった。

だれにもわからない、クリと兄やんだけの魔法《まほう》の言葉でもあったのだろうか……？

駅の改札へ向かう道で、成年兄やんは、さっき走り書きしていた手紙のようなものを、お父やんに手渡《てわた》した。

「高知のおばあちゃんに手紙書いたから出しといて。会いたかったけど、軍に入営《にゅうえい》してしもたら、もう、会えへんかもしれんから」

「そうか。おまえは、おばあちゃん子やったからな」

お父やんが、濃《こ》い眉毛《まゆげ》をくしゃくしゃとして、手紙を受けとった。

「ばんざーい」

「ばんざーいっ」

いつの間にか半分ぐらいにへってしまった見送りの人たちは、駅前で立ち止まってさけんでいた。

「お国のために、りっぱに死んでこいっ！」

だれがさけんだのか、男の声がした。

ギクッとして、笑生子《えいこ》はふりかえったが、そこに声の主はいなくて、駅から出てきた人たちがぞろぞろ歩いて行く背中《せなか》だけが見えた。

通りがかりに、だれかが声をかけていったのかもしれない。

そのとき、クリが兄やんを追っかけるみたいに足ぶみして「ヒヒンッ」と鳴いた。

それは、まるでクリだけが「行くなっ」といってるようで、笑生子はまた涙《なみだ》がこぼれそうになった。

駅構内《えきこうない》までついてきたのは家族だけだった。

「派手《はで》な見送りは自粛《じしゅく》するようにとお達しがあったから、あてらは駅構内には入れへんねん」と、見送りのおばちゃんたちがいったからだ。

家族だけの駅のホーム、今は「歩廊《ほろう》」と呼《よ》ばれる停車場で、澄恵美《すえみ》姉やんがにぎりしめたなにかを、成年《なるとし》兄やんに渡《わた》した。

「持っていき。じゃまにはならんやろ」

そういった澄恵美《すえみ》姉やんに渡《わた》されたものをちらと見て、成年《なるとし》兄やんはぎゅっとにぎりしめた。

「姉さん……姉さんこそ、大変やのに」

そういった成年兄やんに、澄恵美姉やんが首を横にふった。

「あては、だいじょうぶや。しぶといからな。けど、おまえはええ子過《す》ぎるから心配なんや。なにかこまったことあったら、あてだけにわかるように手紙に書いてきいや。ええなっ」

澄恵美姉やんがいった。

「あてだけにわかるように」と澄恵美姉やんがいったのは、このころの手紙は、政府《せいふ》の検閲《けんえつ》というのがあって、国家や戦争に対して反対したり気弱なことを書いたりすれば、それだけで手紙は没収《ぼっしゅう》されるし、へたをすれば、特高《とっこう》につかまってしまうからだった。

笑生子《えいこ》も兄やんに駆《か》け寄《よ》って、耳もとでささやいた。

「雅子《まさこ》姉やんが、お母やんのために生きぬけって……！」

さすがに、雅子《まさこ》姉やんがいった「記念写真」のことはいえなかった。

兄やんは一瞬《いっしゅん》ほほえんだだけで、すぐきりっとした。

「気ぃつけて行けよ！」

お父やんも、言葉少なにいった。

「ほんまに、体だけは、気ぃつけてな……」

お母やんも涙《なみだ》ぐんでいう。

「ばんざーいっ、ばんざーいっ」

駅の外にいるおばちゃんたちの声は駅までひびいて、その中でも、はっきり大きな声は、武男《たけお》くんだった。

汽車が近づいてきて、成年《なるとし》兄やんは、見えない駅の外に深いおじぎをしてから、笑生子や家族みんなに手をふった。

その手ににぎったままだったのは、澄恵美《すえみ》姉やんが渡《わた》したなにかだった。ちらりと見えたそれは、お金だった。それも、たたまれた十何枚《じゅうなんまい》かのお札。

（今はなにもかも値段《ねだん》があがって、ふつうに暮《く》らすのも大変やのに、女のひとり暮《ぐ》らしの澄恵美《すえみ》姉やんが、あんなにたくさんのお金を……！）

笑生子《えいこ》は胸《むね》がいっぱいになって、姉やんの横顔を見あげた。

姉やんはこんなときも泣いたりせず、きりっとして立っていた。

愛想《あいそ》をふりまくようなところは、いつだって一切ない姉やんが、だれにも気づかせず、兄やんに手渡《てわた》したお金……そのお金に、兄やんへの、姉やんの気持ちがこもっているような気がした。

（成年《なるとし》兄やんは優《やさ》しくて、澄恵美姉やんはこわいけど、ほんとは似《に》ているのかもしれへん……！）

そう気づけば、親兄弟のことを心配して、できることをせいいっぱいしてくれるのは、いつも成年兄やんと澄恵美姉やんだったと思った。

そのとき、笑生子は、見た目だけではわからない、人間の根っこのようなものを感じた。

（その根っこのつながりの中に、うちもいる！　今はわからへんけど、うちも、兄やんと姉やんにつながってるんや！）

そう思うだけで、勇気がもらえる気がした。

成年《なるとし》兄やんは、澄恵美《すえみ》姉やんの「死んだらあかん」というのにも、笑生子《えいこ》がいった雅《まさ》子《こ》姉やんの「お母やんのために生きぬけ」というのにも、なにもこたえないまま、「行きます！」と敬礼《けいれい》して、列車に乗った。

「行ってきます」とは、兄やんはいわなかった。

駅には、町や村の警察官《けいさつかん》や特高《とっこう》もいて、みんなが話す言葉に目を光らせているので、戦争へ行くとき、「行って帰ってくる」という意味の「行ってきます」はいえない。

国のために戦い、天皇陛下《てんのうへいか》のために戦って死ぬのが正義《せいぎ》であり、神国日本の神兵たる日本人の務《つと》めだと教えられてきた。「お国のために、死んで帰ってこい！」と、兵を送り出す人もいるぐらいだから、「生きて帰れ」と伝えた澄恵美姉やんや雅子姉やんがいってくれたことだけでも笑生子はうれしかった。

……けれど、肝心《かんじん》の兄やんは、なにもこたえなかった。

戦地へ行くとは、お国のために働き死ぬことだ。そう、兄やんも思っていたのかもしれない。

ただ、列車の中で、笑生子《えいこ》を見た成年《なるとし》兄やんのくちびるが、「ちいやん、元気でな……」と、動いたみたいだった。

「成年兄やんーっ」

笑生子は、兄やんを呼《よ》ばずにいられなかった。

「ばんざーい、ばんざーいっ」

「ばんざーいっ、ばんざぁーいっ」

駅の外から聞こえる万歳《ばんざい》の声が、発車する汽車の音にかき消される。

「にいやーんっ」

笑生子も大きな声でさけんだ。

「……お母やん、しっかりしいや」

澄恵美《すえみ》姉やんが汽車を見送りながら、お母やんにささやいた。

「そや。うちは女の子も多いから、まだましや」

お父やんも小さな声でいった。

「そんなこというたかて、あの子は、たったひとりしかいいひんのに……！」

お母やんがかすれた声でいって、ぐすっと鼻をすすった。

「しゃあない。ええ男はみんな、戦争にとられるんや！」

澄恵美《すえみ》姉やんが、きっぱりいった。

その声は周囲の人にも聞こえて、構内《こうない》にいた何人かがふりかえったけど、澄恵美姉やんはまっすぐ前を見ていて、気にしなかった。

笑生子《えいこ》は、どんなに小さくなっても、一分一秒でも、兄やんの顔が見ていたかったし、汽車が見えなくなるまで、ずっと手をふっていたかった。

なのに、警官《けいかん》や特高《とっこう》がみんなのいうことを聞いてないか心配で、つい周囲を見回してしまって、その間に、成年《なるとし》兄やんの乗った車両が小さくなって、見えなくなってしまった。

それでも、笑生子は、見えなくなった汽車にまだ手をふり続けた。なぜなら、目には見えないけれど、まだ、汽車の音が笑生子の耳にひびいていたから……。

成年兄やんを見送ったあとは、みんなバラバラに帰ったが、武男《たけお》くんだけが、笑生子の家族といっしょに歩いてくれた。

「ぼくも中学出たら、陸軍に志願《しがん》するんや」

武男《たけお》くんがいった。

「なんで？　武男くんとこ、お父さんも出征《しゅっせい》しやはったし、お母さんひとりになってしまうやん！」

笑生子《えいこ》がいうと、武男くんは笑った。

「ぼくは、広瀬中佐《ひろせちゅうさ》みたいな軍人になるんや！　お母さんはりっぱな銃後《じゅうご》の母やから、わかってくれる！」

武男くんのいう「広瀬中佐」は、日露《にちろ》戦争で、部下を救おうとして戦死された軍神だった。

日本中が讃《たた》えている軍神だからえらい人だとはわかるけれど、笑生子は、だからといって、兄やんに広瀬中佐みたいになってほしいとは思わなかった。

そんなことより、無事に帰ってきてほしい……。

その気持ちは、「銃後の母」と呼《よ》ばれた理想のお母さんだと、ちがうのだろうか？

笑生子《えいこ》は、お母やんの気持ちを思い、武男《たけお》くんのお母さんの気持ちを思った。

そのとき、兄やんと姉やんの根っこがつながっているのと同じに、お母さんたちの根っこもつながっているような気がした。

見た目はちがうように見える武男くんのお母さんだって、きっと笑生子のお母やんと同じに、子どもを戦争になんかやりたくないはずだ。

そう思ったが、武男くんにはいえなかった。

その帰り道、電気屋からひびいてきた歌に、笑生子はまた泣きそうになった。

♪行くぞ行かうぞ　がんとやるぞ
大和魂《やまとだましい》だてぢゃない
見たか知ったか底力
こらえこらえた一億の
かんにん袋《ぶくろ》の緒《お》が切れた

さうだ一億火の玉だ
一人《ひとり》一人が決死隊
がっちり組んだこの腕《うで》で
守る銃後《じゅうご》は鉄壁《てっぺき》だ
何がなんでもやり抜《ぬ》くぞ
進め一億火の玉だ
行くぞ一億どんと行くぞ

勇ましい歌ほど、涙《なみだ》が出そうになるのはなぜなのか、笑生子《えいこ》は最後に敬礼《けいれい》して見えなくなった兄やんを思い浮《う》かべて目をこすった。

軍隊へ入って、きっと戦地へ向かっただろう成年《なるとし》兄やんから、それからの便りは届《とど》かなかったので、兄やんがどの前線へ連れて行かれたのかさえ、笑生子は知らない。

それを聞きたくても、聞けば、お母やんがまた泣くような気がして、どうしても、聞くことができなかった。

4
ちいやんのお姫《ひめ》さま

昭和十八年、四年生最後の三月に、国民学校の学芸会の出しものが決まった。

男子組は、「爆弾《ばくだん》三勇士」だの、「チョコレートと兵隊」だの、戦争のお芝居《しばい》が多かったけれど、笑生子《えいこ》の女子組は「安寿《あんじゅ》と厨子王《ずしおう》」のおゆうぎに決まった。紙芝居《かみしばい》といい、学芸会といい、戦争ものばかりでは女の子としては楽しくなかったけど、それをいうことはできなかったので、おゆうぎに決まったのは、ほんとにホッとした。

「ちいやん、学芸会の練習しよ！」

学校から帰るとすぐ、家の玄関《げんかん》に仲よしのひばし組がさそいにきた。

「はーい」

笑生子はランドセルを家に放りこみ、玄関へ駆《か》け出《で》た。

ひばし組と呼《よ》ばれているのは、いつもいっしょに登校する仲よしの三人で、顔が小さく手足が長い千代《ちよ》ちゃんと、まばたきするとパサッパサッと音がしそうなほどまつ毛が濃《こ》くて長い大きな瞳《ひとみ》のめめちゃんと、笑生子《えいこ》の三人だった。

そろってひょろりとやせている女子三人は、火鉢《ひばち》にさしてあるひばしが立っているようだと、だれがいったのかわからないが、いつからか、自分たちまで「うちら、仲よしのひばし組やもんねえ」というようになっていた。

しかも、このときの学芸会のおゆうぎは、笑生子が主役に決まったので、みんなで、練習しようと約束していたのだ。

「けど、ここには厨子王役《ずしおうやく》がいやへんし、練習するには人数足りんことない？」

笑生子が玄関《げんかん》に出ていうと、千代ちゃんが、

「あ、弟の厨子王役、春男《はるお》ちゃんにやってもらお」

っていった。

「ええっ。春男ぉ!?」

笑生子《えいこ》は、台所のお母やんにくっついて、お母やんがつくった干《ほ》しいもをかじってる春男《はるお》をふりかえった。

末っ子の春男は、思いこんだらどんなことでも突《つ》っ走《ぱし》るわんぱくだったから、ふたつ上の笑生子とは、しょっちゅう、取っ組み合いのけんかをする。とてもじゃないが、おとなしく学芸会の練習を手伝ってもらえるとは思えなかった。

「春男ちゃん。手伝ってくれたら、うちのおやつもあげるよ！」

千代《ちよ》ちゃんが声をかけたので、「え、なにを手伝うんや？」と、春男が出てきた。

「学芸会の練習やけど、おゆうぎやから、セリフも歌やし。楽しいで」と、千代ちゃんがいった。

「ええか、こういう話や。昔、お父さんが罪人《ざいにん》になって、筑紫《ちくし》というところへ流されてしもたんや。それで、その娘《むすめ》の安寿《あんじゅ》と弟の厨子王《ずしおう》が、お母さんと女中さんといっしょに筑紫へ行くことになってん。けど、道のとちゅう、越後《えちご》の海で人さらいに遭《お》うてしまうねん。そんで、お母さんとは生き別れになった安寿と厨子王は、山椒太夫《さんしょうだゆう》という悪者のところへ売り飛ばされるねん」

「そうそう。そこで、安寿《あんじゅ》は、海へ潮《しお》くみに、厨子王《ずしおう》は山へ柴刈《しばか》りに行かされて、毎日毎日こき使われるんや。そんで、このままではあかんって思った安寿が、ある日、弟の厨子王を逃《に》がす決心をするんや。その厨子王の役、手伝《てつど》うて！」

めめちゃんもいった。

「ほな、お姉ちゃんらは、なにやんねん？」

春男《はるお》がたずねた。

「わたしは、生き別れになったお母さん」って、めめちゃんがこたえた。

「うちは、とちゅうで死んでしまう女中さん」

千代《ちよ》ちゃんもいった。

「安寿も弟を逃がしてから、自殺してしまうんやけど、厨子王だけは助かって、りっぱに強くなって、お母さんに会いに行くんやで！」

笑生子《えいこ》もつい力を入れて、春男にいった。

春男は一年生になってから、「りっぱ」「強い」って言葉が、大好きだったたから。

「そうや。春男ちゃんは厨子王にぴったりやで！　お姉ちゃん思いやもん！」

めめちゃんがそういったのは、去年、笑生子《えいこ》が学校の男子にいじめられて泣いて帰ってきたとき、春男《はるお》が「仕返ししたるっ」と怒《おこ》って、下駄《げた》をつかんで出て行こうとしたのを見ているからだった。

そのときはもちろん、お母やんも笑生子も、春男を止めたけれども。

「ほら、ちいやん。歌ってみい」

千代《ちよ》ちゃんがすすめた。

笑生子は、優《やさ》しいお姫《ひめ》さんの安寿《あんじゅ》の歌を歌った。

♪赤い夕陽《ゆうひ》の越後《えちご》の海で
　お母さまには、生き別れ～

歌いながら、笑生子は柄杓《ひしゃく》で潮《しお》をくむふりをしつつ、お母さんとはなればなれにされて、人買いの山椒太夫《さんしょうだゆう》に売られてしまった安寿の気持ちを思いうかべた。

（どんなにか、悲しかったやろな……）

「ほら、春男ちゃん。厨子王《ずしおう》は、山へ柴刈《しばか》りに行かされるんやで。山で柴刈ってるふりして！」

めめちゃんがいったけど、春男《はるお》はきょとんとしている。

♪かわい弟は柴刈りに
指が破《やぶ》れて、母の名呼《よ》べば
山椒太夫《さんしょうだゆう》の目が光る～

笑生子《えいこ》は心をこめて歌った。

山椒太夫に売られた安寿《あんじゅ》と厨子王は、朝早くから夜遅《よるおそ》くまで、子どもにはつらい仕事をさせられて、いつでも逃《に》げないように見はられていたから、そう歌うと、光る山椒太夫の目が見えるような気がした。

「ほら、春男ちゃんは、こうするんや」

千代《ちよ》ちゃんがかがみこんで、柴《しば》を刈《か》るみたいにした。

「いやや。そんなんせえへん！」

春男《はるお》はぷいと、駆《か》け出《だ》して行ってしまった。

「あ、春男ちゃんっ」

千代ちゃんたちが呼《よ》んだけど、笑生子《えいこ》は「かまへん、かまへん」といった。

最初から、春男が役に立つとは思っていなかったから。

「じゃ、どうする？」

「うちらでやろ」

そう決めて、三人で練習した。

笑生子が、厨子王《ずしおう》の役もやることになった。

安寿《あんじゅ》に逃《に》がしてもらって、りっぱな＊太守《たいしゅ》になった厨子王は、佐渡《さど》の島まで、お母さんを探《さが》しに行くが、見つからない。

すると、目の見えないおばあさんが、干《ほ》した豆をつつきにくる鳥を笹《ささ》の枝《えだ》ではらいながら、歌っているのだ。

♪安寿恋《あんじゅこい》しや、ほうやれほ
厨子王恋《ずしおうこい》しや、ほうやれほ
鳥にも命あるものなれば、
とうとう逃《に》げよ、おわずとも～

お母さん役のめめちゃんが、きれいな声で歌った。

「お母さんっ」

笑生子《えいこ》は厨子王を演《えん》じながら、ふと、厨子王が成年《なると》し兄やんのような気がした。

なぜって、成年兄やんは、いつでも、お母やんや京都の澄恵美《すえみ》姉やんに優《やさ》しかったから。

そう思うと、目の見えなくなった安寿と厨子王のお母さんが、笑生子のお母やんのような気がしてきた。

もし、成年兄やんが、目の見えなくなったお母やんに会ったら、きっと泣くにちがい

＊国をおさめる大名。

ないと思う。

考えてみれば、親兄弟がはなればなれに引きさかれるなんて、昔話だと思っていたのに……今では、あちこちで、そういう悲しいことが起こっている。

お父さんや息子が兵隊に行ってしまって、女と子どもと年寄《としよ》りだけになった家が、笑生子《えいこ》のまわりにもたくさんあった。日本が戦争している今という時代は、もしかしたら、昔より、ずーっとこわい時代なのかもしれないと思えた。

♪赤い夕陽《ゆうひ》のあの日の海で
兄やんとは、生き別れ……

笑生子はいつしか、成年《なるとし》兄やんのことを思っていた。

心の中で歌うと、あの日の赤トンボの夕焼けが見えた。

あの日、兄やんとクリが立っていた尻無《しりなし》川の土手から見えた海の夕焼けは、赤く、赤く、にじんでひろがっていくようだった……。

思い出すと、涙《なみだ》が出そうになって、笑生子《えいこ》はぎゅっと歯を食いしばった。

その日は、学芸会の練習のあと、ひばし組の三人でおままごとをした。

兄やんと姉やんに買ってもらった小さなガラスの「ままごと道具」を真ん中に置いて、笑生子がお茶を入れて、ガラスのくだものを「どうぞ」と出してあげた。

千代《ちよ》ちゃんとめめちゃんは、お茶を飲むふりをして、「うわあ、このいちご、かわいい！」といってくれたり、「この梨《なし》もおいしいよ」とかいってくれて、三人で楽しく遊んだ。


学芸会の当日。

その日は、お母やんだけでなく、雅子《まさこ》姉やんもきてくれた。

お客さんたちは、厨子王《ずしおう》とお母さんが再会《さいかい》するシーンで、みんな大拍手《だいはくしゅ》をしてくれた。

涙《なみだ》ぐんでる人もいた。

そのシーンでは、笑生子が演《えん》じた安寿《あんじゅ》の出番は終わっていたので、舞台《ぶたい》の端《はし》から、お客さんの反応《はんのう》をぜんぶ見ることができた。

「ようがんばったね」

拍手《はくしゅ》の中、四年生に続いて、五年生でも担任《たんにん》になると決まった亀岡《かめおか》先生がほめてくれた。

拍手は、長い間、鳴りやまなかった。

戦争で家族が引きさかれている今は、みんなにも、安寿《あんじゅ》と厨子王《ずしおう》の悲劇《ひげき》が自分のことのように思えるのかもしれない。

笑生子《えいこ》が、兵隊に行ってしまった成年《なるとし》兄やんを思うように、みんな、だれかを思って泣いたのかも……。

そう思ったのは、いつもなら車掌服《しゃしょうふく》できりりとしている雅子《まさこ》姉やんまで涙《なみだ》ぐんでいたからだ。

おゆうぎの中の安寿と厨子王のお母さんの歌が、笑生子の中でよみがえっていた。

いや、それは、戦争で戦う兄やんへの思いだった。

殺されたりせずに、逃《に》げてほしい……なんていえば、非国民《ひこくみん》とののしられると思うけれど、その歌を、笑生子は口ずさまずにはいられなかった。

♪人にも命あるものなれば、
とうとう逃《に》げよ、おわずとも～

その年、昭和十八年の四月から、笑生子《えいこ》は五年生になった。

春も夏も、いつもより早く過《す》ぎていったのは、もしかして、成年兄《なるとし》やんがいなくなったせいなのかもしれない。

家族のみんなをいつでも助けてくれた兄やんがいないぶん、だれもかれもがいそがしくて、せいいっぱいだったし、笑生子も個人疎開《こじんそかい》で、正義《まさよし》兄やんの吹田《すいた》の家へあずけられたりしていたので、毎日はあわただしく過ぎていった。

正義兄やんはおこりんぼうのところはあったけれど、それほどめんどうがらずに、笑生子を受け入れてくれたので、週末には、笑生子は個人疎開から、家へ帰ることができた。

「キラ、ただいまぁ！」

八月になって、笑生子《えいこ》が家へ帰ってきた日、なぜか、家の中がシーンとしていた。

キラだけはよろこんで、しっぽをふったけれど、座敷《ざしき》にいたお母やんが出てこない。

見ると、座敷の真ん中で、なにかの手紙を持ったお母やんが、ぽつんと立っていた。

「どうしたん？」

笑生子はお母やんに駆《か》け寄《よ》った。

お母やんは、意味のわからない番号が入った手紙をにぎって、ぶるぶるふるえていたので、笑生子はその手紙をのぞきこんだ。

その手紙は、成年《なるとし》兄やんの軍隊から届《とど》いたはじめての郵便《ゆうびん》だった。

なにかの番号の横に、お父やんの出身地である高知の本籍《ほんせき》住所が書いてあり、兄やんの名前があった。

●「死亡告知書」
陸軍上等兵　町田成年

右昭和十八年五月七日午後零時参拾分中支湖南省の戦闘に於いて戦死せられ候上、此の段通知候也。
追而、市区町村長に対する死亡報告は、戸籍法第百十九条に依り官においてて処理致すべき候。
昭和十八年八月六日
西部第三十四部隊長　森田豊秋

漢字だらけの文に、笑生子《えいこ》はポカンとした。

「な、なるとしっ……なるとしぃっ……！」

ふいに泣き出したお母やんの声に、笑生子はその郵便《ゆうびん》の最初の文字を見直した。

（死亡《しぼう》告知書……う、うそっ。手紙一通もこないうちに、兄やんが戦死した……？）

笑生子には、とても信じられなかった。

（いつでも、みんなのことを考えてくれた兄やんが手紙も書かず、戦争に行ったきり、たった四か月で……戦死したなんて！）

ぼうぜんとした笑生子《えいこ》には、お母やんをなぐさめる言葉さえ浮《う》かばなかった。

ただ、兄やんの戦死という言葉だけが、ズン……と重く、頭の中でうず巻《ま》いて、兄やんの名を呼《よ》ぶお母やんの姿《すがた》がぼうっと遠くなった。

（兄やんが死んでしまった……！　もう、帰ってこないっ……）

笑生子の心は、迷子《まいご》のようにくらくらしていた。

戦死という言葉が、暗くぬれたマントのように、冷たくおおいかぶさってきて、笑生子は、目も、のども、胸《むね》も、熱くつまって、呼吸《こきゅう》ができなくなった。

「な、成年《なるとし》兄やん……！」

ようやく、かすれた声でそう呼《よ》んだ瞬間《しゅんかん》、熱い涙《なみだ》がどっと堰《せき》を切った。

あふれ出した涙はとどまることなく、ぽたぽた、ぽたぽた、畳《たたみ》に落ち続けた。

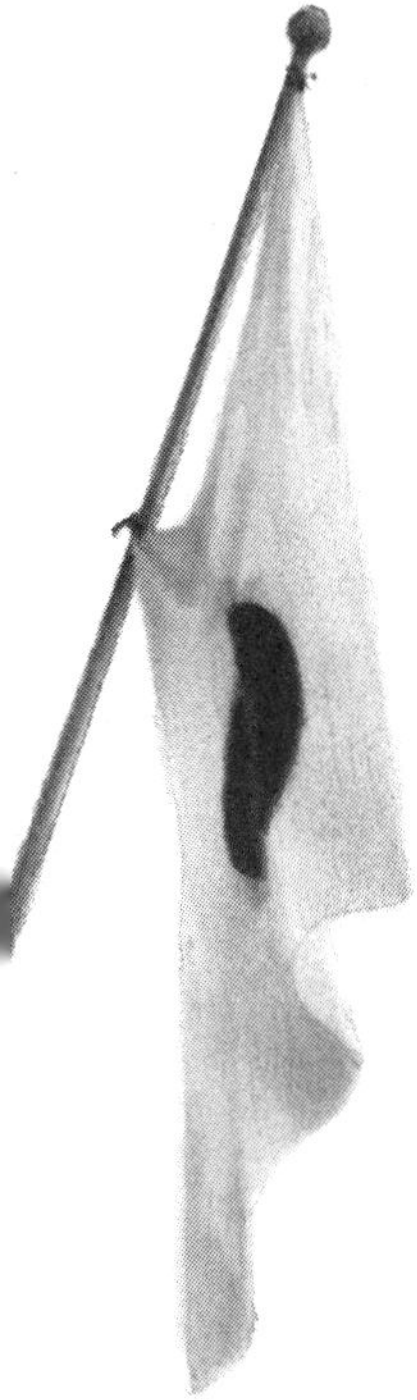

数日後、軍隊から送られてきた成年《なるとし》兄やんの骨箱《こつばこ》を抱《だ》いて、お父やんが帰ってきた。

兄やんの戦死の知らせは隣組《となりぐみ》の回覧板《かいらんばん》でも回ったらしく、みんなが行列してむかえてくれた。

出征《しゅっせい》のときに見送ってくれた中学生の黒田武男《くろだたけお》くんもきてくれて、行列の一番前で、直立不動の最敬礼《さいけいれい》をしてくれた。

隣組《となりぐみ》の公園には、白い花輪や日の丸の旗が並《なら》んで、りっぱな祭壇《さいだん》がこしらえてあった。

家族や兄弟姉妹もそろった中、お父やんが、兄やんの英霊《えいれい》を、祭壇にむかえた。

知らせを聞いた澄恵美《すえみ》姉やんは、今はあまりつくられなくなった梨《なし》を、遠い農家まで、わざわざ買い出しに行ってきて、祭壇に供《そな》えてくれた。

「あの子の好物やったから……」と、ただそれだけ、姉やんはいった。

集まった人の中には、「名誉《めいよ》のご戦死、おめでとうございます」とあいさつする人がいて、お母やんはだまっておじぎをしていた。

お父やんは濃《こ》い眉《まゆ》をヒクヒクさせながら、「ありがとうございます」とこたえている。

(戦死はめでたいことなのか……?)

笑生子《えいこ》にはわからなかったけれど、戦死を悲しんだりするのは、ゆるされないことらしい。

お母やんも、今日は泣かなかった。

おぼうさんにきてもらって、りっぱなお弔《とむら》いが済《す》んで、きてくれた人にお礼をいって見送ったあと、いそがしい雅子《まさこ》姉やんは泣きながら仕事へ行って、吹田《すいた》で警防団《けいぼうだん》をしている正義《まさよし》兄やんも、今日は防空《ぼうくう》訓練があると、バタバタ帰って行った。

家へ持って帰った成年《なるとし》兄やんの骨箱《こつばこ》は仏壇《ぶつだん》に置かれたけど、笑生子は、どうしても兄やんに会いたくて、そっと白木の箱を開け、中をのぞいてみた。

すると、箱の中には、子犬の骨《ほね》のようなまばらな小さなお骨《こつ》と、五銭《せん》と十銭の硬貨《こうか》だけが入っていた。兄やんの顔や頭らしいお骨も、たくましかった兄やんの太いお骨《こつ》も、どこにも入ってなかった。

「なんで、死線も苦戦も、越《こ》えられへんかったん⁉」

笑生子は、まばらなお骨と、いぶされたような五銭硬貨《せんこうか》と十銭硬貨にたずねるしかなかった。

このふたつの硬貨は千人針《せんにんばり》に縫《ぬ》いつけた硬貨なのだろう。どういうわけか、表側だけが、いぶされたように黒くなっている。兄やんがおなかに巻《ま》いていた千人針の硬貨がこれだとしたら、兄やんは戦場の爆弾《ばくだん》にやられて燃《も》えたのか……それとも、戦死した兄やんの遺体《いたい》を焼いたときにいぶされたのか……。

いや、兄やんの遺体《いたい》だけを焼くことができたなら、兄やんのお骨《こつ》だって、もっときちんとそろって届《とど》くはずだ。

「お骨がちょっとしかないのは、なんでなん！　なあ、兄やん！」

笑生子《えいこ》は、白木の箱を抱《だ》きかかえていった。

チャリ……と音がして、かたむいた骨箱《こつばこ》の中に、もうひとつ、きれいな五銭硬貨《せんこうか》が入っているのが見えた。

「これは……！」

とたん、笑生子の目に、お弔《とむら》いの間だけ、がまんしていた涙《なみだ》があふれた。

もうひとつのきれいな五銭硬貨、それを見たとたん、思い出したのだ。

あの京都の百貨店で、笑生子が差し出したお財布《さいふ》ごとのおこづかいから、「これだけ、お守りにもらうわ」と、五銭だけ受けとった兄やんの笑顔を……。

きれいな五銭硬貨は、あの硬貨にまちがいなかった。

「これ、兄やんが『お守りにする』って持って行った、うちの五銭硬貨かもしれん……」

つぶやいた笑生子《えいこ》のほおを、お母やんがそっとぬぐってくれた。

「きっと、そうやろ。笑生子のお守りやったら、成年《なるとし》がだいじにしてたはずや。そやから、いっしょに戦った人らが、お骨《こつ》といっしょに入れてくれたんや」

お母やんがかすれた声でいった。

「なんで⁉　千人針《せんにんばり》のお守りは燃《も》えたみたいやし、うちがあげたお守りも、なんで、兄やんを守ってくれへんかったん⁉　なんで⁉」

お守りに、いや、神さまに向かって、笑生子は聞きたかった。

笑生子の頭には、兄やんの笑顔しか浮《う》かばない。

信じられなかった。あんなに元気で優《やさ》しい兄やんが、こんなに早く死んでしまうなんて！

よみがえる思い出たちが、笑生子といっしょに、「なんで⁉　なんでっ……⁉」とさけんでくれている気がした。

神国日本の神さまは天皇陛下《てんのうへいか》であり、この戦争は＊大東亜《だいとうあ》の民を救う正義《せいぎ》の戦争であると教えこまれ、皇国《こうこく》の民すべては天皇陛下の神兵であるので、この戦争には必ず勝つと

＊東アジア、東南アジアとその周囲。

信じていた。笑生子《えいこ》だけでなく、きっと、だれもかれもが……。

それなのに、神兵の兄やんは死んだ。

戦争へ行って、たった四か月で……。

まるで紙切れみたいに使い捨《す》てられた兄やんを思うと、笑生子の胸《むね》は悲しみでいっぱいになって、今にも爆発《ばくはつ》しそうだった。

あんなに生き生きと元気で、家族にも元気を与《あた》えてくれた兄やんを、この国は、紙切れ一枚《まい》で召集《しょうしゅう》して、また紙切れ一枚でこの世から消してしまうのだと。

……もう、兄やんは、二度と帰ってこない。

笑生子にとっての成年《なるとし》兄やんは、いつもいっしょにいなくたって、今日、帰ってくるかな、明日かなと、思うだけで、幸せにしてくれる人だった。

いっしょにいるときは、おふとんみたいにあったかくて、大きな、大きな存在《そんざい》だった。

その兄やんが、「安寿《あんじゅ》と厨子王《ずしおう》」の厨子王のようには、もう帰ってきてはくれない
……！

（そんなこと、やっぱり、信じられへんっ）と、笑生子はさけびたかった。

笑生子《えいこ》には、兄やんの声も、笑顔も、抱《だ》っこしてくれた兄やんの大きな体も、ぬくもりも、はっきりとよみがえる。

それが、もう、この世にないなんて、信じられないし、信じたくなかった。

「陸軍の新兵訓練は三か月はあるはずや。成年《なるとし》は、そのすぐあとに激戦地《げきせんち》へ送られたんやな……」

お父やんが、ぼそっとつぶやいた。

そのとき、兄弟姉妹の中でひとりだけ、家までついてきてくれた澄恵美《すえみ》姉やんが、

「お母やん、これ……」と、折りたたんだ紙を、お母やんに手渡《てわた》した。

泣いていたお母やんは、それを開いて見た。手紙のようだった。

その手紙を開いたまま、お母やんが、ぼろぼろ、ぼろぼろ、大粒《おおつぶ》の涙《なみだ》をこぼした。

「お母やん、どうしたん？」

笑生子は、お母やんの手元をのぞきこんだ。

姉さん、お元気ですか。笑生子《えいこ》も春男《はるお》も元気にしていますか。

これから、どこに行くのかは書けませんが、戦地には犬も馬も鳩《はと》も出征《しゅっせい》しており、勇ましい戦友となってくれております。

わたしは、天皇陛下《てんのうへいか》と神国日本の御恩《ごおん》に報《むく》いるため、命をかけて働きます。

姉さんにも、雅子《まさこ》にも約束します。きっと、戦いぬくと。

町田成年《まちだなるとし》

その手紙を、笑生子はじっと見つめた。

戦地にも犬や馬が……！

（もしかして、これを書いたとき、兄やんは、キラやクリのこと思ってたんかも……！）

そんな気がして、胸《むね》が熱くなった。

なにもわからないはずなのに、キラがキャンと鳴いた。

それは、ほえるというより泣くような声だったけれど、笑生子《えいこ》は胸《むね》がいっぱいで、キラのそばには行ってやれなかった。

そのとき、澄恵美《すえみ》姉やんがいった。

「その手紙には、あてと成年《なるとし》が決めたかくし言葉があるんや。軍の検閲《けんえつ》にあっても、没収《ぼっしゅう》されんように、ある言葉は、かくし言葉の意味で書くから……って、成年はいうてた」

「え？」

笑生子《えいこ》は、澄恵美姉やんの顔を見た。

「それはな、『天皇陛下《てんのうへいか》』のかくし言葉が『お母やん』で、『神国日本』は『お父やん』や。あてにだけわかるように書いてくれたんや。成年の出征前《しゅっせいまえ》に決めといたかくし言葉でな……」

そう聞いて、笑生子は頭の中で、文面をかくし言葉に変えて、もう一度手紙を見つめた。

……わたしは、お母やんとお父やんの御恩《ごおん》に報《むく》いるため、命をかけて働きます。姉さんにも、雅子《まさこ》にも約束します。きっと、戦いぬくと。

（……兄やんは、命をかけて働く、戦いぬくって書いたのに戦死してしもたんや……！天皇陛下《てんのうへいか》のため、神国日本のために、死んで帰ることこそがりっぱで正しいことだとみんながいうのに、かくし言葉に『お母やん』と『お父やん』のためにって書いた兄やん……兄やんは、ほんまに、お母やんとお父やんのためにがんばろうって思ったんや！）

そう思えば、「姉さんにも雅子にも約束します。きっと、戦いぬくと」と書かれた文字にも、兄やんの思いがこもっている気がした。

（兄やんの出征《しゅっせい》の日に、澄恵美《すえみ》姉やんも雅子姉やんも、『死んだらあかん』、『生きぬけ』っていった……その姉やんらに書いてくれた『約束します。きっと戦いぬくと』……って、もしや、『戦いぬいて、生きて帰ると約束します』という意味なのかも……！）

そう思ったとたん、笑生子《えいこ》は声をあげて泣いていた。

肩《かた》をなでられ、見あげると、これまで泣いたことがない澄恵美《すえみ》姉やんの目にも、光るものがみるみるふくらんで、こぼれるのが見えた。

（なるとし……）

声には出さなかったけれど、姉やんのくちびるがそう動いたのを、笑生子《えいこ》だけは気づいた。

と、ぼろぼろ泣いてたお母やんが、姉やんに向かって、ふらぁと、よろめいた。

そのお母やんを抱《だ》きとめて、澄恵美姉やんは、水にぬれたキラがするみたいに、ぶるっと涙《なみだ》をはらって、お母やんにほほえんでみせたけど、お母やんから兄やんの手紙をもらって読んだお父やんは、ずっと目をうるませて、濃《こ》い眉毛《まゆげ》をしょぼしょぼさせていた。

この日のかくし言葉は、雅子《まさこ》姉やんだけには伝えたので、このことは、お母やんとお父やん、澄恵美姉やん、雅子姉やん、笑生子だけの秘密《ひみつ》になった。

なぜなら、もし、そんなことを家族以外のだれかに知られたら、戦死した兄やんも、家族も「非国民《ひこくみん》」とののしられるかもしれなかったから。

笑生子《えいこ》は自分のことより、大好きな兄やんがののしられたりするのだけは絶対《ぜったい》いやだった。

死んでしまった兄やんを守りたかった。

どこのだれからだって、神国日本からだって、兄やんにうしろ指なんか指させない！

笑生子は歯を食いしばって思った。


兄やんの戦死後、家の玄関《げんかん》にはるようにと町からもらった紙には、「誉《ほまれ》の家」と書かれていた。

戦死者を出した家は名誉《めいよ》ある家なので、その誇《ほこ》りに「誉の家」としてたたえてくれたのだ。

けれど、それを見るたびに、笑生子はくやしかった。

（兄やんは、ほんまに、うちら家族の自慢《じまん》や！　こんなふうに国にたたえてもらわんでも、兄やんは、うちらの誉なんや！）

深い深い、心の底から、笑生子《えいこ》はそう思った。

兄やんを亡《な》くしたその年の秋の終わりだった。

ご近所だった根角《ねずみ》さんご夫婦《ふうふ》が、広島へ引《ひ》っ越《こ》すことになった。

「もう大阪《おおさか》は危険《きけん》なんで、女房《にょうぼう》の実家へ帰ろうと思います」

引っ越しのあいさつにみえたねずみのおっちゃんがいった。

奥《おく》さんのおばちゃんは、だまって、おっちゃんのそばにつきそっていた。

「え、ほな、ねずみのおっちゃん、動物園の仕事、やめはったん？」

笑生子は、おっちゃんにたずねた。

ねずみのおっちゃんは、お母やんに向かって、「戦死された成年《なるとし》くんにも、えらいお世話になりましたけど、もう、動物園の動物も少のうなってしまいましたんで、臨時職《りんじしょく》員《いん》のわしは退職《たいしょく》させてもろたんですわ」と、おじぎをした。

「え、少のうなったって、あのヒョウは？」

笑生子は、おっちゃんにすごくなついていたヒョウがわすれられなかったので、聞いてみた。

すると、みるみる、おっちゃんの顔がゆがんだ。

「あいつは……」

おっちゃんがいいかけて、ごくりと息を飲んだ。

「く、空襲《くうしゅう》があったら、動物園の檻《おり》が壊《こわ》れて猛獣《もうじゅう》が逃《に》げ出《だ》すんで、それを防《ふせ》ぐために、猛獣を殺すようにって、大阪《おおさか》市から命令があったんや。東京でも処分《しょぶん》したから、大阪も処分せよっていうてな。……もともと、うちのキリンやカバやらは飼料《しりょう》不足の病気で死んだり、餓死《がし》したりしてたけど、十月になってからは、市から、オオカミやヒグマ、トラやライオンにも、毒入りのえさを食べさせて殺せって命じられたんや……」

そこまでいって、ねずみのおっちゃんは、息を整えるように深く息を吸《す》いこんだ。

「……けど、ヒョウは、あいつは……毒入りのえさを三回も吐《は》き出しよったんや。そ、そしたら、上司から、ロープをかけてしめ殺せっていわれた！　そんなこといわれても、あいつは、赤ちゃんのときから、わしが育てたヒョウや。そ、そんなあいつを、わしが殺すことなんかできひん！　……けど、そしたらほかの飼育員《しいくいん》があいつを殺さなあかんようになる！　ほかの人間に殺させるぐらいやったら、わしが、あいつを心からだいじに思ってるわしが、この手でやってやるしかない……って思いかえしたんや。……それで、わしは檻《おり》に入って、あいつをなでてやった。あいつはよろこんで、わしにあまえよった。そ……そ、そのときに、わしは、この手で、あいつの首にロープをかけたんや！」

おっちゃんの顔はもう泣いていた。

「……け、けど、わしはそのロープを締《し》めることはできんかった！　そのまま、檻から逃《に》げてしもたんや。そのロープを、残った飼育員《しいくいん》が力まかせに引っぱって、あいつをしめ殺すことをわかってたのに、わしは逃げたんや！　……わしを心から信頼《しんらい》しとったあいつを、わしが……わしが、この手で、だまし討《う》ちにしたんや！」

いいながら、おっちゃんは、ぼろぼろ、ぼろぼろ、涙《なみだ》をこぼした。

猫《ねこ》みたいにおっちゃんになついていたヒョウを知っている笑生子《えいこ》は、おっちゃんといっしょに泣かずにはいられなかった。

「ゾウも死んだん？」

お母やんのかげにかくれていた春男《はるお》がたずねた。春男は、たいせつなおやつのさつまいもをあげたゾウを思い出していたのかもしれない。

「ああ、ゾウはかわいそうに餓死《がし》した。……もともと、えさも手に入りにくうなってたし、もう、えさをやらずに殺せっていわれてな。ゾウの飼育員《しいくいん》もみんな、つろうてつろうて……とうとう出勤《しゅっきん》できんようになってしもた飼育員もおったぐらいや」

そういって、おっちゃんは涙《なみだ》をぬぐった。

「そのゾウの飼育員がいうとった。食べさせてもらえんゾウの腹《はら》がひっつくほどへこんで、やせ細って……ある日、ドサッて倒《たお》れた。その音が……体に感じた地ひびきが、ずっと、ずっと、しみついたみたいにとれへんのやって！　どうしても、とれへんのやって、泣きよるのや！」

そういって、おっちゃんは子どもみたいに嗚咽《おえつ》した。

「その気持ちは、わしにも痛《いた》いほどわかる。……わしが首にかけたあのロープで……あいつがしめ殺されたあとに、わしは檻《おり》に入って、もう動かへんあいつをなでてやった。……そうしたら、あいつは首しめられて、よっぽど苦しかったんやろう。足を四本とも引きつらせてな、全部のツメをむき出したまま死んどった。……そのとき、わしには見えたんや。ロープを引っぱられて、グゥゥ……てのどを鳴らすあいつが！　まだ子どもやったころ、おなかをすかせたあいつは、わしを見て、『お父ちゃーん！』って呼《よ》ぶみたいな声を出しよった。そのときのあいつのかわいい顔も浮《う》かんだんや。……殺されるそのとき、『お父ちゃん、助けてぇ……』って、あいつが、あの顔で、呼んどったんやないやろかって……！」

おっちゃんは、むせるようにせきこんだ。

「つくづく、人間ちゅうのはむごいもんや。いつか、わしがあの世に行ったら、あいつらみんなに、あやまりたい……！」

かすれた声で、おっちゃんはつぶやいた。

笑生子《えいこ》はおっちゃんといっしょに泣きながら、おっちゃんに、なにもいってあげられない自分がなさけなくて、くやしくてならなかった。

殺されたヒョウやゾウになにもしてあげられなかったことも、胸《むね》がぎゅうっとちぢむみたいに痛《いた》かった。

「おいもさん、ぜんぶあげたらよかった……！」

春男《はるお》もぐじゅぐじゅになって、鼻をすすりながらいった。

だいじなおやつだったさつまいもを半分しかあげなかったことをいってるのだと、笑《え》生子《いこ》だけにはわかった。

「ほいほい」と、半分のおいもをかざして、ゾウを呼《よ》び寄《よ》せていた兄やんが見えるような気がして、よけい涙《なみだ》がこぼれた。

ねずみのおっちゃんの奥《おく》さんのおばちゃんは、ずっとだまっていたけれど、最後に、おっちゃんによりそって、「お世話になって、おおきに」と、お母やんにあいさつしてから、帰っていった。

その日、根角《ねずみ》さんご夫婦《ふうふ》が帰ってしまってからも、笑生子はずっと涙が止まらなかった。

兄やんが戦死してしまって、その兄やんが、ねずみのおっちゃんといっしょに守ろうとしていたゾウやヒョウまで殺された……！

そう思うと、大阪《おおさか》で兄やんが生きていた証《あか》しまでが奪《うば》われて、消し去られたみたいで、笑生子《えいこ》はただ苦しくてつらかった。

その夜はなかなか寝《ね》つかれなかった。

ふとんの中で、笑生子は、はじめて大阪《おおさか》の町に、空襲《くうしゅう》の警戒警報《けいかいけいほう》が鳴りひびいた去年を思い出していた。

あのときの大阪《おおさか》の警報は解除《かいじょ》されたけれど、あれからも、何度か警戒警報はあったし、バケツリレーで、家の屋根に水をかける防空《ぼうくう》訓練をみんなでやったが、今はまだ大阪空襲はなかった。

（ほんなら、空襲のない今のうちに、動物ももっと田舎《いなか》に引《ひ》っ越《こ》せばよかったのに……！　なんで、引っ越しもさせんと、みんながかわいがってた動物を殺すように命じたん⁉）

笑生子は、動物園にそういいたかった。

けど、命じられて、かわいがっていた動物を殺さなければならなかったおっちゃんに向かっては、絶対《ぜったい》そんなことはいえなかった。

翌日《よくじつ》、ねずみのおっちゃんもおばちゃんも、そのまま広島へ引《ひ》っ越《こ》してしまった。

そのころから、ご近所でも、学校でも、公園や空き地や校庭はもちろん、長屋のせまい露地《ろじ》なんかも、どこもかも畑にしてたがやすようになってきた。

雅子《まさこ》姉やんは仕事を休めなかったので、笑生子《えいこ》の家では、体調がよくないお母やんとふたりで、一番実がなりやすいというかぼちゃを植えた。

学校でも、育てる作物が増《ふ》えたせいで、笑生子は毎日毎日、勉強と畑仕事でへとへとになっていたが、せいいっぱいがんばった。

そのせいもあって、月日はめまぐるしいほど早く過《す》ぎていった。

やがて、家の庭ではかぼちゃがたくさん黄色い花をつけた。

かぼちゃの花は、花のガクの下がふくらんだ雌花《めばな》と、ふくらんでない雄花《おばな》があって、実がなるのは雌花だけ。たくさん咲《さ》いた雄花の花粉を、ベトベトくっつきやすくなっている雌花の花芯《かしん》につけてやると、実がなるのだ。

花粉さえつければ、数の多い雄花《おばな》は摘《つ》みとったが、おなかがすいているせいか、その花がおいしそうに見えて仕方ない。

それで、そのまま食べてみたら、花芯《かしん》は苦かったけれど、それでも食べられると思ったので、お母やんに料理してもらうことにした。

配給がめったにないので、だいじに残してある食用油で、お母やんはかぼちゃの花のてんぷらをつくってくれた。それが、めちゃめちゃおいしかった。

実がおいしくなるかぼちゃは、花もおいしいんだと思った。

けど、秋の終わりに収穫《しゅうかく》できたのは、おそろしくかたく小さなかぼちゃだった。

どうやら、肥料《ひりょう》が足りなかったらしい。

それでも、たいせつな食べものなので、お母やんは、かぼちゃを皮ごと煮《に》て、種も捨《す》てずに、こうばしく炒《い》ってくれた。

もう、お店で勝手にお米が買えなくなって、ずいぶんになっていた。

配給がはじまったころは、少なくても、白米の配給があったのに、いつの間にか茶色い玄米《げんまい》に変わっていた。

その玄米を一升瓶《いっしょうびん》に入れて、細い竹棒《たけぼう》なんかでガシガシついて白くするのは、いつからか、笑生子《えいこ》や春男《はるお》の仕事になっていた。

ところが、春男も上手に玄米をつけるようになった最近には、玄米でさえ、めったに配給されなくなった。

今では、さつまいもやじゃがいもまで、家族でわければほんの少しだし、ほとんどは[*1]きび粉や乾燥《かんそう》とうもろこし、フスマ、それに[*2]豆カスなんかになっていたので、この日は、お母やんがごはんがわりに、きび粉で、きび団子《だんご》をつくってくれた。だいじに残してあったきな粉と砂糖《さとう》もちょっとだけかけてくれたので、とてもおいしかった。

春男は、ごはんを食べるとき、キラにあげるぶんを残していたのに、このごろはひとりぶんのごはんが少ししかないし、ごはんがないときも多かったので、キラにはごはんを残せなくなっていた。

それで、いつも、キラの朝ごはんは、乾《かん》パンや堅《かた》パンの配給があったときだけだったし、その乾パンよりかたい堅パンは、かたすぎて手で割《わ》れないし、かじることもできないので、木槌《きづち》や金槌《かなづち》で割ってからあげたりした。

夜ごはんは、笑生子《えいこ》がもっと食べたいのにがまんして、残してあげたものだけだった。その日のキラの夜ごはんは、笑生子のきび団子に、いものつる入りのみそ汁《しる》をかけてあげた。

キラは、いつでもどんなものでもがつがつ食べて、もっともっとっていうみたいにしっぽをふる。

それを知ってるお母やんは、いつも笑生子の茶碗《ちゃわん》には多めによそってくれていたけれど、あげられるものはいつも少ししかなかったので、かわりに、笑生子はキラを抱《だ》っこしてやる。

そうすると、キラのあったかくてやわらかい舌《した》が、ペロペロ、ペロペロ、笑生子の顔をなめまくるのだ。

それを見て、お母やんが笑う。

「学校でも家でも、畑仕事ばっかりしてるから、笑生子の顔は、汗《あせ》でしょっぱくなって、キラには、うまいんやないの」と。

＊1 とうもろこしを粉末状《ふんまつじょう》にしたもの。＊2 大豆油《だいずあぶら》のしぼった残りカス。

5
キラと逃《に》げる！

昭和十九年になって、笑生子《えいこ》は国民学校初等科の六年生になった。

春男《はるお》は四年生。

一学期がはじまってから、五年生以上には武道《ぶどう》の授業《じゅぎょう》が加えられたので、男子は剣道《けんどう》、女子には薙刀《なぎなた》の授業がはじまっていた。

薙刀といっても、ほんものではなく、竹棒《たけぼう》に薙刀型にけずった板がついているだけだが、薙刀は流れるようにあやつって、最小の力で相手を制《せい》する武器《ぶき》だと、先生は教えてくれた。

でも、女子には「薙刀、楽しい！」という子は少なくて、「つくだけの竹槍《たけやり》のほうが簡《かん》単《たん》でええわ」という子も多かった。

学校には、校門近くにコンクリートの奉安殿《ほうあんでん》があって、そこには、「教育勅語《ちょくご》」が桐《きり》

箱《ばこ》に入れて保管《ほかん》されていたので、毎朝、その奉安殿《ほうあんでん》に向かって、男子も女子も最敬礼《さいけいれい》の深いおじぎをしてから教室に入るのだが、四月の天長節《てんちょうせつ》*には、学校の運動場で式典もおこなわれた。

教頭先生が奉安殿から「教育勅語《ちょくご》」の入った桐箱《きりばこ》を持ってきて、朝礼台の校長先生に渡《わた》すと、生徒全員に最敬礼の号令がかかる。

生徒も先生も、最敬礼の深いおじぎをしたままになって、頭はあげられない。

校長先生は白手袋《てぶくろ》をはめた手で桐箱を開いて、中の「教育勅語」を読みあげはじめて、読み終わるまで、ずっと最敬礼は続く。

「朕惟《ちんおも》ふに、我《わ》が皇祖皇宗《こうそこうそう》、国を肇《はじ》むること宏遠《こうえん》に、徳《とく》を樹《た》つること深厚《しんこう》なり。我が臣民《しんみん》克《よ》く忠《ちゅう》に克く孝《こう》に、億兆《おくちょう》心を一《いつ》にして、世々其《よよそ》の美《び》を済《な》せるは、此《こ》れ我が国体《こくたい》の精《せい》華《か》にして教育の淵源亦実《えんげんまたじつ》に此《ここ》に存《そん》す。……常《つね》に国憲《こくけん》を重んじ、国法《こくほう》に遵《したが》ひ、一旦緩急《いったんかんきゅう》あれば義勇公《ぎゆうこう》に奉《ほう》じ……」

教育勅語は長々続くので、最敬礼で聞くのは大変だった。

だが、時間が長いからと少し顔をあげただけで、男の先生から、思いっきりぶんなぐ

＊天皇誕生日《てんのうたんじょうび》。

られた子がいたので、みんな、絶対顔《ぜったいがお》をあげない。

「天皇《てんのう》は神聖《しんせい》にして侵《おか》すべからず」「日本は神の国であり絶対に負けない」と、しょっちゅう、先生から教えられていたので、生徒はみな、どんなときでも、天皇陛下《てんのうへいか》のおことばのときに最敬礼《さいけいれい》を解《と》くというのは、天皇陛下への無礼になるのだと思っていた。

そして、このところ町や学校にはってある標語のはり紙「撃《う》ちてし止《や》まむ」についても、このとき、校長先生が話してくれた。

「『撃ちてし止まむ』は、討《う》って仕留《しと》めてくれようという意味で、誇《ほこ》り高い、大和言葉《やまとことば》です」と。

「五年以上の男子が習っている剣道《けんどう》はもちろん、女子が習っている薙刀《なぎなた》もまた、敵兵《てきへい》が本土へ入ってきたときに、大和撫子《やまとなでしこ》の女子の身をまもって、敵《てき》を討って仕留める武道《ぶどう》なのです！」

そんなふうに、校長先生がいうのは、「大本営《*だいほんえい》」から、「本土決戦」にそなえよといわれているからかもしれない。

男子は、成人すれば徴兵検査《ちょうへいけんさ》で甲種合格《こうしゅごうかく》して兵隊さんになるのが、りっぱな臣民《しんみん》の道だった。

お国のために戦争に行き、天皇陛下《てんのうへいか》のために戦死するのが一番の名誉《めいよ》だったし、戦場で手柄《てがら》をたてれば、靖国神社《やすくにじんじゃ》に軍神としてまつられる。

でも、これまで、学校でも、ラジオや新聞でも、皇軍《こうぐん》の大戦果しか報道《ほうどう》されなかったが、このころの戦地では、いろいろ大変なことが起こっているようだった。

笑生子《えいこ》が知ったのは、ずいぶんあとだったが、去年の昭和十八年の四月早々には、連合艦隊《かんたい》司令長官の山本五十六《いそろく》大将《たいしょう》が戦死されたという。

かと思うと、五月の終わりには、アリューシャン列島のアッツ島を守っていた日本軍が玉砕《ぎょくさい》したと発表された。

玉砕というのは全滅《ぜんめつ》のこと。

大本営《だいほんえい》は、皇軍の兵士に「死して虜囚《りょしゅう》の辱《はずかし》めを受けず」（敵《てき》に降参《こうさん》して捕虜《ほりょ》になるぐらいなら、皇軍の誇《ほこ》りを守って自決せよ）と命じていたから、だれも降参できなかったのかもしれない。

＊戦時に設置《せっち》された日本軍の最高司令組織《そしき》。

そのとき、笑生子《えいこ》は世界地図でアリューシャン列島というのを調べておどろいた。日本からものすごく遠い、アメリカのアラスカ州に属《ぞく》した北の端《はし》だった。

なぜ、こんなところまで日本軍が守っていたのだろう……と、笑生子は不思議だった。

同じ年の六月になると、山本五十六《いそろく》大将《たいしょう》が国の英雄《えいゆう》として国葬《こくそう》された。

そんな中、鳥取に大きな地震《じしん》があったのは九月だ。

「鳥取市の古い町並《まちな》みは壊滅《かいめつ》で、実家も焼けましてん」と、田舎《いなか》が鳥取だという隣組《となりぐみ》の人がいっていた。夕食の前だったので、あちこちから火が出たらしい。

「どこも男は戦地へ出征《しゅっせい》してるんで、出た死者の千人のうち、七百人が女の人やったそうで、むごいもんですわ」

さらに隣組で聞いた話では、一万以上の家々が全半壊《はんかい》した鳥取地震の同じ月に、九州から本州西部が台風に襲《おそ》われたという。九州では、またまた大きな被害《ひがい》が出たらしいが、新聞の報道《ほうどう》はひかえめだった。

そのうえ、これまで出征《しゅっせい》を猶予《ゆうよ》されていた学生たちが、在学《ざいがく》とちゅうで徴兵《ちょうへい》されて出征させられることになった。

「学徒出陣《しゅつじん》」と呼《よ》ばれたこの記事は、どの新聞でも大きく堂々《どうどう》と報道《ほうどう》された。

戦争だけでなく、地震《じしん》や台風にも襲《おそ》われるこの国で、日本に残されるのは、また女子どもと年寄《としよ》りだけになったのだ。

笑生子《えいこ》には、「なにもかも足りなくなっているらしい」といっていた成年兄《なるとし》やんの言葉が思い出されて、学生たちがりりしく行進する写真にも、胸《むね》が痛《いた》んだ。

鶴町《つるまち》でも、出征《しゅっせい》する人を見送るより、白木の箱になって帰ってくる戦死者の英霊《えいれい》をむかえることのほうが多くなっていたから、日本の兵士も足りなくなっているのかもしれない。


昭和十九年のある日、笑生子の通う国民学校から通達があった。

小学三年生以上の生徒は、親とはなれて、「集団疎開《しゅうだんそかい》」をしなければならないと決まったのだ。

アメリカ軍による日本の都市への空爆《くうばく》は、大阪《おおさか》ではまだないが、東京や名古屋、神戸《こうべ》まで空襲《くうしゅう》されたので、少国民を守るためにお国が決めたのだと、校長先生はいった。

「いいですか。疎開《そかい》というのは、分散して、戦いをすすめるという意味です。君たちは、逃《に》げるのではない！　学童疎開《がくどうそかい》は、これからも戦い続けるために、大都市の少国民を空襲《くうしゅう》から遠ざけ、農村や山村地域《ちいき》へ移動《いどう》させ、戦う意志《いし》と力をさらに育成するために行われるのです！」

家庭の事情《じじょう》で、親戚《しんせき》や知人の家へ疎開する「縁故疎開《えんこそかい》」ができない者は、そろって徳《とく》島《しま》県の阿波池田《あわいけだ》駅の旅館に集団《しゅうだん》疎開すると、六年生から笑生子の担任《たんにん》になった男先生の勝田《かった》先生からも通知があった。

「本年の第一次集団疎開は、九月十三日から、疎開先で過《す》ごす。疎開のために用意するものは、きちんと筆記しておけ」

勝田先生は、黒板に「用意するもの」を書いた。

掛《か》けぶとん一枚《まい》、敷《し》きぶとん一枚、枕《まくら》ひとつ、毛布《もうふ》など。ねまき、シャツ、下着、ズボン、くつした、足袋《たび》、腹巻《はらま》き、モンぺ、防空頭巾《ぼうくうずきん》。茶碗《ちゃわん》、コップなどの食器、てぬぐい、ちり紙、ハンカチ、歯ブラシ、歯みがき粉、水筒《すいとう》、石けん、ふきん、ぞうきん、マスク、裁縫《さいほう》道具（糸と針《はり》）。女子はくしやブラシ。下駄《げた》、運動靴《うんどうぐつ》。

ほかに、手紙を書く紙、教科書、学用品、古新聞など。

笑生子《えいこ》もそれを書き写したが、気持ちは、吹田《すいた》市の田舎《いなか》に住んでいる正義《まさよし》兄やんの家へ、縁故疎開《えんこそかい》しようと思っていた。

集団疎開《しゅうだん》すれば、何か月も家へ帰ってこられないが、大阪《おおさか》府内の縁故疎開《えんこそかい》なら週末には家へ帰れて、キラにも会える。正義兄やんは気が短くておこりんぼうだから、ちょっと苦手だけど、疎開は引き受けてくれたので、笑生子は縁故疎開に決めた。

春男《はるお》は、「おねいちゃんが行かへんのやったら、ぼくも行かへん！」と、だだをこねたけれど、手のかかる春男までは、兄やんの家にあずけられないということで、春男は学校からの集団疎開に参加させることになった。

こうして、吹田の正義兄やんの家へ縁故疎開した笑生子は、兄やんの奥《おく》さんの紀代《きよ》さんもすすめるので、毎週末、家へ帰ってきた。けれど、そのたびに、お母やんが、「笑生子は、なんや、帰ってくるたんびにやせてる気がする」といって心配した。

笑生子は、お母やんには話さなかったが、吹田にいるとき、正義兄やんや奥さんの紀代さんたちに、いろいろ気をつかってしまうことが多かったのだ。

正義《まさよし》兄やんと紀代《きよ》さんには女の子がふたりいて、しょっちゅう、その子たちの子守りをさせられて、あれこれ小言ばかりいわれるのにも少し疲《つか》れていたけれど、毎週末に、お母やんや、キラに会えるのがうれしいので、笑生子《えいこ》はそれをがまんしていた。

でも、お母やんがあまりに心配するので、十二月にはじまる第二次集団疎開《しゅうだんそかい》には、みんなといっしょに行くつもりだった。第一次集団疎開に参加した春男《はるお》が、あれからうまくやっているのかも、お母やんは心配していたし、笑生子も気になっていたから。

ところが、十一月の週末、隣組《となりぐみ》から恐《おそ》ろしい回覧板《かいらんばん》が回ってきた。

●犬の献納《けんのう》運動

戦地では兵隊さんが命がけで戦っています。

犬を供出《きょうしゅつ》、献納して、お国のお役に立てましょう。

献納実施《じっし》日《び》　十二月五日、六日

九時から三時

「お母やん、これ、どういうこと？」

笑生子《えいこ》はお母やんにたずねた。

「鉄や金属《きんぞく》を供出《きょうしゅつ》するのと同《おんな》じや。犬の肉を兵隊さんに食べてもろて、はいだ毛皮を戦争に行ってる兵隊さんのお役に立てましょう……っていうてるんや。みんながかわいがってる犬を殺して、毛皮にしようなんて……ひどい話やなあ」

お母やんが暗い顔でいった。

「いややっ！」

思わず、笑生子はさけんでいた。

「成年《なるとし》兄やんが生きてはったら、そんな毛皮なんかいらんっていわはるに決まってる！」

「しいっ、大きい声出したらあかん。近所に聞こえる……！」

お母やんが声をひそめた。

「うちは、いやや。お母やん、絶対《ぜったい》いやや！」

笑生子は小さな声でくりかえして、玄関《げんかん》で、なにも知らずにしっぽをふっているキラを抱《だ》きしめた。

「けど……献納《けんのう》は十二月五日、六日の九時から三時って書いてあるし、うちに犬がいるのは、みんな知ってるし、役所にも届《とど》けてあるから、連れて行かんかったら、役所から無理やりにでも、連れにくるんちゃうか？」

お母やんがそういうので、笑生子《えいこ》は十二月六日からはじまる第二次学童疎開《がくどうそかい》は行けなかった。

学校には、お母やんが、「熱があるのですぐには行けません。元気になったら、わたしが連れて行きます」といってくれた。

「ちょっと、キラを見ててな！」

十二月五日、笑生子はお母やんに頼《たの》んで、犬の献納場所に指定されている公園へ、キラを連れずに、こっそり、ひとりで行ってみた。

キャン、キャン、ウワンッ、キュウウン……

たくさんの犬の声が、公園から聞こえてきた。

公園に入ると、「犬の献納《けんのう》・鶴町《つるまち》4」という看板《かんばん》のそばにテントがはられて、十数匹《すうひき》の犬がつながれて、キャンキャンほえていた。出征《しゅっせい》する兵隊さんのように赤タスキをかけた犬までいる。

今まさに、桃色《ももいろ》の首輪をした毛足の長い白い犬を連れてきたおばちゃんと女の子が、「どうしても、献納せんとあかんのでしょうか？」と、国民服の係員にたずねていた。

「お国のためだ。献納しなさい。皇国《こうこく》には、もう、犬や猫《ねこ》に食わせる食料はない！それに、医師《いし》不足により、狂犬病予防注射《きょうけんびょうよぼうちゅうしゃ》が十分ではないから、空襲《くうしゅう》時に犬が狂《くる》って人を襲《おそ》う恐《おそ》れをなくすためである！」

係員は、居丈高《いたけだか》にいった。

いわれたおばちゃんはがっくり肩《かた》を落として、連れてきた白い長い毛の犬をなでてから、係員に、犬をつないだひもを手渡《てわた》した。

キャウン、キャウンッ

白い犬が、女の子の手をひいて去ってゆくおばちゃんのあと追いをするみたいに、甲《かん》高《だか》い声でほえた。

「おかあちゃん、モモちゃんは？」

女の子が白い犬をふりかえっていう。その子に見覚えがあった。たしか、ちいちゃんといって、笑生子《えいこ》の家から五軒《けん》ばかり向こうに住んでいる隣組《となりぐみ》の子だ。

「モモちゃんは出征《しゅっせい》するんよ！」

ちいちゃんのお母さんはそういったが、笑生子は「出征とちがうっ。すぐ殺されるんや！」と、さけびたかった。なのに、係員は平気な顔で手もとの書類を見て、「鶴町《つるまち》4の52番はスミ！」と、済印《すみいん》を押《お》した。

そうして、飼《か》い主に置いて行かれた犬たちがほえたり、鼻を鳴らしたりするのを見て、「だいぶたまったな。川にいる処分班《しょぶんはん》を呼《よ》んでくれ」と、だれかに声をかけた。

しばらくして、もうひとりの係員が呼んできたのは、いかついおじさんふたりだった。

そのひとりは、赤黒くよごれたこん棒《ぼう》

をかついでいる。

そのおじさんふたりがそばにくると、犬たちがそのにおいをかいで、急にギャンギャンほえて、暴《あば》れたり、さわいだりしはじめた。

おじさんふたりはそんなことにはかまわず、犬のひもをまとめてつかんで、川のほうへ歩いて行く。おじさんに引きずられながら、さっきの白い犬のモモちゃんが、キャンキャン、泣くみたいにほえた。

笑生子《えいこ》には、それが、「こわいよぉー。おかあちゃん、たすけて！」っていってるみたいに見えて、見ていられなくなって公園を出た。

（あのこん棒《ぼう》についてる赤黒いシミは、犬の血や！　あの子ら、川でなぐり殺される

んやっ）

そう思うと、笑生子《えいこ》の胸《むね》は怒《いか》りと悲しみでいっぱいになった。

犬の毛皮を戦地の兵隊の防寒《ぼうかん》に使う、犬の肉を食料にする……そう書いてあった回覧《かいらん》板《ばん》を思い浮《う》かべて、笑生子の心は破裂《はれつ》しそうだった。

（そんなこと、いったいだれが考えたんやっ）

心の中でさけんでも、自分にはどうにもできないことが、さらに熱い怒りを沸騰《ふっとう》させた。

そのとき、ねずみのおっちゃんを思い出した。

かわいがって育てたヒョウを殺せといわれたおっちゃんの怒りと悲しみは、きっと今の笑生子と同じだ……そう思ったとき、ハッと気づいた。

「そやっ、おっちゃんに助けてもらお！」

笑生子は家へ駆《か》けもどった。

係員が済印《すみいん》を押《お》していた書類には、きっと、笑生子の家の名簿《めいぼ》もあるはずだ。

もし、今日か明日にキラを連れていかなければ、あの係員が笑生子の家へきて、無理やりキラを連れて行くかもしれなかった。

その夜、笑生子《えいこ》は晩《ばん》ごはんを食べてから、キラをリュックサックに入れた。それは、出征《しゅっせい》するとき成年《なるとし》兄やんが残していった、古いテント地でつくった山用のぶ厚《あつ》いリュックなので、キラを入れても目立たない。

「兄やん、キラを守ってね」

笑生子は、兄やんにいうようにささやいて、リュックを背負《せお》った。

そして、空き家になったねずみのおっちゃんの家へ忍《しの》びこんだ。

おっちゃんの家の生垣《いけがき》には、昔、おっちゃんが飼《か》ってた猫《ねこ》の出入り口があり、裏口《うらぐち》の戸には壊《こわ》れているところがあった。

笑生子は、壊れた戸から手を差し入れて裏口を開けたが、内側になにか重い家具が捨《す》ててあって、戸は十分に開かなかった。

そこで、まずキラの入ったリュックを押《お》しこみ、自分も無理やり、はいこんだ。

戸をすりぬけるのに肩《かた》とおなかをすりむいたけれど、空き家になったここなら、あの係員もこないはずだ。

おっちゃんの家はだいぶカビくさかったけれど、二日か三日なら、辛抱《しんぼう》しようと決めていた。

お母やんには、「係員がきたら、『キラは、迷子《まいご》になった』といってな！」と頼《たの》んで出てきた。

おなかがすいてキラが鳴かないように、あるだけの乾《かん》パンをリュックに入れてきたので、キラがリュックをくんくんして、「ちょうだい」とねだって、お手をする。

「しょうがないな。半分だけやで」

笑生子《えいこ》はキラに、半分の乾《かん》パンをあげた。

カリッカリッと、キラは乾パンをかじって、くちゃくちゃ食べた。白い小さなキバがかわいい。

（こんな小ちゃいキバで襲《おそ》われたかて、人間は死なへんし！）

昼間、「犬が狂《くる》って人を襲う……」とかいってた献納《けんのう》係の顔を思い出し、笑生子は「いーだ」をした。

すると、キラは、「もっとちょうだい」というように、笑生子の腕《うで》に、両の前足をのせ、まぁるい黒い目で見つめてきた。

「もうあかん。これは、明日のぶん！」

そういい聞かせても、キュウゥゥン……と鳴く。

「もう、しゃあないなあ」

仕方なく、残った半分もあげた。その晩《ばん》は、おっちゃんの家で徹夜《てつや》するつもりだったのに、いつの間にかキラを抱《だ》いて寝《ね》てしまった。

翌朝《よくあさ》、お母やんがオカラ入りおにぎりを持ってきてくれたので、笑生子《えいこ》はキラとわけ合って食べた。

そうやって二泊《はく》三日、笑生子はおっちゃんの家にかくれていた。
三日目の朝早く、こっそりキラを連れて、お母やんのいる家へもどった。
「お母やん、献納係《けんのう》の人、きた？」
笑生子が聞くと、お母やんは、「昨日、一回きたみたいや。回覧板《かいらんばん》と同じお知らせが戸口にはさんであったから。でも、そのまま帰ったみたい」といった。

「聞いてみたら、よそでは、犬を連れにきたっていうてる人もいたけど、うちは、もう、こんかった。そういうたら、新聞にも犬の献納《けんのう》運動がのったみたいやから、たくさんの人が泣く泣く犬の献納したんとちがうか。十分、集まったみたいやで」

お母やんがいう。

その話に、笑生子《えいこ》は胸《むね》が苦しい。

（たくさん集まったっていう犬はみんな、友達やと思ってた人間になぐり殺されて、毛皮をはがれたんや……）

そう思うと、ごはんを「ちょうだい、ちょうだい」という、キラのかわいい顔やしぐさが浮《う》かんだ。そんな子たちがみんななぐり殺され、毛皮をはがれたなんて、想像《そうぞう》したくなかった。

なのに、みんなはどんな気持ちだったんだろう。天皇陛下《てんのうへいか》のため、戦争のためなら、国民の命だって捧《ささ》げるのはあたりまえだから、だれも文句《もんく》をいわなかったのかもしれない。

そんなときに、キラを救えたことだけが奇跡《きせき》のようだった。たとえ、それが今だけだったとしても……。

笑生子《えいこ》が犬の献納《けんのう》をしなかったことを、少なくとも隣組《となりぐみ》の人は気づいたかもしれない。どんなに気をつけていても、キラの鳴き声はご近所には聞こえるから。けれど、うわさになったりしてなかったので、もしかしたら、隣組のみんなは、笑生子の気持ちをわかってくれたのかもしれない。

笑生子は、隣組の、あの人やこの人の顔を思《おも》い浮《う》かべた。みんな、笑生子が小さなときから、「ちいやん、ちいやん」と呼《よ》んで、かわいがってくれたおばちゃんや、おばあちゃんばかりだった。

十二月、学校で風邪《かぜ》が流行《はや》ったせいで、第二次集団疎開《しゅうだんそかい》の出発が数日遅《おく》れた。おかげで、笑生子は第二次集団疎開に予定通り参加できることになった。

笑生子が出て行くときに、キラはキャンキャンほえたけれど、近所の人や隣組の人は目をつぶってくれたのか、どこからも苦情《くじょう》をいう人はいなかった。

集団疎開居残り組《しゅうだんそかいいのこりぐみ》のみんなが第二次集団疎開へ出発する日、お母やんはキラにごはんをあげて、駅まで見送りにきてくれた。

「手紙書いてや!」

お母やんがいった。

「うん、書く。お母やん、キラのこと頼《たの》むなっ」

笑生子《えいこ》は家へ置き去りにするキラが心配だった。

「心配せんでええ。キラにはちゃんと食べさせてあげるし、献納《けんのう》はせえへんから!そんなことより、あんたこそ、ちゃんと食べさせてもらうんやで!春男《はるお》のことも頼むで!」

お母やんがいった。

第一次集団疎開の出発の日、四年生の春男が、「おかあちゃーんっ」と、泣きそうな声で呼《よ》んだのを思い出したとき、発車ベルが鳴った。

とたん、列車全体がうわわわあ……んとゆれたような気がした。

それは、見送る家族の声と、見送られる低学年の「お母ちゃあーん、お母ちゃあーん！」といった呼び声や泣き声がいっせいに重なったからだった。

五年生や六年生はどこか遠足気分だったけれど、低学年の子たちにとっては、不安や寂《さび》しさのほうが大きかったのかもしれない。

笑生子《えいこ》は泣いてた春男《はるお》を思い出しながら、お母やんにずっと手をふり続けた。

四国徳島《とくしま》の阿波池田《あわいけだ》駅に着くと、あたりは山にかこまれてるせいか、もう日が暮《く》れていた。

駅の近くにある「政海旅館《せいかい》」まで歩いた。

今度の疎開には、国民学校の男の先生六人と寮母《りょうぼ》さん四人の同行で、六年生の笑生子の担任《たんにん》、勝田《かつた》先生の奥《おく》さんが、寮母《りょうぼ》のひとりとしてついてきていたのに、五年の担任だった亀岡《かめおか》先生はいなかった。疎開《そかい》に同行した先生は、四年と六年の担任が多かった。

政海旅館には大広間があって、そこが、学童疎開《がくどうそかい》の宿泊所《しゅくはくじょ》になった。

大広間には、お客が宴会《えんかい》したり、出しものを上演《じょうえん》したりするような舞台《ぶたい》が、広間をはさむようにふたつあった。そのふたつの舞台《ぶたい》に、男子、女子をわけて、持って行った荷物を置くようにと先生がいった。

そして、その晩《ばん》は、家から持ってきたお弁当《べんとう》を食べて、学年別、男女別に、ふたつの舞台の間にある大広間にふとんを並《なら》べて寝《ね》ることになった。

最初の日の朝ごはん前だった。

第二次疎開《そかい》できた六年生の男子が、「仲居《なかい》さんが旅館のお膳《ぜん》を運んでいるのを見た！」といってさわいだ。

「ごちそうやったぞ！　白ごはんや！」という者もいれば、「おかずが三つもついてた！焼き魚と筑前煮《ちくぜんに》と、みそ汁《しる》や！」という者もいて、そのうわさは一気にひろがって、みんな食事を楽しみにした。

だが、朝食に出てきたものは、寮母《りょうぼ》さんが配ってくれた盛《も》り切《き》りの麦ごはんと、具が見えない薄《うす》いみそ汁《しる》だけだった。

六年生男子が見たのは、旅館のお客に出す食事で、旅館からすればやっかい者に過《す》ぎない疎開児童に、そんな食事が出るはずはなかった。

「今日から、自分の食料は自分で手に入れる！　近くの農家を手伝って、いものつるをもらうぞ！　明日は山へ入って、食料を収集《しゅうしゅう》する！」

勝田《かつた》先生がいった。

実際《じっさい》、それから何度も農家へ手伝いに行って、ズイキと呼《よ》ばれるサトイモやヤツガシラの茎《くき》をもらってきては、皮をむいたり、水にさらしてから干《ほ》したりして、寮母さんにお料理してもらった。

第一次集団疎開《しゅうだんそかい》からきている子たちは、秋には、田んぼで採《と》ったイナゴがとてもおいしかったといったけれど、冬にはイナゴは採れなかった。

そのかわり、山へ入った日、笑生子《えいこ》は茶色くなって枯《か》れてしまった山いものつるを見つけた。

よく見ると、その下のくさむらに、つるから落ちたムカゴがいくつもころがっていた。もう、土に根っこをのばしはじめているムカゴもあった。

ムカゴは、京都の宇治《うじ》の通圓《つうえん》さんたちが話していた、秋になれば山いものつるになる肉芽《にくが》で、いわば、山いもの子どもだった。

そのひと粒《つぶ》だけを拾って、そのまま食べたらおいしかったので、落ちたムカゴを探《さが》し集めて、一次疎開《そかい》からきている春男《はるお》にこっそりあげた。疎開ではなれていたのはたった三か月ほどなのに、春男はやせっぽちなりに、背《せ》が高くなったようだ。

そんな暮《く》らしが続いたある日、笑生子《えいこ》は突然《とつぜん》、勝田《かつた》先生の部屋に呼《よ》び出《だ》された。行って見ると、春男が廊下《ろうか》に正座《せいざ》させられていた。

「町田《まちだ》笑生子！　おまえの弟が、昨夜、旅館の台所へ忍《しの》びこんで、干《ほ》してあったいもを盗《ぬす》んで食った。弟がひとりでやったことか⁉　それとも、おまえも共犯《きょうはん》か？」

勝田先生がこわい顔でいった。

なにも知らなかった笑生子は、「うちは知りません」とこたえたが、勝田先生は、「知らんですむと思うのか！　おまえの弟やろっ」とどなった。

そういわれても、六年生女子と四年生男子の寝床《ねどこ》はずっとはなれている。見はることもできないし、ここになれている春男がこっそり出て行ったことなど、知りようもなかった。

けれど、それをいっても、どなられるだけの気がしたので、笑生子《えいこ》は廊下《ろうか》に立ったまま、だまってうつむいていた。

「お国のために戦ってくださっている兵隊さんも食料がなくて大変なんだ。それを、兵隊さんに守ってもらっている少国民が、ちょっとの辛抱《しんぼう》もしないでどうする！　姉であるおまえの教育が悪い！」

勝田《かつた》先生は怒《おこ》り続《つづ》けた。

疎開《そかい》に同行してくださる先生を父と思い、寮母《りょうぼ》さんを母と思えと、疎開前に校長先生からいわれたけれど、笑生子は、勝田先生を父とは思えなかった。

（お父やんなら、こんな怒り方はしない……！）

そう思うと、今度の疎開《そかい》にこられなかった亀岡《かめおか》先生が恋《こい》しかった。

亀岡先生なら、春男《はるお》もきっと、盗《ぬす》みをしたりなんかしなかったはずだと思った。

笑生子は亀岡先生の優《やさ》しさを思い出して、くちびるをかんだ。

それは、笑生子が五年生のときだ。

同級生のお弁当《べんとう》がごはんではなく、蒸《む》したサツマイモ半分だけだったことがあった。

そのとき、亀岡《かめおか》先生は卵焼《たまご や》きが入った自分のお弁当を差し出していった。

「そのおいも、おいしそうやねえ。先生のお弁当と交換《こうかん》してくれへん?」と。

もちろん、その子は大よろこびで交換して、先生のお弁当をきれいにたいらげた。

先生は、それをニコニコ見ながら、おいもを食べていた。

(あれは、先生がおいもを食べたかったんやない。お弁当のない子に、自分のお弁当を食べさせてあげたんや。その子や親に、恥《はじ》をかかせんように、『おいもが食べたい』といって……)


あのときの亀岡先生の笑顔を思い出して、笑生子《えいこ》は泣きそうになりつつ、顔をあげた。

「勝田《かつた》先生、すみませんでした。今度から気をつけます。春男《はるお》のおなかがすいてたまらんときは、わたしのごはんをわけてあげますから!」

そういったとき、小さくなっていた春男が、すこしずつすり寄《よ》ってきて、笑生子の足にしがみついた。

「おねいちゃん……！」

小さかったときのように、春男《はるお》は笑生子《えいこ》の足に涙《なみだ》をこすりつけた。

第一次疎開《そかい》からきて、ひとりぼっちだった春男を思うと、笑生子は春男に怒《おこ》れなかった。

いつもお母やんにくっついて、干《ほ》しいもをかじっていた幼《おさな》い春男を思い出して、春男にとっての干しいもは、お母やんといっしょにいるような安心を感じさせてくれるものだったのかもしれない……と思った。

ふいに春男がいとしくなった笑生子は、同時に、いつでも優《やさ》しかった成年《なるとし》兄やんを思い出した。

こんなとき、兄やんがいたら、どうするだろう……と。

その夜、笑生子は田舎《いなか》の利尾《りお》ばあちゃんと、お母やんに手紙を書いた。


おばあちゃん、お元気ですか？

わたしと春男《はるお》は、徳島池田《とくしま》の政海旅館《せいかい》へ疎開《そかい》にきています。

もし、おばあちゃんの家においもがあったら、送ってください。

おばあちゃんには、わたしが編《あ》んだ藤《ふじ》づるの手さげかごを送ります。

農家の人に習ってつくりました。気に入ってくれるとうれしいです。

笑生子

お母さん、お元気ですか。

わたしも、春男《はるお》も、元気です。

この前、みんなでサトイモのつるのズイキとりをして、帰ってから、全部のズイキの皮をむきました。

ズイキの皮をむくと、つめや、ゆびがアクで黒くなってなかなかとれません。

ズイキは大がまでゆでたり、干《ほ》したりしてから、寮母《りょうぼ》さんがみそ汁《しる》や酢《す》のものにしてくださいました。たいへん、たいへんおいしかったです。

帰ったら、庭に植えるといいと思います。

笑生子《えいこ》

手紙には、春男《はるお》が干《ほ》しいもを盗《ぬす》んだことも、そのせいで、笑生子《えいこ》が怒《おこ》られたことも書かなかった。

それは、成年《なるとし》兄やんが、いつだって笑生子をかばってくれたことを思い出したからだ。先生たちからも、「お父さん、お母さんに心配をかけるような手紙は書かないように」といわれていたので、おいしかったズイキのことは書いたが、おやつにもらった乾《かん》パンに黒い虫が入っていたことも書かなかった。

おいものことは、こっそり利尾《りお》ばあちゃんには頼《たの》んだけれど、お母やんには書かなかった。

お母やんからは、すぐ返事がきた。

笑生子《えいこ》へ
春男《はるお》はいたずらをしたり、ぐずぐずいって、笑生子をこまらせていませんか？
毎日心配してますが、こちらもいろいろ大変で、徳島《とくしま》まではなかなか行けそうもありません。

からだに気をつけて、ふたりでがんばってください。

お母さんより

笑生子《えいこ》はその手紙を、春男《はるお》にも見せた。

春男は不安そうに、「干《ほ》しいもののこと、お母ちゃんに書いたん？」とたずねた。

「春男が盗《と》った干しいものことは、書いてへんよ」

笑生子がこたえると、春男は、ほっとした顔になった。

「お母ちゃんの手紙、おれが持っててもええ？」と、春男が聞く。

「ええよ」

笑生子がこたえると、春男は、お母やんの手紙を自分の荷物にたいせつにしまった。

そのとき、笑生子は春男の背中《せなか》をもぞもぞとはっているシラミを見つけた。

「春男、じっとして！」

笑生子がすばやくシラミをつかまえて、ツメでプチッとつぶすと、赤い血が散った。

「こいつ、春男《はるお》の血、吸《す》うとる！」

笑生子《えいこ》がいうと、春男も「こいつめっ」と怒《おこ》った。

こっちへきてからというもの、授業中《じゅぎょうちゅう》や農作業中、九月から疎開《そかい》している同級生の背《せ》中《なか》に、シラミを見つけることも多かったが、それは見る間に、第二次疎開の子たちにもひろがった。

それで、笑生子たち六年生の女子は、しょっちゅう古新聞をしいて、くしで髪《かみ》をすいていた。

すると、古新聞の上に、パラパラ、パラパラ、シラミが落ちる。

それをみんなでつかまえて、ツメでプチッとつぶすのが日課になっていた。

だが、まだ四年生の春男は、髪の短い男子だから、そんなこともしたことがなかったのだろう。

その日、笑生子が春男の頭をくしですいて、シラミを落としてあげると、春男が「こいつめっ、こいつめっ」と、自分でプチプチつぶした。

シラミは、蚊《か》やノミのように夏に増《ふ》えるわけではない。

夏でも冬でも、だれかの頭に産みつけられたシラミの卵《たまご》は一週間から十日で、幼虫《ようちゅう》になる。それから二、三週間もたてば成虫になって、一日に数個《すうこ》の卵を産むようになるので、シラミのいる子の頭は、一か月で百何十個の卵が産みつけられることになる。

しかも、シラミは幼虫でも成虫でも血を吸《す》うので、いったんシラミがわくと、いっしょに寝《ね》ている子どもたちに次から次へうつって、今では、だれもかれもが頭がかゆくて仕方なかった。

気がつけば、シラミは、疎開《そかい》児童全員にひろがっていたのだ。

そんなふうなので、疎開の日々は、シラミとりや、食料を集めるための農家のお手伝いばっかりで、勉強は、その合間にするだけのような暮《く》らしが過《す》ぎていった。

五、六年生の子たちは、疎開を夏休みの合宿みたいに思って、それなりに楽しみにしていたけど、食べものを自分で調達するというのは、ほんとに大変だった。

ことに、新たに開墾《かいこん》された山の畑などは、土がかたくて、たがやすだけで、腕《うで》も腰《こし》も痛《いた》くなる。

利尾《りお》ばあちゃんからのおいももまだ届《とど》かなかったけれど、農家の畑仕事の大変さも身にしみてわかるようになっていたので、利尾《りお》ばあちゃんも、きっと大変なんだろうな……と思った。


けれど、昭和二十年のお正月がくると、いいことがあった。

徳島《とくしま》の地元婦人会《ふじんかい》からきたお母さんたちが、疎開《そかい》児童に食べさせてあげたいといって、段《だん》ボール箱《ばこ》いっぱいの食べものを持ってきてくれたのだ。

「イデベラは、おやつに食べてね」と、徳島のお母さんたちはいったが、笑生子《えいこ》には、「イデベラ」がなんなのかわからなかった。けれど、箱をのぞいたみんなは、いっせいに、さわがしくなった。

うれしくて、踊《おど》ったりふざけたりする子もいたが、徳島《とくしま》のお母さんたちはその子たちを怒《おこ》ったりしないで、ニコニコ笑って、「たっくさん、あるよ！」といった。

お母さんたちが帰ってから聞いたら、イデベラは、サツマイモを水にさらしてから薄《うす》く切って蒸《む》し、かびないように天日で干《ほ》した保存食《ほぞんしょく》の干しいものことだった。

段ボール箱にどっさり入っていたのは、おもちと干しいもだったのだ。

みんなは、今夜はたらふく食べられると思って、大よろこびした。

笑生子《えいこ》も、干《ほ》しいもを見て、春男《はるお》がどんなによろこんでるだろうと思ったけれど、おもちと干しいもは、どっちも一日にたったひとつきりしか、配られなかった。

考えてみれば、生徒と先生を合わせた大人数が、まだまだここで自活して食べて行かなければならないうえに、一月からは、小学三年生も疎開《そかい》に加わることが決まっていた。

そんなときに、おもちや干しいもといったごちそうは、ちょっとずつしか食べられないのは当然だった。

6 火の雨

昭和二十年の三月になると、笑生子《えいこ》ら六年生だけは卒業式や進学準備《じゅんび》のために、疎開《そかい》先《さき》から、大阪《おおさか》へ帰されることになった。

疎開に残される春男《はるお》も、もうすぐ五年生になるので、笑生子が家へ帰る日になっても、泣いたり、さわいだりはしなかった。

そうして、大阪の駅まで帰ってきた笑生子は、大阪の町を見ておどろいた。去年から今年にかけて、たびたび飛来するようになったアメリカの空爆《くうばく》によって、町のあちこちが焼けていたのだ。

駅で聞いた話では、アメリカの空爆は昭和十九年の十二月、笑生子らが第二次疎開に出発したころにはじまり、大阪の近郊《きんこう》が空爆で焼けたという。

それから、大阪《おおさか》市内への空襲《くうしゅう》がはじまったのは、今年、二十年の一月からだったそうだ。

お母やんが、いろいろ大変だと手紙に書いていたのは、このことだったのだと、はじめてわかった。

（鶴町《つるまち》のうちの家はだいじょうぶやろか……⁉）

新千歳《しんちとせ》国民学校に着いて、先生方にごあいさつしてから家へ帰るまで、笑生子《えいこ》はずっと不安だった。

乗ってきた省線《しょうせん》からは、たしかに焼けあとも見られたが、変わらない鶴町に帰ったときには、心からほっとした。

「キラァ、ただいまぁ」

笑生子が帰ると、玄関《げんかん》にいたキラはめちゃくちゃよろこんで、しっぽをふりまくった。

キュウン……キュ、キュウン、キャウンッ

必死に鳴くので、なでてやろうとすると、よろこび過《す》ぎたのか、キラはしっぽとおしりをブルブルふりながら、玄関でおしっこをじょんじょんもらした。

「ああっ、キラいうたら、よろこび過《す》ぎてオシッコもらしたっ」

笑生子《えいこ》が大きな声でいったので、お母やんがびっくりして古新聞を持ってきて、オシッコを吸《す》いとらせた。

けれど、だれも、よろこんでるキラを怒《おこ》らなかった。

笑生子も、無事な家とお母やんとキラを見て、ほんとは、オシッコもらすほどうれしかったのだ。

その日は一日中、笑生子はキラとじゃれあって過ごした。

キラに食べさせてあげたくて残しておいた疎開《そかい》での最後のおやつ、「そば団子《だんご》」もあげた。

キラは、パクッと、ひと口で食べた。

それからは、学校へ行っても、家にいても、しょっちゅう警戒警報《けいかいけいほう》や空襲《くうしゅう》警報が出るようになって、落ち着かない日々が続いた。

それでも、笑生子は、国民学校の初等科を卒業したら、女学校へ進学したいと思っていた。

そんな中で、ひばし組の千代《ちよ》ちゃんが、暗い顔でいった。

「うちの家が建物疎開《そかい》になってしまってん。そんで、お母やんの実家に引《ひ》っ越《こ》すことになってん……」

めめちゃんと笑生子《えいこ》はびっくりした。

「ええーっ、ほな、大阪《おおさか》の女学校へは、行けへんの!?」

いっしょに女学校へ行こうといっていためめちゃんが、大きな目をますます大きくしていった。

建物疎開というのは、空襲《くうしゅう》の火災《かさい》がひろがらないよう、密集《みっしゅう》している家々を壊《こわ》してしまうことで、家を壊してできた空き地を防火帯《ぼうかたい》にするのだ。

「うん、ごめんね……」

千代ちゃんがうつむいた。

「うち、家が壊されるのを見たないから……」と、お別れのあいさつにきた千代ちゃんがいった。

明日、引《ひ》っ越《こ》すという千代ちゃんは、「悲しくなるから、見送りにこんといてな」と、涙《なみだ》ぐんでいったので、その日、めめちゃんと笑生子《えいこ》は、こっそり家のかげから千代《ちよ》ちゃんの引っ越しを見送った。

数日後、笑生子は、千代ちゃんのかわりに、千代ちゃんの家が壊《こわ》されるのを見に行った。千代ちゃんを見送っても、声をかけてあげられなかったぶん、千代ちゃんの家には、「さよなら」をいって、見送ってあげたかった。

千代ちゃんの家は、家具や荷物が運びだされて、かわらも戸も外されていた。

その大黒柱に、解体班《かいたいはん》の大工さんがノコギリを入れていた。そして、ノコギリを入れた大黒柱に、太いロープがかけられた。

「さあさ、家が倒《たお》れるから、あっち行って！」

解体班の人に追いはらわれて距離《きょり》をおくと、「エッサー、行くでぇっ」という掛《か》け声《ごえ》がかかって、四、五人の人が綱《つな》引《ひ》きみたいにロープを引っぱった。

ドドドーンッ、ザザザザザッ――――ン

轟音《ごうおん》とともに、昔からあった千代《ちよ》ちゃんの家が、ぺしゃんこにつぶれた。

木くずが飛んで土煙《つちけむり》が舞《ま》って、笑生子《えいこ》はむせた。

見ると、つぶれた家の柱や桟《さん》や、使えそうな木材を、あっちの人、こっちの人がすばやく持ち去って行く。なにに使うのか、もしや、防空壕《ぼうくうごう》に使うのかもしれない。

翌日《よくじつ》には、土壁《つちかべ》や割《わ》れたかわら以外、使えそうなものは全部なくなっていた。

笑生子は、千代ちゃんの家がかわいそうで胸《むね》がつまった。

建物疎開《そかい》を命令されると、だれであっても、住みなれた家を捨《す》て、引《ひ》っ越《こ》さなければならない。たいせつな家はこうして、あっという間に消えてしまう。

「さいなら、千代ちゃんのおうち……」

笑生子は落ちていたかわらのかけらに、声をかけた。

千代ちゃん一家とは、そんなふうにお別れしなければならなかったけれど、めめちゃんとは、「いっしょに女学校へ行こうね！」といい合っていた。

なぜなら、五年生のころの担任《たんにん》の亀岡《かめおか》先生は、「ちいやんの女学校への進学は、わたしが大きな大きな太鼓判《たいこばん》を押《お》してあげる！」といってくれたからだ。

なのに、六年生になって担任になった勝田《かつた》先生は、五年生と同じように一所懸命《いっしょけんめい》勉強した笑生子《えいこ》の成績《せいせき》をさげるばかりだった。

なにくそっと、必死に勉強して、試験の点数も悪くないのに、勝田先生は通知表の成績をあげてくれなかった。

そのうえ、卒業前になって、疎開《そかい》から大阪《おおさか》の学校へ帰ってくると、勝田先生は、笑生子にはっきり宣言《せんげん》した。

「町田《まちだ》、おまえの姉さんは国民学校の高等科へ行っただけやろ。その妹が、女学校へなんぞ行かんでええ！」と。

高等科を卒業して就職《しゅうしょく》した姉やんたちのことまでいわれて、笑生子はすごくくやしかった。

その日、学校から帰って、お母やんに訴《うった》えようと思ったのに、お母やんは留守《るす》だった。

空襲《くうしゅう》を心配した澄恵美《すえみ》姉やんが京都からきてくれていたが、澄恵美姉やんには、そういうことがいいにくい。

もし、勝田《かつた》先生のいったことを、澄恵美姉やんに訴《うった》えても、「ぜいたくいいな。高等科で十分やがな」といわれそうだったから……。

それでも、つい、がまんできなくて、「勝田先生、ひどいねん！　女学校行くために、せっかくがんばったのに」と、いってしまった。

すると、姉やんが、「それは、おかしいな……」と、むずかしい顔でいったので、笑生《えい》子《こ》は、自分がおかしいのかと、びくっとした。

澄恵美姉やんは、子どものときからとても勉強ができて、担任《たんにん》の先生が、「どうか、この子を女学校に行かせてやってください」って、お母やんやお父やんに頼《たの》みにきたほど、かしこかったと聞いたことがある。

それなのに、家が貧乏《びんぼう》で行けなかった。

だから、怒《おこ》られるのかと思ったのだ。

すると、澄恵美姉やんがいった。

「家が貧乏《びんぼう》やから、女学校へ行けへんというならわかるけど、姉が女学校やないから、おまえも行くなってていうのは絶対《ぜったい》おかしい。……笑生子《えいこ》、心配せんでええ。姉やんが行かしたる！」

澄恵美《すえみ》姉やんの言葉に、笑生子は飛びあがるほどうれしくて、姉やんに抱《だ》きつきたかった。

けど、姉やんはそういうべたべたしたことがきらいだと知っているので、ぐっとがまんした。

（いつもやったら、バッサリ切る性格《せいかく》の澄恵美姉やんが、うちの味方してくれた！）

それだけでうれしすぎたので、笑生子は、そばにいたキラを抱きあげ、姉やんのかわりにぎゅっとした。

だが、結局、勝田《かつた》先生は、笑生子には、女学校への学校推薦《すいせん》をくれなかった。

国民学校初等科を卒業しても、先生の推薦がなければ女学校へは行けない。

とうとう、このまま国民学校の高等科へ進むしかないのかと思ったころ、しょっちゅう空襲警報《くうしゅうけいほう》が鳴るようになった。

最初は警戒《けいかい》警報のたびに、家の庭の防空壕《ぼうくうごう》へかくれたりしていたが、それにも疲《つか》れてきて、夜中に鳴る警戒警報ぐらいなら、服を着たまま寝《ね》ているようになっていた。

そんな三月七日に、アメリカのＢ29爆撃機《ばくげきき》が一機、警戒警報とともに大阪《おおさか》周辺にあらわれた。

その一機が、赤い伝単《でんたん》をばらまいていったとうわさになったころ、吹田《すいた》の正義《まさよし》兄やんの家へ行ってきたという雅子《まさこ》姉やんが、こっそり、その伝単を持ってきた。

「特高や大阪府警《ふけい》が伝単を集めてるらしいから、人に見せたらあかんぞって、正義兄やんがいってた」

雅子姉やんはそういって、ビラを見せてくれた。

ともかく、そのビラには、日本語でこう書いてあった。


工場、軍事施設《しせつ》、発電所、鉄道、停車場などに、絶対近寄《ぜったいちかよ》るな。

人民を害するのが米国の目的ではない。

ただし、日本軍閥《ぐんばつ》を無力にするには、軍需《ぐんじゅ》工場をみな破壊《はかい》しなければならぬ。

できるだけ、軍事施設《しせつ》のみを破壊する。

ただし、地方の人もけがをしないとはかぎらない。

日本の軍閥が、この戦争をはじめたということを覚えておいてもらいたい。

軍閥がはじめた戦争の後始末を米国がする。

念のため、もう一度忠告《ちゅうこく》する。

軍事施設に近寄《ちかよ》るな。


その裏《うら》には、危険《きけん》な場所に矢印をつけた地図も描《えが》いてあった。

その伝単は、なんのためにまかれたのか？

アメリカは日本の人民のことを考えてくれたのか？　それとも、みんなに戦争協力をさせないように、伝単をばらまいたのか……？

笑生子《えいこ》には、よくわからなかったが、雅子《まさこ》姉やんは胸《むね》をはった。

「ほらな、軍事施設や工場なんかは、絶対《ぜったい》、危《あぶ》ないんや。うちが市電の仕事選んだだん

＊敵国《てきこく》の戦意喪失《そうしつ》を目的に、空からまかれる印刷物。

は、正しかった！」

（え、それがいいたくて、このビラ、持って帰ったん⁉）

笑生子《えいこ》は心の中で、ちょっとあきれた。


昭和二十年、三月十三日になって、ラジオが刻々《こくこく》とくりかえしていた。

「警戒警報《けいかいけいほう》、中部軍管区情報《じょうほう》。敵編隊《てきへんたい》が、南方洋上を……して、阪神工業地帯《はんしんこうぎょうちたい》へ向かいつつあります。中部軍管区情報。敵編隊が、南方洋上を、東北進……通過《つうか》して、阪《はん》神《しん》工業地帯へ向かいつつあります」

雑音《ざつおん》が入って聞きとりにくいが、阪神工業地帯といえば、大阪《おおさか》や神戸《こうべ》のことだ。

ウウウウウ――――ウウウウウウァ――――

その夜、突然《とつぜん》、空襲警報《くうしゅう》が鳴りひびいた。

夜なべの針仕事《はりしごと》をしていたお母やんが、すぐさま、黒い布《ぬの》をかけている明かりを消し、寝《ね》ていた笑生子《えいこ》の頭に防空頭巾《ぼうくうずきん》をかぶせた。

「今日は、隣組《となりぐみ》の防空壕《ぼうくうごう》へ行くえっ」

そういったお母やんは、成年《なるとし》兄やんのお骨《こつ》を白い布《ぬの》に包んで首にさげ、兄やんの位牌《いはい》を雑嚢《ざつのう》＊に入れた。

家の庭に掘《ほ》った防空壕よりは遠いが、隣組の防空壕はじょうぶで大きいのだ。

空襲《くうしゅう》のとき、火の見やぐらの半鐘《はんしょう》をたたく係になったお父やんは、警戒警報《けいかいけいほう》が出てすぐ、家を飛び出して行ってしまったので、家にはいない。

雅子《まさこ》姉やんは、今年になって、車掌《しゃしょう》から運転士見習いになったので、いつも帰りが遅《おそ》かった。

運転士だった杉山《すぎやま》さんに赤紙がきて、召集《しょうしゅう》されたからだ。

「さっ、早《は》よっ」

だいじなものが入ってふくらんだ緊急用《きんきゅうよう》の雑嚢を肩《かた》にかけたお母やんがせかす。

笑生子は防空頭巾のひもをぎゅっと結んだ。

キラが目を覚ましてうろうろしていたので、つかまえて、リュックに入れた。

＊さまざまなものを入れる肩《かた》にかける布製《ぬのせい》のかばん。

「キラ、行くよっ」
キラを背負《せお》って駆《か》け出《だ》した町に、鳴りひびく空襲警報《くうしゅうけいほう》。

ウウウウウ――ウウウウウウァ――ウウウウウウァァ――
ジャン、ジャンジャンジャンジャン……

空襲警報にまじって、お父やんのたたく半鐘《はんしょう》の音もひびいてきた。
敵機《てっき》発見の警戒《けいかい》警報はサイレンが一度だけとか、敵機がせまったときの空襲警報は鳴っては休んで、また鳴るのをくりかえすとか聞いたが、その日の警報は、大阪中《おおさかじゅう》で鳴っているのか、警報に警報がおおいかぶさるように鳴りひびいて聞こえた。

ウウウウウ――ウウウウウウァァ――
ウウウウウァ――ウウウウウウァァァ――
ジャン、ジャンジャンジャンジャンジャン、ジャン、ジャンジャンジャンジャン……

警報《けいほう》の鳴りひびく暗い空を見あげると、西の大阪湾《おおさかわん》あたりで、日本軍の高射砲《こうしゃほう》の照空灯＊が交錯《こうさく》して、その中に敵機《てっき》が映《うつ》し出《だ》された。

その背後《はいご》の空にも、機影《きえい》がたくさん見える。

高射砲の爆音《ばくおん》がひびいたので、味方の高射砲が発射《はっしゃ》されたと思ったのに、撃墜《げきつい》されて落ちる敵機は見えない。同時に、敵《てき》の爆弾《ばくだん》が投下されたのか、海辺が白く光った。

昼間のように白く明るくなった港の空には、ぞっとするほど無数の敵機が見えた。

敵機の飛行音なのか、ザーッ、ザァーッと轟音《ごうおん》がひびいてくる。

防空壕《ぼうくうごう》へ駆《か》けながら見ると、もう間近に、鶴町《つるまち》の上空を通過《つうか》する敵機が見えた。

日本の戦闘機《せんとうき》にくらべて巨大《きょだい》だ。しかも、一機、二機なら、機影を遠くから見たことはあるが、頭上を通過する敵機の編隊《へんたい》を、真上に見あげたのははじめてだった。

次つぎ、とぎれない敵機の機影の下、防空壕へ駆けこむ一瞬《いっしゅん》前、笑生子《えいこ》は見た。

爆撃《ばくげき》で起こった火災《かさい》で真《ま》っ赤《か》にひらめく空を、轟音とともに通過して行く無数の大編隊を。

＊サーチライトのこと。

それは、まるで夕焼けの赤トンボのように何百機もの編隊《へんたい》だった。

空を埋《う》める敵機《てっき》の機体は火の色だ。爆撃《ばくげき》でひらめく火災《かさい》の色が映《うつ》っているのだった。

恐怖《きょうふ》の赤いきらめきは美しく、むごく……笑生子《えいこ》は全身があわ立《だ》った。

そのときだった。浪速《なにわ》のあたりからも、大きな大きな火の手があがった。とたんに、空が真昼のように明るくなって、周囲に舞《ま》う火の粉までが見渡《みわた》せた。

「なにしてるんっ、防空壕《ぼうくうごう》に入らんとっ」

お母やんにどなられて、笑生子は防空壕へ駆《か》けこんだ。

防空壕の中には、十人ばかりの隣組《となりぐみ》の人たちがいた。

「なんまいだ、なんまいだ……どうか、ここに落ちんよう、たのんます！」

「南無阿弥陀仏《なむあみだぶつ》、南無阿弥陀仏……」

と手を合わせ、念仏《ねんぶつ》をとなえて、ふるえている人が何人もいた。

飛びこんだ笑生子が、防空壕でちぢこまったみんなの

すきまに入ると、リュックの中のキラが小さな声で、
ワフッ……とほえた。

「……あ、ワンちゃん⁉」

そばでふるえていたおかっぱの女の子がリュックをのぞく。

（あ、あの子だ！　白い犬のモモちゃんをとりあげられた女の子！）

隣組《となりぐみ》のまだ一年生にもならない子だったが、笑生子《えいこ》のあだ名「ちいやん」と似《に》ていたから覚えている、ちいちゃんだった。

「なんや、犬を連れこんだのか⁉」

暗い中、聞きなれないおじさんのこわい声もした。

聞き覚えがないから、隣組の人ではなさそうだ。

いきなり空襲警報《くうしゅうけいほう》が鳴ったので、緊急《きんきゅう》にこの壕《ごう》へ逃《に》げて

きた人かもしれない。

おじさんの声に、みんなが笑生子《えいこ》を見たのでドキドキしたが、ちいちゃんが、リュックから顔を出したキラを「かわいい！」となでてくれた。

献納《けんのう》されたモモをかわいがっていたちいちゃんのお母さんも、「かわいいね」といってくれた。

「キラっていうねん」

笑生子は、小さな声で、キラの名を教えた。

「キラちゃん！」

ちいちゃんがキラにほおずりした。

笑生子は、キラがうるさくしたらどうしようと、びくびくしたが、キラはリュックの中で、しっぽをふっているようだった。

「せまい壕《ごう》に、犬を連れこむとは……」

おじさんの声はぶつぶついっただけで、それ以上は怒《おこ》らなかったので、ほっとした。

そのとき、頭上で、カン、カランという音がした。

「きたっ、焼夷弾《しょういだん》や！」

だれかがさけんだ。

同時に、なにかがこげるようなにおいが、壕内《ごうない》にただよいはじめた。

「まずいっ、なにかが燃《も》えてるぞ！」

「外へ出ろっ」

さけび出した人たちに押《お》し出《だ》され、笑生子《えいこ》はお母やんと手をつないで、入ったばかりの防空壕《ぼうくうごう》を出た。

外から見てみると、深く掘《ほ》りこんだ壕ににじみ出す地下水をぬくポンプがあって、その木ぶたがブスブス燃えていた。

ザーッ、ザーッ、ザザーッ、ザザァーッ
ザーッ、ザーッ、ザザザーッ、ザザザァーッ

天上からは、砂《すな》が降《ふ》るような音がひびいてくる。

見あげると、通過《つうか》する敵機《てっき》という敵機から、マッチ棒《ぼう》のようなものが無数に降《ふ》ってくるのが見えた。それが、落ちてくるとちゅうに、無数の焼夷弾《しょういだん》だとわかった。

お母やんのにぎった手に、ぎゅっと力が入った。

ザーッ、ザーッ

ザザーッ、ザザァーッ

無数の焼夷弾は、落下のとちゅうで、さらに花火のように分散した。

焼夷弾は何十も束にして落とされ、空中で、その束がバラバラになって落ちてくるのだ。

それは、千も二千も落とされた焼夷弾がさらに百倍になったように見え、まるで爆発《ばくはつ》した花火の火の帯がシュルシュル伸《の》びて、いっせいに落ちてくるようだった。

「わあああっ」

みな、頭を抱《かか》えて逃《に》げた。

ザザザザァ――ッ

シュルシュルシュル、シャ、シャァァーンッ

無数の焼夷弾《しょういだん》が、向こうの家の屋根や道路上に落ちてはじけ、爆発《ばくはつ》して、花火のような火のムチがふき出し、白いせん光が何本も走った。

地平へ落ちたとたん、焼夷弾からは黄色い油が飛び散って同時に発火し、油やリンが燃《も》えさかるので、遠くから見れば花火のように見えるのだ。

通りぬけようとした家々がみるみる燃え落ちていく。

そのとき、焼夷弾から飛び散ったのか、お母やんと手をつないだ笑生子《えいこ》の横を駆《か》けていたちいちゃんの防空頭巾《ぼうくうずきん》にベロンとした火油がくっついた。とたん、一気に頭巾が燃えあがった。

「あっつい、お母ちゃんっ、あっついぃぃぃっ……！」

ちいちゃんがさけんで、うしろを駆けていたちいちゃんのお母さんが、燃えてる頭巾

を素手《すで》で引っつかんで捨《す》てたが、火油の炎《ほのお》は、一瞬《いっしゅん》の間にちいちゃんのおかっぱと服にまで燃《も》え移《うつ》っていた。

しかも、ちいちゃんの防空頭巾《ぼうくうずきん》の火油は、ちいちゃんのお母さんの手にまでくっついて、燃えあがった。それでも、お母さんはちいちゃんにおおいかぶさって、ちいちゃんの火を消そうとしていた。

だが、焼夷弾《しょういだん》からはじけて飛んだゼリーのような火油は、はりついたが最後、人間の皮膚《ひふ》だろうが服だろうが、くっついたまま燃え続けるので、お母さんの半身にベタッと燃え移ってしまった。

「水っ、水だっ！」

だれかがさけんで、目についた防火《ぼうか》用水を、ちいちゃんとお母さんにひっかけた。

笑生子《えいこ》も水をかけようとバケツをつかんだが、だれかがかけた水の勢《いきお》いに、すでに全身が燃えあがろうとしていたちいちゃんのこげた皮膚《ひふ》が、ずるりとむけてしまった。

さらにみんなが水をかけても、ちいちゃんとお母さんにくっついた火油の炎《ほのお》は燃えひろがるだけで、火は消えない。見る間に、ちいちゃんのおかっぱもお母さんの束ねた長い髪《かみ》も、ちりちりこげて、灰《はい》になってしまった。

のたうちながら倒《たお》れこんだふたりを見て、笑生子《えいこ》はバケツを投《な》げ捨《す》て、自分の防空頭巾《ぼうくうずきん》をつかんだ。それでたたいて、火を消そうとしたのだ。

「もうあかん！　燃《も》えてる人間にさわるなっ。さわったら、火が燃《も》え移《うつ》るぞっ」

さけんだのは、さっき、キラに怒《おこ》っていたおじさんの声のようだった。

ザーッ、ザーッ
ザザーッ、ザザァーッ

空をおおう敵機《てっき》の編隊《へんたい》からまたまた焼夷弾《しょういだん》が降《ふ》り続《つづ》き、ちいちゃんとお母さんは炎《ほのお》につつまれ、黒くこげてゆく。助けたくても、もう熱すぎて、近づくことさえできなかった。

ザザァーンッ

せつな、間近に降《ふ》ってきた銀色六角形の焼夷弾《しょういだん》が、大きな釘《くぎ》みたいに、空をあおいだおじさんの首に、ズンッと埋《う》もれるように突《つ》き刺《さ》さった。

「ぎゃあああああ――――っ」

飛び散った血しぶきと、火油に絶叫《ぜっきょう》したのは、まわりにいたみんなで、おじさんは声もあげずに倒《たお》れこんだ。……即死《そくし》だった。

ガツ、ガツッ、ガッツーンッ

同時に、バラバラッと降ってきた焼夷弾が、あちこちではじけ、黄色い油が飛び散り、無数の火のムチと白いせん光が、そこら中で暴《あば》れまくった。

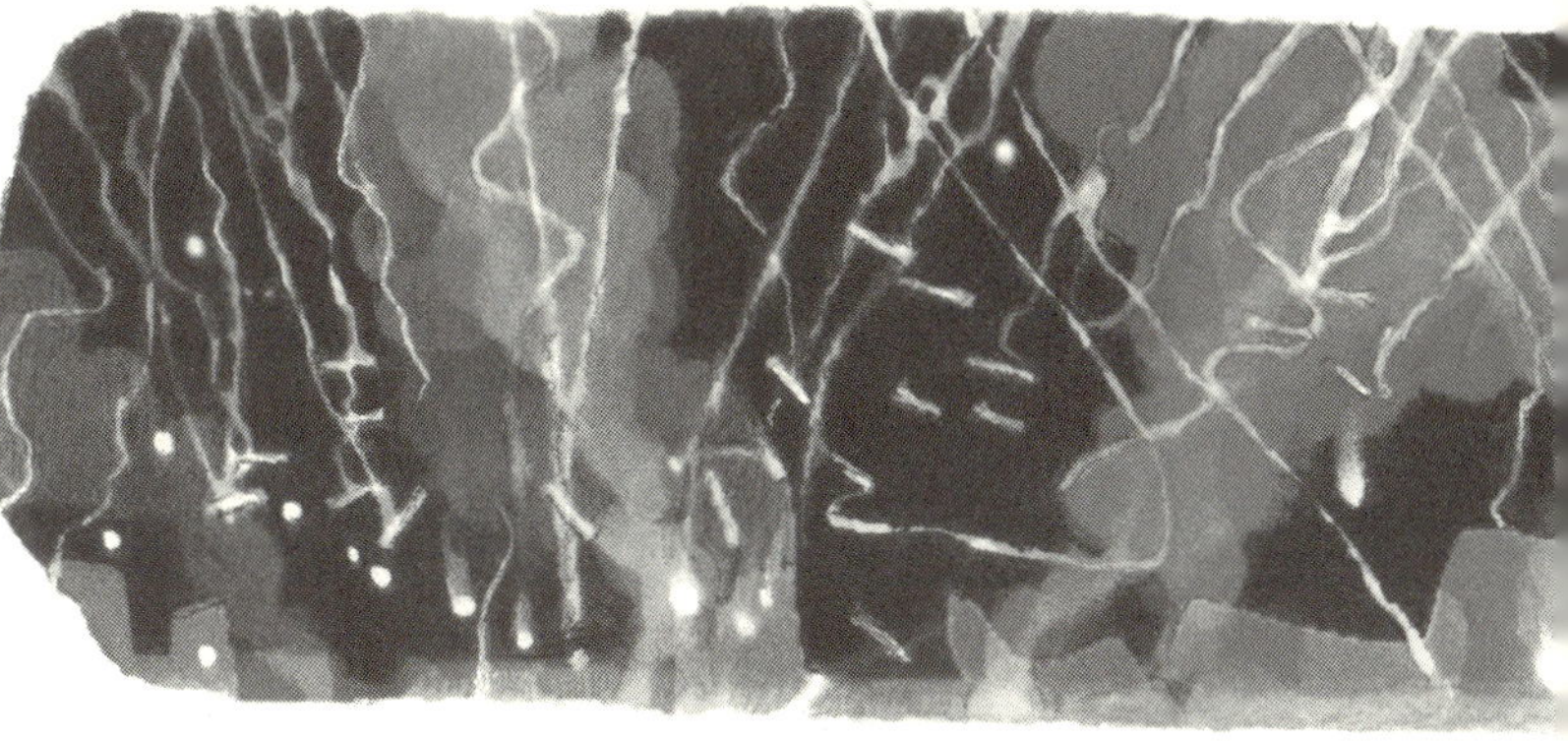

もうだれも、人を助ける余裕《よゆう》なんかない。
みな、恐怖《きょうふ》にとりつかれて、ただ走った。

ウウウウウァ――ウウウァァァ――
ザーッ、ザーッ、ザザーッ、ザザァーッ

空襲警報《くうしゅうけいほう》と焼夷弾《しょういだん》の轟音《ごうおん》の中、逃《に》げる人の数より多い焼夷弾。それに当たるか当たらないか、それはもう、その人の運でしかなかった。

「浜《はま》へ急げっ」

みんながさけぶ声はなんとか聞こえたが、火の手で明るくなった町は、濃《こ》くけむっていて、だれがどこにいるのかも見えない。目やのどが煙《けむり》にいぶされて、イガイガと痛《いた》い。

鶴町《つるまち》の三丁目側の家並《いえな》みは火の壁《かべ》になって燃《も》えさかって

いたので、風にあおられ、消《け》し炭《ずみ》みたいな大きな火の粉が飛んでくる。

防空頭巾《ぼうくうずきん》が燃《も》えないよう、みんな、とちゅうの防火水槽《ぼうかすいそう》に防空頭巾や手荷物をドプンとつけて、ぬれた防空頭巾をかぶって走りぬけた。

そんな中、お母やんだけは、ずっと笑生子《えいこ》の手をにぎって走ってくれた。

その手だけが力強かった。

けむくて、どこもかしこもよく見えないまま、笑生子はお母やんの手に引っぱられて走った。

降《ふ》り続《つづ》ける火の雨と、火油のムチが、背負《せお》ったリュックにいるキラに刺《さ》さりませんようにと、笑生子は祈《いの》りながら、浜《はま》に向かった。

ようやく海辺までたどりついたとき、海のほうで、ふいの爆音《ばくおん》がひびいた。

「うわっ」

港の船が爆撃《ばくげき》され、積んであったドラム缶《かん》が火をふきながら、海上に舞《ま》いあがったのだ。

「かくれろっ」

みな、海に飛びこんだり、石垣《いしがき》や突堤《とってい》のかげにかくれた。

笑生子《えいこ》は石垣のかげから、きた道をふりかえってみた。

真《ま》っ赤《か》だった。鶴町《つるまち》三丁目あたりは、炎《ほのお》しか見えなかった。

なすすべもなく、みなで肩《かた》を寄《よ》せ合った。

だれもかれも、ただぼうぜんと、地獄《じごく》のように燃《も》え続《つづ》ける町を眺《なが》めるしかなかった。

笑生子は石垣を背《せ》にしゃがみこんで、肩から外したリュックごと、キラを抱《だ》きしめた。

キュ……ン
小さく、キラが鼻を鳴らした。

（生きてるっ。キラも、うちもっ……）

そう思ったとたん、なにも考えられなくなっていた笑生子の目に涙《なみだ》があふれ出した。

「ちいちゃん……！」

意識《いしき》せず、その名をつぶやいた。

小柄《こがら》だからと、「ちいやん」と呼《よ》ばれていた笑生子と似《に》た呼び名、ちいちゃんと呼ばれていたあの子のお父さんも、お兄さんふたりも、戦争へ行ってしまったので、いつもひとりっ子のように、優《やさ》しいお母さんにかわいがられていた隣組《となりぐみ》のちいちゃん。笑生子《えいこ》には兄も姉もいたので、服もランドセルもみんなおさがりだったから、ちいちゃんがうらやましかったことも多かった。

（それなのに、ちいちゃんは……優しかったお母さんまで……アメリカに焼き殺された！　ただ、一生懸命《いっしょうけんめい》生きてただけの子どもとお母さんやったのにっ！）

そう思うと、息がつまりそうだった。

（アメリカのうそつきっ！　雅子《まさこ》姉やんが持ってきたビラには、軍事施設《しせつ》しか爆撃《ばくげき》せえへんって、書いてあったのに！　大うそやんかっ！）

心でさけんで、キラを抱《だ》きしめると、キラがペロペロなめてきた。

その温かい感触《かんしょく》に、笑生子はもう涙《なみだ》が止まらなくなった。

「笑生子、泣きな。泣いても怒《おこ》っても、もう、あてらには、どうしようもない。これが、戦争なんや……！」

お母やんが、低い声でいった。

突堤《とってい》のあたりで、町から逃《に》げてきた人を、「こっち、こっち」と手招《てまね》きして、かくしてあげてる人がいる。そのだれもかれもが、すすだらけの黒い顔をしていたけれど、目だけは、ぎょろぎょろしていて、泣いてる人はいなかった。

敵機《てっき》の轟音《ごうおん》が聞こえてくるのは真上ではなくなったけれど、まだまだ町々からは、地平がゆれるような爆音《ばくおん》がひびいていた。

その恐《おそ》ろしい時間が三時間ぐらいだったのか、もっと長い間だったのか……笑生子《えいこ》にはわからない。

ようやく、空襲警報解除《くうしゅうけいほうかいじょ》のサイレンが鳴ってからも、しばらくは動けなかった。

深夜の暗闇《くらやみ》が、空襲によってうずまく熱風の火炎地獄《かえんじごく》となって、昼のように明るくなったかと思えば、町全体が猛煙《もうえん》に包まれてふたたび暗闇に落ちてしまった。

夜明けに敵機が去って、雲間から陽《ひ》が差してきたころに、ようよう、お母やんと手をつないで、笑生子は町へもどってみた。

夜は明けていたが、あたりには、まだ炎《ほのお》がひらめき、煙《けむり》が立ちこめて、息をするのも苦しかった。

鶴町《つるまち》三丁目あたりは、電信柱が焼けぼっくいみたいになっていたし、家々もブスブス燃《も》えて、無事な家はほとんどなかった。

笑生子《えいこ》たちが入っていた隣組《となりぐみ》の防空壕《ぼうくうごう》は、やや三丁目に近かったせいで、焼夷弾《しょういだん》の破《は》片《へん》や火の粉が飛んできて、ポンプが燃えたのかもしれない。

「よかった……燃えてへん」

四丁目に着いて、無事だった家を見たお母やんが小さな声でいった。

うれしそうではなかったのは、家どころか、かけがえのない家族まで失ってしまった人たちに、申《もう》し訳《わけ》ないという気持ちがあったからだと思う。

やがて、火の見やぐらで半鐘《はんしょう》をたたいていたお父やんも、鉄カブトを抱《かか》えて、あちこち焼《や》け焦《こ》げをつくって帰ってきた。

その日、ふいに稲光《いなびかり》と雷鳴《らいめい》がとどろいて、一気に墨《すみ》を流すように、真っ黒な雨が降《ふ》り出《だ》したのは昼ごろだったと思うが、何時だったたんだろう。

笑生子にはもう、時間の観念がなかった。

空襲《くうしゅう》で燃えさかった火の海から出た黒いすすや油煙《ゆえん》が、雲や雨に混《ま》じって降りそそいだので、町はたちまち、昼とは思えない暗闇《くらやみ》に沈《しず》んでしまった。

十四日の夜おそくになって、やっと帰ってきた雅子《まさこ》姉やんは、すすで真っ黒な顔をしていた。

どこからどう帰ったのかと、お母やんが聞いた。

雅子姉やんは、へとへと顔でこたえた。

「空襲《くうしゅう》で、百台以上の車両が燃《も》えたんで、市電も止まってしもたんや」

そういった雅子姉やんは、自慢《じまん》の市電が燃えてしまったのを思い出して、ポロポロ涙《なみだ》をこぼした。

「そんで、あちこちの防空壕《ぼうくうごう》に入れてもろたり、壕《ごう》から壕へ避難《ひなん》したりしたけど、いざ空襲解除《かいじょ》になって、『さあ、家へ帰ろ』と思うたら、市内はもう……どこがどこかわからんぐらい、あちこち火の海やった。もう人が逃《に》げる方向へ進むしかなかってん」

雅子姉やんは、話すのもしんどそうに、玄関《げんかん》にへたりこんだ。

「あっちゃこっちゃ遠回りして火から逃げてたら、どこをどう走ったんか、御堂筋《みどうすじ》に出てん。そしたら、ひろい御堂筋の道幅《みちはば》いっぱいが真《ま》っ赤《か》に燃えてて、突風《とっぷう》みたいな風がふいて、火ぃが渦《うず》になるわ、ビュンビュン流れていくわで、まるっきり、火の川やった。……逃《に》げ場所がないか探《さが》したら、地下鉄の入り口が見えたんで駆《か》けこんで、階段《かいだん》でうずくまってたんやけど、階段にいても、火の粉がびゅうびゅうふきこんできて、水にぬらした防空頭巾《ぼうくうずきん》は、火から逃げてるうちにもうカラカラに乾《かわ》いてたから、火がつきそうでこわぁて、こわぁて……どんどん階段をおりて行ったら、なんと地下に電気がついてて、そこには、地上の火から逃げてきた人でいっぱいやった！」

そういってはじめて、雅子《まさこ》姉やんは目を輝《かがや》かせた。

「たくさんの人の中に、『梅田《うめだ》方面は焼けてません。運びますから、早く乗ってください』って呼《よ》びかけてはる駅員さんがいはったんや。市街がどこもかも火の海で、地下鉄の上の御堂筋《みどうすじ》も燃《も》えてるのに、うそみたいに地下鉄が動いてたんや。だれかが、『あれは、始発前の運転士や車掌《しゃしょう》を運ぶ「お送り電車」ちゃうか⁉』っていわはって、みんながわあっと走り出したんで、そんなら、わたしもとにかく火から逃げようって思って、走って乗ったんや。そんで、梅田まで運んでもろて降《お》りて、地上に出たら、真《ま》っ赤《か》に燃えてた御堂筋方面が暗《くろ》うなってた。もう燃《も》え尽《つ》きて、燃えるもんがなくなったんか……

それとも、あとで降《ふ》ってきた雨で消えたんかわからんけど、まるで夢《ゆめ》を見てるみたいやったわ。そこからは、焼け残った家や防空壕《ぼうくうごう》で、お水もろたり、休ませてもらいながら、遠回りに遠回りして、ようやっと、ここへ帰ってきたんや……」

そういったきり、精根尽《せいこんつ》きたかのように、雅子《まさこ》姉やんは畳《たたみ》につっぷしたので、びっくりしてそばへ寄《よ》ると、姉やんはもう寝息《ねいき》を立てて眠《ねむ》ってしまっていた。

この三月十三日から十四日未明の空襲《くうしゅう》は、大阪《おおさか》の西区、天王寺《てんのうじ》区、南区、浪速《なにわ》区……など、大阪の寺社仏閣《ぶっかく》が並《なら》ぶ古い文化の残る町も、新しく発展《はってん》した市街地も、まるごと火の海に変えてしまった。

そのあとの黒い雨で、町は一気に墨《すみ》を流したようになって、昼と思えない暗闇《くらやみ》がまた町を包んだから、この黒い雨の下、家も着るものも、食べものも、なにもない人たちが、どれほどつらく悲しい思いでいるのか……。いや、持っている家やものをすべて失っただけでなく、かけがえのない家族を失った人がどれほど多いかと思えば、笑生子《えいこ》の家族のだれもが、あの地獄《じごく》のときをなんとか乗《の》り越《こ》えられて、ここに生きて会えたということだけでも、奇跡《きせき》としか思えなかった。

それは、火がついた防空壕《ぼうくうごう》から押《お》し出《だ》してくれた人びと、いっしょに海へ駆《か》けた人びとがいたからこそだったかもしれない。

もし、笑生子《えいこ》の横にちいちゃんが走っていなければ、焼夷弾《しょういだん》の火は笑生子の防空頭巾《ぼうくうずきん》や服に飛んでいたかもしれず、焼夷弾が突《つ》き刺《さ》って死んでしまったおじさんが、「燃《も》え移《うつ》るから近づくな」といってくれなければ、笑生子は防空頭巾をつかんだ手で、ちいちゃんとお母さんの火をたたいて消そうとしていたのだ。そうすれば、あのばけものみたいな火は、笑生子に燃え移っていたかもしれない。

（……あのとき、死んでしまった人に助けられた命なんや！）

そう思うと、あの瞬間《しゅんかん》には出なかった涙《なみだ》がぼろぼろこぼれた。

「姉やん……！」

笑生子は、お母やんからふとんをかけられた雅子《まさこ》姉やんに呼《よ》びかけたが、姉やんは死んだように眠《ねむ》っていて起きなかった。

その姉やんも、地下鉄に乗せてくれた駅員さんがいなければ、どうなっていたかわからない。

みんな、生きるか、死ぬかは紙一重《かみひとえ》だったのだ。

（この戦争が終わるまでには、うちも死ぬかもしれん……）

そう笑生子《えいこ》は思った。

そのたった数か月後、笑生子は再《ふたた》び、地獄《じごく》につき落とされることになる。

7 生と死

昭和二十年六月一日、それははじまった。

ラジオが警戒警報《けいかいけいほう》をくりかえし、ついに空襲警報《くうしゅう》が出た。

ウウウウウ――――ウウウウウウァ――――ウウウウウウァァァァ――――

鳴りひびく警報に、笑生子《えいこ》はいつも通りキラをリュックに入れて背負《せお》い、食べものの入った雑嚢《ざつのう》も肩《かた》にかけた。

お母やんは、兄やんのお骨《こつ》を首にかけ、位牌《いはい》やだいじなものを詰《つ》めこんでふくれた雑嚢を肩にかけ、掛《か》けぶとんまで抱《かか》えて、三月にポンプを焼いただけで燃《も》え残《のこ》った隣組《となりぐみ》の

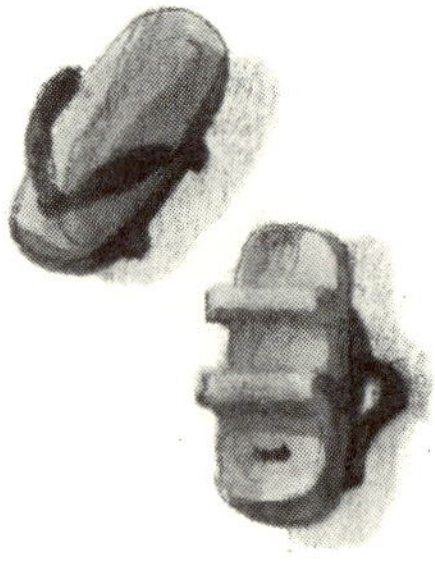

防空壕《ぼうくうごう》へ走った。

家の庭にある防空壕がいかに危険《きけん》かは、大阪人《おおさかじん》はみな、三月の空襲《くうしゅう》で思い知らされていた。

三月空襲では、燃《も》える建物のそばにあった防空壕に避難《ひなん》した人たちが、無数に蒸《む》し焼《や》きになって死んだのだ。

では、深く頑丈《がんじょう》につくられた工場や会社の防空壕が安全かといえば、落とされた爆弾《ばくだん》で出入り口をふさがれ、出るに出られず、地底から浸入《しんにゅう》した地下水が壕《ごう》に満ちて、おぼれ死んだ人も大勢《おおぜい》いた。

庶民《しょみん》の防空壕など、どれほど頑丈につくっても、とっさの判断《はんだん》をまちがえれば死ぬということだった。

この日は、朝九時ごろの警戒警報《けいかいけいほう》だったので、お父やんも姉やんも仕事に出てしまっていて、家にはいなかった。

逃《に》げるのは、お母やんと笑生子《えいこ》とキラだけ。

ウウウウウ——ウウウウウウァ——ウウウウウウァァァァ——

ジャン、ジャンジャンジャン、ジャン、ジャンジャンジャンジャン……

お父やんは仕事へ行ったので、昼当番の人が鳴らす半鐘《はんしょう》もひびいてくる。

大急ぎで隣組《となりぐみ》の防空壕《ぼうくうごう》へ駆《か》けこむと、見なれた女の人たちがいた。

「なんまいだ、なんまいだ……!」

今日も、念仏《ねんぶつ》をとなえている人はいるけれど、そこには、ちいちゃんとお母さんはいない。

キラを「かわいいね」といってくれたちいちゃんとお母さんは、もう永遠《えいえん》に帰ってこないのだ。

そう思うと、ちいちゃんとお母さんの最期《さいご》がよみがえってきて、笑生子《えいこ》はリュックに入れたままのキラをぎゅっと抱《だ》きしめた。

キラはリュックから顔を出して、暑いのか、ハッハッ、ハッハッと、ベロを出した。

それでも、「なんで、犬を連れこむんや!」と怒《おこ》るおじさんもいない。

あのおじさんの首に突《つ》き刺《さ》さった焼夷弾《しょういだん》は思い出したくないので、笑生子《えいこ》は目をつぶった。

「だいじょうぶや。三丁目の家は焼けてしもて建物がないから、ここはかえって安全やろ」

目をつぶった笑生子に、四軒《けん》向こうに住んでいるおばちゃんがいった。

その言葉に、笑生子はうなずけなかった。

おばちゃんはそんなつもりでいったのじゃないし、三丁目の人はここにはいないけど、三丁目の家が焼けてよかったといってるみたいにも聞こえたから、うなずけなかったのだ。

「ほんでも、直撃弾《ちょくげきだん》にやられたら、ここもこっぱみじんでんがな!」

「そや。直撃受けたら、しまいや。まさか、こんなとこへ一トン爆弾《ばくだん》は落とさへんやろけど、小型爆弾でもこっぱみじんやろな……!」

「B29は、いつも海のほうからやってくるけど、今日の警戒警報《けいかいけいほう》は、淡路島《あわじしま》から大阪《おおさか》へ飛んでくるいうてたな」

おばちゃんたちが話すのを聞いていたおばあちゃんが、ハッと顔をあげた。

「孫娘《まごむすめ》が、築港《ちっこう》で働いてますねん。だいじょうぶやろか……⁉」と。

築港《ちっこう》は、大阪《おおさか》の西の端《はし》で、安治《あじ》川と木津《きづ》川の間にある港区にある。

鶴町《つるまち》のある大正区の海辺とは、となり合った港だ。

ラジオの警戒警報《けいかいけいほう》で伝えられた方向からB29の編隊《へんたい》が入ってくるとしたら、まちがいなく通過点《つうかてん》になる場所だ。

「江川《えがわ》さん。そら、あかんわ。やられまっせ。あのへんは、会社や倉庫がいっぱいありまっしゃろ！」

おばちゃんがいったとたん、江川のおばあちゃんはよたよたと立ちあがって、防空壕《ぼうくうごう》の戸を開けた。

「ちょっと、危《あぶ》ないえ！」と、お母やんが呼《よ》びとめたけど、江川のおばあちゃんは止まらない。よろよろ、外へ出て行く。

「お母やん、キラ持ってて！　うちが止めてくるっ」

笑生子《えいこ》は、キラのリュックをお母やんにあずけた。

「ちょ、ちょっと……！」

お母やんの声をあとに外へ飛び出すと、江川《えがわ》のおばあちゃんは防空壕《ぼうくうごう》の土盛《ども》りによじのぼっていた。

「おばあちゃん、なにすんの⁉」

笑生子《えいこ》が呼ぶと、江川のおばあちゃんは「築港《ちっこう》の空を見るんや！」という。

三丁目あたりが焼けてしまってるのもあって、海のほうは、東から西まで、相当見渡《みわた》せるようになっていた。笑生子も、港で働いてるお父やんが気になったので、おばあちゃんをささえつつ、防空壕の土盛りによじ登った。

ウウウウ――ウウウウウァ――ウウウウウァアア――
ジャン、ジャンジャンジャンジャン……ジャン、ジャンジャンジャンジャン……
ウウウウ――ウウウウウァ――ウウウウウァアア――

空襲警報《くうしゅうけいほう》と半鐘《はんしょう》が鳴りひびく大阪湾《おおさかわん》の向こうから、空飛ぶ雁《がん》のような形で飛行するB

29大編隊《へんたい》がひろがってこっちへ向かってくるのが見えた。しかも、B29は大阪湾《おおさかわん》の水平線からわき出してくるみたいに、無数に増《ふ》え続《つづ》ける。

何百機なのか、恐《おそ》ろしい大編隊だった。

このときの笑生子《えいこ》には、まだ爆撃機《ばくげきき》の飛行音は聞こえなかった。聞こえるのは、間近でひびく空襲警報《くうしゅうけいほう》のサイレンばかりだ。

だが、音もなくわき出してくるB29の大編隊は、静かな無数の死神のようで、むしろ不気味だった。

「ああーっ……！」

おばあちゃんが声をあげた。

音も聞こえないB29の編隊から降《ふ》ってくる投弾《とうだん》の影《かげ》が見えたのだ。

敵《てき》編隊はまだ海上で、陸地には届《とど》かないあたりなのに、港の船や、海辺の倉庫などを攻撃《こうげき》しているのかもしれない。それとも、あれは水雷《すいらい》＊だろうか？

築港《ちっこう》の海辺まではよく見えないが、ひらめく白光や、飛び散る煙《けむり》だけは見えた。

「あかん！　おばあちゃん、逃《に》げよっ」

笑生子《えいこ》はさけんで、江川《えがわ》のおばあちゃんの腕《うで》をつかんで防空壕《ぼうくうごう》の土盛《ども》りを駆《か》けおりる。

「早く早くっ」

笑生子と江川のおばあちゃんがなんとか防空壕に駆けこんだとき、心配したお母やんがキラのリュックを抱《だ》いたまま、壕《ごう》の入り口近くで待っていた。

笑生子とおばあちゃんが壕にもぐりこんですぐ、B29の飛行音とあの音がひびいてきた。

ザーッ、ザーッ、ザザーッ、ザザァーッ

ザザーッ、ザザーッ、ザザザザアアァァーッ

焼夷弾《しょういだん》をばらまく砂《すな》のような音だ。

マッチ棒《ぼう》みたいに降《ふ》ってくる焼夷弾を思《おも》い浮《う》かべて、笑生子は首をちぢめた。

ジャン、ジャンジャンジャンジャンジャン……ジャン、ジャンジャンジャンジャンジャン……

＊船を破壊《はかい》するための、水中で爆発《ばくはつ》する爆弾《ばくだん》。

ウウウウウ――ウウウウウウァ――ウウウウウァァァァ――

警報《けいほう》と半鐘《はんしょう》がそれに重なってひびきわたる。

町が燃《も》えているのか、爆発音《ばくはつおん》や家々が崩《くず》れ落《お》ちる音、火がはぜ、燃えひらめく轟音《ごうおん》もひびいてくる。恐《おそ》ろしさに身の毛もよだつが、みながまんして、じっとたえていた。

笑生子《えいこ》の全身に汗《あせ》がにじんできた。

キラのハッハッ、ハッハッという息の音が激《はげ》しくなったとき、けたたましく防空壕《ぼうくうごう》の扉《とびら》が開いた。

燃えさかる火の粉まじりの突風《とっぷう》がふきこんできて、同時に、飛びこんできただれかがさけんだ。

「ここは、もう危険《きけん》やっ。火のない海岸へ逃《に》げるんやっ」

さけんだのは、鉄カブトの警防団《けいぼうだん》のおじさんだった。

おじさんは入り口付近の人たちを、「さあ、さあ!」と呼《よ》び寄《よ》せた。

呼び寄せられた人たちはみな首をちぢめ、こわごわ外をのぞいた。

外は赤一色になっていた。

燃《も》えさかる町に、雨あられと投下される焼夷弾《しょういだん》の爆風《ばくふう》、ひらめく炎《ほのお》。

鶴町《つるまち》の裏《うら》あたりにある福町の材木置き場からも、噴火《ふんか》したように紅蓮《ぐれん》の炎がふき出している。

前後左右、あたりのすべてが真《ま》っ赤《か》に燃えているようだった。

(ど、どこに逃《に》げ道があるん⁉)

笑生子《えいこ》はどうしようもない恐怖《きょうふ》に肌《はだ》があわ立った。

ザザッ、ザザァー……ッ

焼夷弾の落ちる音がとぎれた一瞬《いっしゅん》、「今やっ」と、おじさんが駆《か》け出《だ》した。

みんなくっついて駆け出したので、笑生子もお母やんと手をつないで、江川《えがわ》のおばあちゃんの手もにぎって駆け出した。

せまる轟音《ごうおん》に、思わず見あげると、B29が火炎《かえん》のふきあがる空をふさぐばかりの巨体《きょたい》で旋回《せんかい》しようとしていた。その翼《つばさ》と機体がそりかえり、弾倉《だんそう》を開いたとたん、バラバラと投下されるおびただしい焼夷弾《しょういだん》。それらは、周囲に降《ふ》りそそいで、そこからまた、火の手があがる。

火の手から火の手へ、強風にあおられ、無数の火の粉が飛び交うのを見てすぐ、燃《も》える木切れのような大きな火の粉や、小さな無数の火の粉が、笑生子《えいこ》の頭上いっぱいにひろがって飛んできた。

逃《に》げようと駆《か》けぬける道路も、四丁目側からも、すさまじい炎《ほのお》がふき出している。

（ああ、今度は四丁目もあかんな……！）

笑生子はお母やんに引っぱられながら思った。

よぼよぼしている江川《えがわ》のおばあちゃんの手を引いているのは笑生子だが、道沿《みちぞ》いの両側が燃えさかっているので、ひとりで走りぬけるだけでも、髪《かみ》や服がこげそうだった。

そこで、お母やんが、まだ燃えていない防火水槽《ぼうかすいそう》を見つけた。

抱《かか》えていたふとんをドボンと水につけたお母やんは、笑生子とおばあちゃんの頭に、バサッとかぶせた。

どっと頭が重くなったが、これで、火の粉が飛んできても、すぐには燃《も》えない。防火水槽《ぼうかすいそう》のそばの家も燃えていて、何人かがバケツリレーで消火していたが、火の勢《いきお》いが勝《まさ》っている。

「もう、無理やっ。避難《ひなん》や、避難っ！」

おじさんがその人たちにもさけんだ。

ふりかえったのは、成年《なるとし》兄やんの出征《しゅっせい》のときに見送ってくれた中学生の黒田武男《くろだたけお》くんだった。

「さ、ええかっ。ここからは火が風にあおられるから、ひとりずつ走りぬけるで！」

おじさんは笑生子《えいこ》に向き直っていった。

そういわれても、おばあちゃんの手を放せば、おばあちゃんひとりでは駆《か》けぬけられないんじゃないかと、笑生子はとまどった。

「よっしゃ、ほな、おばあちゃんはわしにまかせっ！」

おじさんがふとんをかぶったままのおばあちゃんを抱《だ》くようにして一番に走りぬけた。

「さ、笑生子。次はあんたや！」

お母やんが背中《せなか》を押《お》したので、笑生子《えいこ》はおじさんとおばあちゃんに続いて走った。

さっきぬれたふとんをかぶったおかげで、笑生子の防空頭巾《ぼうくうずきん》もリュックも、ぐっしょりぬれているのが心強かった。

だが、火と煙《けむり》がひどくて前が見えないし、両側から火がせまってくるので、炎《ほのお》のひらめく側をよけたりして、ジグザグに走るしかない。

ジャン、ジャンジャンジャンジャン……ジャン、ジャンジャンジャンジャン……

ウウウウウ――ウウウウウァ――ウウウウウァァァァ――

その間も、空襲警報《くうしゅうけいほう》は鳴り続けている。

「わっ」

駆《か》けていた笑生子はなにかにつまずいて、転びそうになった。

見ると、路上に、こげたふとんがうごめいている。

「お、おばあちゃん⁉」

笑生子《えいこ》は、ドキンッとした。

ゴォゴゴゴォォォォ……


燃《も》えさかる火をよけつつ、笑生子はふとんをめくった。

中でうごめいていたのは、おばあちゃんではなかった。

頭と顔が、真っぷたつに割《わ》れた血だらけの女の人が死んでいた。

焼夷弾《しょういだん》の直撃《ちょくげき》を受けたのかもしれない。

「おかぁちゃ……おかぁちゃ……！」

その胸《むね》にしがみついて、やっぱり血だらけのふたつ、みっつくらいの小さな子が泣いていた。

笑生子はうしろから駆《か》けてくるお母やんをふりかえった。

「なにやってんの！　早《は》よ、行かなっ」

火と煙《けむり》をよけながら、お母やんがさけぶ。

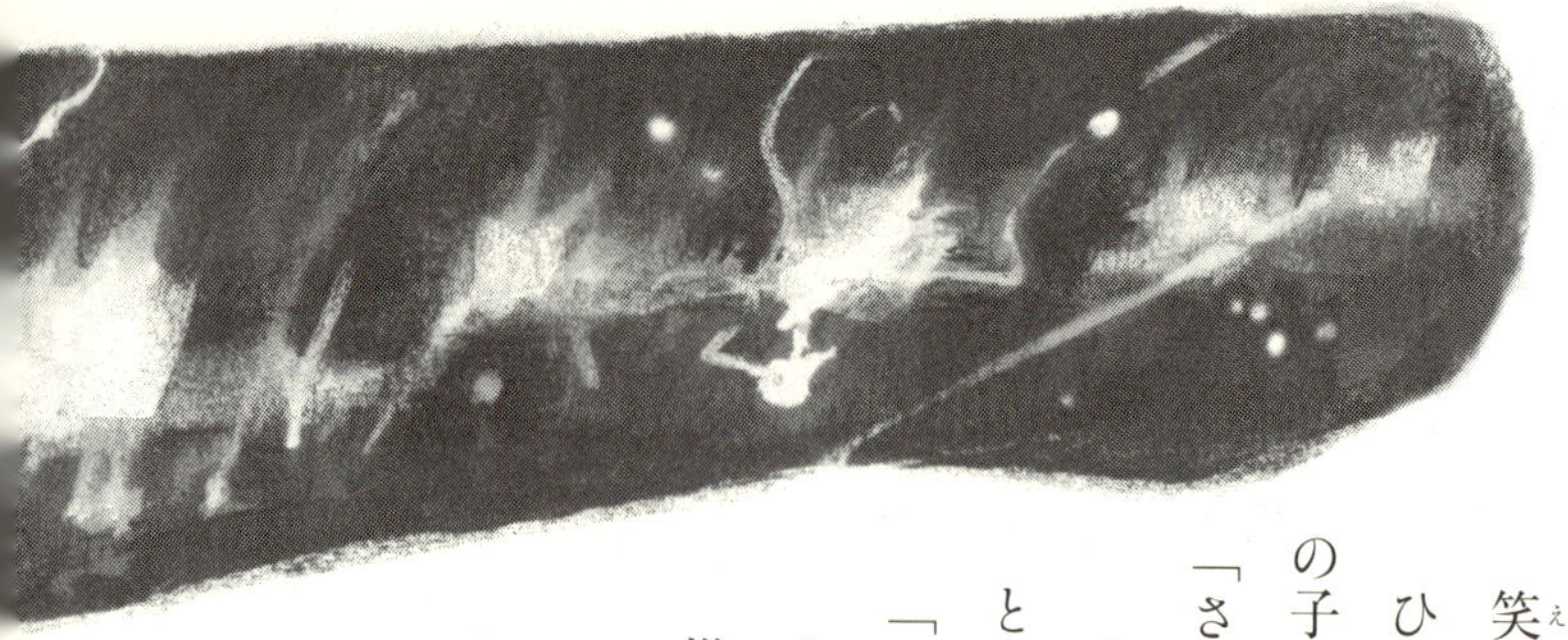

笑生子《えいこ》は、その小さな子を抱《だ》きあげて見せた。

ひと目で事情《じじょう》を察したお母やんは、兄やんのお骨《こつ》を片側《かたがわ》へ寄《よ》せて、その子をすばやく抱きとった。

「さ、早《はよ》よっ」

火と煙《けむり》にいぶされながら、子どもを抱《かか》えて駆《か》けぬけるお母やんのあとを、笑生子も必死に追って走った。

「あっ」

そのとき、笑生子は見た。

燃《も》えさかる福町側の火をぬけて、炎《ほのお》のかたまりが駆け去るのを。

いや、それは炎ではなく、火がついて燃える馬たちだった。

いつも材木を運んでいる馬かもしれない。

火から逃《に》げようと駆ける数頭の馬が炎のかたまりに見えたのだ。

火の馬が……火の中にとけるように消えた。

（ク、クリはだいじょうぶやろか……⁉）

そう思ったが、燃《も》えさかり渦巻《うずま》く火炎《かえん》と、降《ふ》ってくる火の粉をよけるためには、そこから逃《に》げるしかなかった。

ようやく火の渦《うず》をぬけ、海岸に行き着きそうになったときには、あたりは逃げてきた人でいっぱいになっていた。

その集まった人たちの中に、両手に荷物を持って、赤ちゃんをおぶったお母さんがいた。

それを見て、笑生子《えいこ》は息が止まりそうになった。

お母さんは、夏だというのに、火よけのためか、赤ちゃんにねんねこを着せていた。

そのねんねこから見える赤ちゃんの頭がなかったのだ。

切りとられたように首からふき出す血でねんねこが真《ま》っ赤《か》にぬれているのに、お母さんは気づいていない。

「笑生子《えいこ》、いうたらあかんで！　かわいそうや……」

お母やんが涙《なみだ》ぐんで、首を横にふった。

だれもかれも、自分が逃《に》げるのにせいいっぱいで、お母さんに教えてあげる人がいないのは、かえってよかったのかもしれない。

（けど、あとで知ったら、あのお母さん、どんなに悲しいやろか……）

見て見ぬふりをするしかない笑生子は、お母さんの気持ちを思って胸《むね》がつまった。

と、そこに数人、警防団《けいぼうだん》のおじさんがいた。

「あ、頼《たの》んますわ、とちゅうで拾った子やけど、この子を助けてやって！」

お母やんはそばにいた警防団のおじさんに、助けた子をあずけようとした。けど、その子は大声で泣き出し、笑生子のお母やんのほうへ手を伸《の》ばして、いやいやをした。

「おお、すんません、奥《おく》さん。今だけ抱《だ》いてやっててください。あとでむかえにきますから！」

警防団のおじさんが頼んだので、お母やんはもう一度その子を受けとって、「よしよし」と頭をなでた。

その子はお母やんの胸《むね》にほっぺをこすりつけて、しゃくりあげながら泣きやんだ。

その子も血まみれだったけれど、それは死んでしまったお母さんの血だったようで、あごに傷《きず》はあったが、大きなけがはないようだった。

ブスブスいぶっている倉庫の石塀《いしべい》のかげにかくれて、よくたしかめてみると、その子の胸に名札が縫《ぬ》いつけてある。

「大村隆司《おおむらたかし》　AB型」と書いてあり、よく読めないが住所も書いてあった。

「あんたは、たかしちゃんか？」

お母やんが聞くと、その子はこくんとうなずいた。

B29の焼夷弾攻撃《しょういだんこうげき》がひと段落《だんらく》したのかと、みんながホッとしていたそのとき、海側からバリバリバリッ、ヒュ、ヒューンと機銃弾《きじゅうだん》の音がひびいて、突堤《とってい》のコンクリートが飛び散った。

見ると、避難《ひなん》していた人たちが、わあ……っと、逃《に》げてくる。

「ああっ！」

逃げてきた若《わか》い女の人の背《せ》から胸へ血しぶきが飛び散って、続けざまに数人がもんどりうって倒《たお》れ、海に落ちる人も見えた。

「ぎゃあっ」

「きゃあああーっ」

海側からいっせいに逃《に》げてくる人たちが、はね飛ばされるように、次つぎ倒れた。

バリッバリバリバリッ　　ヒュー、ヒュ、ヒューンッ
バリッバリバリバリバリッ　　ヒューン、ヒュ、ヒュ、ヒュ――ッ……

機銃弾《きじゅうだん》にけずられた突堤《とってい》が飛び散り、白くけむる。

その向こうから超低空《ちょうていくう》であらわれた銀色の機影《きえい》は、まるでおもしろがるみたいに機銃を撃《う》ち続《つづ》けた。それはまぎれもなくアメリカの攻撃機《こうげきき》だが、Ｂ29より小さい。

まさにそれが、空中戦において高性能《こうせいのう》であったというＢ29の護衛機《ごえいき》、野生の小型馬という名で呼《よ》ばれたＰ51ムスタングであった。

「ピー公《こう》やっ、逃げろっ」

警防団《けいぼうだん》のおじさんもさけんだので、笑生子《えいこ》もお母やんも、石塀《いしべい》のかげに小さくなった。

その一瞬《いっしゅん》前、機銃《きじゅう》を乱射《らんしゃ》しながら、低く低く急降下《きゅうこうか》してくる機影《きえい》の中に、操縦《そうじゅう》マスクをした敵兵《てきへい》の顔が見えた。

その顔は、引きつった目だけの能面《のうめん》みたいな青白い顔だった。

その顔に、笑生子は恐怖《きょうふ》よりにくしみを覚えた。

（いくら戦争やからって、女の人や子どもにあんなにひどいことするなんて！　あいつは鬼《おに》やっ。人間の皮をかぶった悪魔《あくま》やっ！）

機銃《きじゅう》が火をふき続ける間、笑生子はただその場にふせて、青白い悪魔の顔を呪《のろ》っていた。

お母やんも隆司《たかし》を抱《だ》いたまま、石塀のかげにじっとふせていた。

バリッバリバリバリッ　バリッバリバリバリバリッ
バリッバリバリバリバリッ　バリバリバリバリッ

石塀《いしべい》に当たった機銃《きじゅう》の衝撃《しょうげき》が全身に伝わって生きた心地はしなかったが、やがて、そのまま町へ向かったらしいP51の轟音《ごうおん》が遠くなった。

銀色の機影《きえい》が、燃《も》えさかる町の火をよけて高度をあげたのを見送って、笑生子《えいこ》は海側の突堤《とってい》をふりかえった。

るいるいと倒《たお》れた人の中で、ようやく起きあがった人も、全身血にまみれている。

海に飛びこんで避難《ひなん》した警防団《けいぼうだん》のおじさんが、ひとり、ふたり、海からはいあがってきた。

「救護班《きゅうごはん》っ、急げっ」

警防団のおじさんがさけんで、女学生だろうか、会社員だろうか、制服《せいふく》の女子がどこからかバラバラとあらわれて、けが人を抱《かか》えたり、担架《たんか》で運んだりしはじめた。

だが、町中が火の海なので、どこに運ぶこともできない。応急《おうきゅう》手当のみで、海辺で空《くう》襲《しゅう》が去るのを待つしかなかった。

「笑生子！　頭巾《ずきん》に火がついてるでっ」

突然《とつぜん》、お母やんが素手《すで》でたたいて、笑生子《えいこ》についた火の粉を消してくれた。

さっきまでぬれていたはずの頭巾《ずきん》は、周囲の火の熱ですっかり乾《かわ》いてしまっていたのだ。

見ると、リュックにもこげあとがあった。

びっくりして、リュックを開くと、キラがニュッと顔を出した。

やけどはしていないようだ。

テント地でつくったぶ厚《あつ》いリュックなので、火の粉の熱はキラには届《とど》かなかったのかもしれない。

周囲の生き残った人たちも、おたがいの身についた火の粉を消したり、はたいたりしていたが、そのうち、町の炎《ほのお》はさらにひろがり、目も開けられないほどの火の粉と煙《けむり》がぐぐわあっ……と、押《お》し寄《よ》せてきた。

「いかんっ、海だ、海へ入れっ！」

警防団《けいぼうだん》のおじさんがさけんだので、みんな、突堤《とってい》につかまりつつ、海中へ入って、首まで海につかって並《なら》んだ。

海には、焼け落ちた建物の柱や板切れ、壊《こわ》れた小舟《こぶね》の舳先《へさき》なんかが浮《う》かんでいたので、笑生子《えいこ》は壊れた舟の舳先につかまって海へ入った。

海に入ったとたん、背中《せなか》のキラがおどろいたのか、ワッフワッフとほえて、リュックをツメでかくのがわかった。

だが、人工の埋《う》め立て地である鶴町《つるまち》の海には、なだらかな砂浜《すなはま》がほとんどないので、突然《とつぜん》深くなったりする。水につかってキラがおぼれてはいけないので、笑生子《えいこ》は胸《むね》のあたりより水が深くならないよう、さぐりさぐり進んだ。

だが、目も開けられない火の粉と煙《けむり》がふきすさんでいる中、お母やんは隆司《たかし》を抱《だ》いているので、なににもつかまれず、海へ入れないでいた。

笑生子もキラをリュックに入れているので、首まで海にもぐるわけにはいかないが、ハッと気づいた。キラは犬だから泳げるはずだと。

まだ足の着く海中で、笑生子はリュックからキラを出した。

キラは上手に泳いで、笑生子のつかまっている舟《ふね》の舳先《へさき》にはいあがって、ブルブルッとした。

それをたしかめてから、笑生子《えいこ》は、「お母やん、これやったら、隆司《たかし》が背負《せお》えるで！」と、お母やんにリュックを投げた。

お母やんはリュックを受けとり、顔が出るように隆司をリュックに入れて背負って、海に駆《か》け入った。

そのとき、すさまじい轟音《ごうおん》がひびいた。

今まで燃《も》えてなかった海側の倉庫から、海につかった人びとに向かって火がふき出したのだ。

みんな、海に鼻までつかって、ぼうぜんと、その火を見あげた。

ひらめく炎《ほのお》と火の粉が頭上をかすめるが、火をよけて海側に進めば、つかまる突堤《とってい》もないし、深みにはまっておぼれる。

これ以上危険《きけん》になっても、もう逃《に》げ道《みち》はないのだ。

火で死ぬか、水で死ぬか、どっちかだと……だれもが、そう感じていたのだと思う。

焼夷弾《しょういだん》からばらまかれた黄色い油は、木津《きづ》川や尻無《しりなし》川の水面にまでただよっていたので、燃える火は、運河《うんが》や川までまきこんで火の川になろうとしていた。

その火が、海からの強風にあおられ、火の渦《うず》となって、町に向かったので、海側の笑《え》生子《いこ》たちはホッとしたが、空をこがし、町をこがし続ける炎《ほのお》は大きくなるばかりだ。

そんな町中の炎を吸《す》いこんだ空は、炎と黒煙《こくえん》で赤と黒のまだらになって、ゴウゴウとうねり、ひるがえって、悪魔《あくま》が羽ばたく姿《すがた》にも見えた。

その轟音は、怪獣《かいじゅう》のうなり声のようにも聞こえて、大阪《おおさか》の町からこの世の景色が消え果て、町ごと、地獄《じごく》の釜《かま》の底に落ちたようだった。

それから、どれぐらいたったのか、わからない。

空襲警報《くうしゅうけいほう》が解除《かいじょ》になって、警防団《けいぼうだん》のおじさんをさがしたけど、見つからなかったので、ともかくお母やんとふたりで鶴町《つるまち》へ帰ろうとした。

すると、空に稲妻《いなずま》が光って、雨が降《ふ》ってきた。

空襲のあとには必ず降る、墨《すみ》のような真っ黒な雨だ。

いっしょに逃《に》げたはずの隣組《となりぐみ》の人たちは、いつの間にか、みんなバラバラになってしまって、無事なのかどうかもわからなかった。

見渡《みわた》すかぎり、鶴町《つるまち》あたりはブスブス燃《も》え続《つづ》けている焼け野原だった。

築港《ちっこう》のある港区の方向も黒くかすんでいて、いったい、どこまで燃えたのかもわからない。

笑生子《えいこ》は、お母やんの手をぎゅっとにぎったまま、まだ炎《ほのお》をあげている家や、燃えがらになってしまった鶴町を、ぼうぜんと見回しながら、こっちが家だと思うほうへ歩いた。


「えっ……⁉」

家々は燃え落ちてしまって、真っ黒な柱が黒い針山《はりやま》のようにそびえる中、さまざまな燃えがらが落ちている。

その中に、ぶすぶすくすぶっているものを見て、笑生子はその場にかたまった。

真っ黒な丸太んぼうに、つっぱって伸《の》びている枝《えだ》があるかのように見えたのだが、よく見れば枝先が指先のように割《わ》れている。

「ひ、人の手……っ⁉」

いや、これはこげたマネキンじゃないかと思うほど、かたくちぢんだ手足がついている。

（あっちにも、こっちにも、マネキン……⁉）

あまりのことに神経《しんけい》が参ってしまったのか、笑生子《えいこ》はぼうぜんとするだけだった。

「あ、馬が……！」

お母やんがいったので、笑生子は、福町から続いている道路を見た。

黒こげの山のように見えたのは、数頭の馬だった。

逃《に》げるとちゅうに見た駆《か》け去《さ》る炎《ほのお》のかたまり……。火に追われ、燃《も》えあがりながら駆けていたあの馬たちがついに力尽《つ》きて、黒こげの山になっていたのだ。

笑生子はそこにクリがいるのかどうか、気になって近づいてみた。

爆弾《ばくだん》の直撃《ちょくげき》を受けたのか、腹《はら》が裂《さ》けて内臓《ないぞう》が出てしまっている馬が一番下敷《したじ》きになって死んでいた。

その馬のたてがみやしっぽは焼けてしまっていたけれど、背中《せなか》からしっぽのつけ根までの濃《こ》い茶色の毛筋《けすじ》は焼け残っていた。

純粋《じゅんすい》な日本の馬の印、あの鰻線《まんせん》だった……！

「ク、クリ……ッ！」

笑生子《えいこ》は息がつまった。

クリの上に折り重なるように倒《たお》れた馬の中には、二、三頭が溶《と》けてくっついたように
なってしまって、まるで金属《きんぞく》を溶かしてくっつけたハンダづけのようになった馬がいた。

ヒヅメがなければ、馬だったのか、別の生きものだったのかもわからないほど焼けこげ、
むろん、毛色も確認《かくにん》できない。

おそらく、クリは先頭を駆《か》けていて直撃《ちょくげき》をくらったのだ。

その上に、火にあおられた馬たちが折り重なって倒《たお》れた……と思えた。

（クリ……！　かわいそうにっ。人間の戦争やのに。馬にはなんの罪《つみ》もないのに！）

こみあげてきたのが、怒《いか》りなのか悲しみなのかも、笑生子にはわからなかった。

成年《なるとし》兄やんの出征《しゅっせい》のとき、あとを追って、「行くな」といっているようだったクリを
思い出した。

かわいかったクリ……そう思い出せば、涙《なみだ》があふれ出した。

（……もしや、兄やんもこんなふうに死んだのかもしれない……）

そう思ったとき、笑生子《えいこ》は飛びあがった。

「熱っ、つつっ！」

焼けあとの熱で、ズック靴《ぐつ》のゴム底が溶《と》けて、足裏《あしうら》に、じかに火熱を感じたのだ。

ピリリと痛《いた》い熱さにはね、とっさに、防火水槽《ぼうかすいそう》へ駆《か》けた。

思い切って飛びこんだ防火水槽はほとんど干《ひ》あがっていたが、わずかに残った水は、お湯になっていた。

と、そのそばにも、黒い丸太んぼうのようなマネキンが転がっているのが見えた。

よく見れば、引きつったように手足をそらせているのは、服も体も黒こげになって、子どものようにちぢんだ焼死体の数々だった。

中に、生焼けのような焼死体があって、笑生子の腹《はら》の底からきしむような悲鳴が出た。

それは、焼けこげた秋刀魚《さんま》のように皮膚《ひふ》がボロボロになって、黒紫《くろむらさき》にふくれあがった人間だった。水分を失うほど焼けこげた焼死体はちぢむが、生焼けになった人間はふくれるのか……⁉

顔立ちもわからないそのほおには、血なのか、膿《うみ》なのか、涙《なみだ》なのかが……糸を引くように伝ったあとがあった。

近づくと、焼けこげたくちびるがわずかに開いて、白いきれいな歯がのぞいていた。

さらに、かすかにうなっているような息づかいまでが聞こえた。

その胸《むな》もとに、黒くなったバッジがはりついたように焼け残っているのを見て、笑生《えい》子《こ》は息がつまった。

桜《さくら》の花芯《かしん》に「中」の漢字が入った中学の校章らしきそれに、見覚えがあった。

「……た、武男《たけお》くん……？」

空襲《くうしゅう》の最中、笑生子らが駆《か》けぬけた防火水槽《ぼうかすいそう》で、消火のバケツリレーをしていたあの子、成年《なるとし》兄やんの出征《しゅっせい》を見送ってくれた黒田《くろだ》武男くんの中学の校章だった。

武男くんは、中学では文武両道《ぶんぶりょうどう》の優等生《ゆうとうせい》だったと聞いていたので、「火を消すことは戦うことだ」という教育を信じ切っていたのかもしれない。

「お母やん、武男くん、生きてるっ。病院に運ばなっ」

笑生子《えいこ》はさけんだ。

だが、お母やんが呼《よ》びに行った救急班《きゅうきゅうはん》が駆《か》けつける前に、武男《たけお》くんはふりしぼるように、「……て、天皇陛下《てんのうへいか》、ばんざい……っ」とさけび、ことりと息をしなくなった。

「武男くんっ！　武男くんっ！」

呼んでみたが、皮膚《ひふ》がボロボロになり、ふくれあがってしまった武男くんに、笑生子《えいこ》はどうしてもさわれなかった。

あわてて救護班《きゅうごはん》を連れてきたお母やんはぼうぜんとしている。

その横から武男くんの息がないのを確認《かくにん》した救護班は、武男くんの遺体《いたい》に、落ちていたトタンをのせ、合掌《がっしょう》して、すぐ去って行く。

「そんなっ、冷たすぎるやん！　息をふきかえすかもしれんのに、病院へ運んだげてっ」

さけんだが、救護班はふりかえりもしなかった。

冷たい……と思う。

だが、空襲《くうしゅう》で焼けた人、死にかけている人がどれほどいるかは、笑生子にも想像《そうぞう》がついた。

「……かわいそうにな。どんなに家や町が燃《も》えても、逃《に》げんと消火するのが皇国《こうこく》の臣民《しんみん》の勤《つと》めやって、とことん国からたたきこまれたせいや。……あんな火と油をばらまく焼夷弾《しょういだん》を落とされまくったら、消せるはずないのに！　おとなやったら逃げたのに、武男《たけお》くんは真っすぐやから、逃《に》げ遅《おく》れてしもたんやな……」

お母やんの言葉に、笑生子《えいこ》は、兄やんを見送ってくれたときのりりしい武男くんを思い出したけれど、今、足もとに倒《たお》れている武男くんは本当に武男くんだろうかと思うほど変わり果てていた。

（あの武男くんがこんな姿《すがた》に……⁉）

そう思って見渡《みわた》せば、黒こげのマネキンのような遺体《いたい》が無数に転がっている。焼けあとには、魚の油や皮膚《ひふ》のようなものがへばりついてぎらつき、ブスブスけむっていた。

町中から、体に染《し》みつくようないやなにおいがただよってくる。

それこそが、人や生きものの脂肪《しぼう》が焼けこげるにおいだったのだ。

そう気づいた瞬間《しゅんかん》、むずむずしていた笑生子の胸《むね》からのどもとへ、一気になにかがせりあがってきた。その場で、笑生子は嘔吐《おうと》した。

いや、吐《は》けるほど食べていなかったので、こみあげてきたのはわずかな胃液《いえき》だけだったけれど。

8 それからの地獄《じごく》

六月一日の空襲《くうしゅう》は、大阪港《おおさかこう》と臨海地域《りんかいちいき》、笑生子《えいこ》の家のあった鶴町《つるまち》、福町などの大正区全域《ぜんいき》、港区、東区、*大阪市の西部地方などを焼いた。

笑生子の家も丸焼けになったので、黒こげに焼け落ちた家の壁《かべ》や柱、家財《かざい》、屋根のかわらなどを、何日もかかって片《かた》づけた。

笑生子がたいせつなものを片づけていたあたりに、キラキラするガラスのかたまりが転がっていた。

それは、澄恵美《すえみ》姉やんと成年《なるとし》兄やんが買ってくれた、ガラスの食卓《しょくたく》や椅子《いす》のついた「ままごと道具」が燃《も》え溶《と》けて、ふたたびかたまったものだった。

黒いすすを洗《あら》って見ると、よじれた縄《なわ》のようにかたまったガラスは、まだキラキラしていた。

＊現在《げんざい》の大阪《おおさか》市中央区の北部、東部。

笑生子《えいこ》はそのガラスを陽《ひ》にかざしてみた。

「あ……！」

よじれた中心に、いちごの赤が溶《と》けこんでいた。

梨《なし》の黄色をさがしてみると、梨だけ床下《ゆかした》に転がり落ちたのか、土にまみれた黄色い梨がポツリとまるく輝《かがや》いていた。

それは、まるで、死んだ兄やんが、天から贈《おく》ってくれたようにおいしそうな色だった。

ひろって陽にかざすと、梨色を通過《つうか》した光は、庭土の一点に差しこんだ。

そのあたりが防空壕《ぼうくうごう》であったが、爆撃《ばくげき》でほとんど埋《う》まってしまっていた。

だが、掘《ほ》り出《だ》してみると、庭深くにつくってあった防空壕の一部は、そのまま焼け残っていた。

中に置いておいた衣服や品物は、蒸《む》されたようになって、ほとんど使いものにならなかったけれど、しっかり密封《みっぷう》して水の中につけてあった、砂糖壺《さとうつぼ》は無事だった。

家も全財産《ざいさん》も燃《も》えてしまったので、笑生子はとりあえず、お母やんと隆司《たかし》といっしょに、その夜は、半焼して焼け残ったという国民学校へ避難《ひなん》することにした。

お父やんが帰ったらわかるように、防空壕《ぼうくうごう》の入り口の雨にぬれないところに、焼けて炭になった棒《ぼう》で、「しんちとせ国民学校にいます。えいこ」と書いた。

笑生子《えいこ》はいぶされたが焼け残った衣服とキラを抱《だ》いて、砂糖壺《さとうつぼ》をリュックに入れ、お母やんは成年《なるとし》兄やんのお骨《こつ》を首にかけたまま、隆司《たかし》を抱いて、国民学校へ向かった。

学校構内《こうない》は、濃《こ》い焼けあとのにおいがただよっていたが、焼け出された人たちには、屋根があるだけでもありがたい。何人もの人が集まって、あちこちに、ほうけたようにうずくまっていた。

その中に、居場所《いばしょ》を見つけ、お母やんはいぶされた衣服をひろげて隆司を寝《ね》かせた。疲《つか》れ切《き》っていたので、そのまま、お母やんも笑生子も横になった。

どのぐらい、うとうととしただろう。

泣きわめく子どもの声で目が覚めた。

見ると、こわい夢《ゆめ》でも見たのか、隆司が目をつむったまま、引きつったように手足をバタバタして泣いていた。

「よしよし、もうこわない。こわない……！」

お母やんが抱《だ》いてあやしたけど、隆司《たかし》は泣きやまない。

周囲に寝《ね》ていた人たちも目を覚まして、ざわついたので、キラもワッフとほえた。

「しっ、キラ！」

笑生子《えいこ》はキラを抱《だ》っこしてなだめた。

そのとき、暗い奥《おく》のほうから、「なんやっ、うるさいぞ！」と、男の声がした。

お母やんがおろおろして、隆司をあやすが、隆司は泣きやまない。

考えてみれば、お母さんがあんなむごい死に方をしたのを、隆司は見ているのだ。寝ぼけて泣くぐらい仕方がなかった。

「子どもを泣かすなっ。寝られへんやろ！」と、ちがうおじさんの声も聞こえた。

そのときだった。

「子どもは泣くもんやっ！」と、しかりつけるような女の声がした。

「え、今の声は……!?」

笑生子がきょろきょろしていると、そこに立っていたのは、澄恵美《すえみ》姉やんだった。

「ね、姉やんっ！」

笑生子《えいこ》は一瞬《いっしゅん》、泣きそうになってさけんだ。

「空襲《くうしゅう》があったって聞いて、京都から飛んできたんやけど、こっちは、あちこち電車も動かんようになってたから、とちゅうまで、柴船《しばせん》に乗せてもろてきたら、こんな時間になってしもた」

いつでも理性的《りせいてき》な澄恵美《すえみ》姉やんは、それだけいって、どっかと笑生子の横に座《すわ》った。

「笑生子、よう居場所《いばしょ》を書いといてくれたな。おかげで、探《さが》しあてられたわ」

そういって、ようやく姉やんは笑った。

隆司《たかし》はまだ泣いていたけど、さっき姉やんにどやしつけられたからか、怒《おこ》ってくるおじさんたちの声は、もう聞こえなかった。

翌日《よくじつ》には、お父やんも帰ってきたので、澄恵美姉やんも手伝ってくれて、燃《も》えてしまった家を片《かた》づけ、とりあえず、お父やんとお母やん、笑生子は、燃え残った防空壕《ぼうくうごう》で暮《く》らすことになった。

お父やんが燃えてしまったふとんのかわりを、なんとか闇市《やみいち》で手に入れてきて、その古ぶとんも壕《ごう》に運びこんだので、笑生子《えいこ》もそこで寝《ね》るようになった。

その夜には、警防団《けいぼうだん》のおじさんがきてくれて、ぐっすり眠《ねむ》っている隆司《たかし》をあずかってくれたので、だれもがホッとした。

京都へ帰った澄恵美《すえみ》姉やんは、配給では間に合わない食材を買うためのお金をおいていってくれたので、その後の暮《く》らしは、ずいぶん助かった。

けど、食材を手に入れたり、食事をつくったり、井戸《いど》まで行き来して洗濯《せんたく》したりするお母やんは、地下の壕《ごう》から出たり入ったりするだけで重労働だったし、夏とはいえ、地下で寝《ね》るのは、ふとんがしめって体が冷えた。

市電をたくさん焼かれてしまった雅子《まさこ》姉やんは運転士の仕事ができなくなってしまった。

それで、イライラすることも多くなって、「こんな穴《あな》ぐらで寝るのは無理！」と、知り合いの家へおいてもらうようになったので、外へ仕事に出るお父やんを待つ日々、昼も夜も、お母やんを手伝うのは、笑生子だけだった。

戦時危機《きき》のため、国民学校初等科の卒業式も中止になったうえに、新千歳《しんちとせ》国民学校も半焼して、高等科の学校の授業《じゅぎょう》も停止されてしまったので、笑生子《えいこ》はほかにすることもなかったのだ。

そんな六月七日、昼ごろにも、空襲警報《くうしゅうけいほう》が鳴りひびいた。

この日のＢ29は、丸焼けになった鶴町《つるまち》を通過《つうか》して、都島《みやこじま》区や、省線《しょうせん》の鶴橋《つるはし》駅、天王寺《てんのうじ》駅あたりが焼かれた。浄水場《じょうすいじょう》も破壊《はかい》され、上水道供給《きょうきゅう》機能《きのう》が停止した。

城東《じょうとう》区の大阪《おおさか》陸軍＊造兵廠《ぞうへいしょう》をねらったらしい大型爆弾《ばくだん》がそれて、長柄《ながら》橋を直撃《ちょくげき》したともいう。

さらに敵《てき》の機銃掃射《きじゅうそうしゃ》によって、その橋の下に避難《ひなん》していた四百人もの市民が犠牲《ぎせい》になったと、ラジオ放送が流れていたそうだが、笑生子の家には、もうラジオもなかったので、聞いたのは今も焼けあとに残っている警防団《けいぼうだん》の人たちからだった。

その日の空襲警報が解除《かいじょ》になったころだった。

お母やんが、「下腹《したばら》が痛《いた》い！」といい出した。

笑生子はびっくりして、近くの病院を探《さが》し回ったが、たび重なる空襲で、近辺の病院

＊兵器、弾薬《だんやく》などを設計《せっけい》、製造《せいぞう》する工場や機関。

は全部壊《こわ》れたり、焼かれたりしていた。

こまって、省線《しょうせん》に乗ろうとした駅前で、人力車に乗ったお医者さんを見つけた。

「お母やんが急病やから、先生、お願いします！」

白衣のお医者さんに、笑生子《えいこ》は頼《たの》みこんだ。

そのお医者さんは往診《おうしん》のとちゅうだったので、夜になってから、人力車で、壕《ごう》に寄《よ》ってくれた。

「これは、脱腸《だっちょう》ですな」

診察《しんさつ》したお医者さんが、仕事から帰ったお父やんにいった。

「子どもをたくさん生んで、筋肉《きんにく》や腹膜《ふくまく》が弱くなった母親に起こりやすい病気ですわ。冷えても、無理な力仕事をしても悪うなるから、この壕での暮《く》らしは、やめなあきまへん。もしや、腸閉塞《ちょうへいそく》を起こしかけてるのかもしれんけど、今は、入院や手術《しゅじゅつ》は無理ですから……」

そういったお医者さんに、お父やんは「そこをなんとかなりまへんか？」と頼んだが、お医者さんは、「空襲《くうしゅう》をまぬがれた病院には、大けがをした患者《かんじゃ》があふれてます。生死をさまよってる人が山ほどいますんで、今は無理です」と、きっぱりいった。

「ともかく、薬も切れてるからあげられへんけど、これ以上悪うならんよう、無理をせんよう、だいじにしてあげてください」

それだけいって、お医者さんは帰ってしまった。

脱腸《だっちょう》とは、本来おなかの中にある腸が腹壁《ふくへき》から出てしまうことで、お母やんは、足とおなかの境目《さかいめ》あたりの大腿部《だいたいぶ》の皮膚《ひふ》が、ぷっくりふくらんでいた。その皮膚の下に、腸が出ているのだという。

お母やんは先生に教えてもらったように、毎日、そのぷっくりを、腹壁の中にもどすように、さするようになったけれど、一瞬《いっしゅん》引っこんだぷっくりも、家事をしたりすると、またぷっくりと出てくる。

そんな中でも、お母やんは無理して家事をしていたので、できるだけ、笑生子《えいこ》が手伝うようになっていた。

そうして、雅子《まさこ》姉やんもめったにこっちへ帰れなくなっていた六月十五日の朝にも、また大空襲《だいくうしゅう》があった。

そのころには、空襲警報《くうしゅうけいほう》が鳴る前に、巨大《きょだい》なB29の編隊《へんたい》が空を横切って行くこともあって、十五日に来襲《らいしゅう》したB29編隊《へんたい》は、阪神線《はんしんせん》の出屋敷《でやしき》駅から、省線《しょうせん》の金楽寺《きんらくじ》駅、西淀川《がわ》区の神崎《かんざき》大橋を焼き、鶴橋《つるはし》駅、天王寺《てんのうじ》駅周辺まで焼いて、尼崎《あまがさき》市、堺《さかい》市、*1布施《ふせ》市、豊中《とよなか》市、*2守口《もりぐち》町まで焼《や》き尽《つ》くした。

遅《おそ》かった警報《けいほう》が解除《かいじょ》になった夜、お母やんが急な激痛《げきつう》に襲《おそ》われた。

「痛《いた》っ、た、た、た、た……！」

壕内《ごうない》で苦しむお母やんに、仕事から帰ったお父やんは、大あわてで、仕事場の大八車《だいはちぐるま》を借りてきた。

大八車にお母やんを乗せて、お父やんと笑生子《えいこ》はふたりがかりで、焼け残った病院まで行った。

お母やんを運びこんだのは、もうかなり遅い時間だったのに、病院はまさに戦場だった。

そこも、一部の棟《むね》が焼け残っただけの病院で、中へ入ったとたん、病院の奥《おく》から人間とも思えない絶叫《ぜっきょう》がひびいて、笑生子はぎょっとした。

「……あ、あれは、焼夷弾《しょういだん》の直撃《ちょくげき》受けて、腕《うで》の骨《ほね》が粉砕骨折《ふんさいこっせつ》してしもた女の人の悲鳴や。けが人《にん》続出でなあ、麻酔《ますい》もとっくに切れたんで、麻酔なしで、ノコギリで腕を切り落とされたんや」

待合《まちあい》の壁《かべ》に寄《よ》りかかったおじさんがいった。

そのおじさんもけがをしているらしく、肩《かた》に巻《ま》いた布《ぬの》に、おびただしい血がにじんでいた。

いきなり、そのおじさんがさけんだ。

「せんせーい！　まだかぁ⁉　早《は》よ、してくれーっ」

その横に、まだ五歳《さい》ぐらいの男の子が移動寝台《いどうしんだい》に寝《ね》かされていた。

その子は爆弾《ばくだん》の破片《はへん》が刺《さ》さって、穴《あな》があいたおなかからどくどくと血が流れていた。

顔と首の半分が焼けただれているのに、白い薬をぬられただけで、死んだみたいになった女の人もいた。

待合室だけではない。

長い廊下《ろうか》にも、開け放たれたあちこちの部屋にも、うなったり苦しんだりしている人

＊1　現在《げんざい》の東大阪《おおさか》市西部。　＊2　現在《げんざい》の守口《もりぐち》市中心部。

が大勢《おおぜい》いた。

そんな中で、夜が明けるんじゃないかと思うほど待たされ、ようやく診《み》てもらったお母やんは、やっぱり手術《しゅじゅつ》はしてもらえなかった。

「脱腸《だっちょう》から腸閉塞《ちょうへいそく》になって、腸が破《やぶ》れてしもたようやな。……けど、ここには、もっと緊急《きんきゅう》を要する患者《かんじゃ》がいっぱいなんや。ともかくおむつはかせて、寝《ね》かせて動かさんようさに。痛《いた》みどめをあげたいんやが、あらゆる薬が切れてしもてなあ。もうちょっと落ち着いたら、なんとかできるかもしれへんから、それまでは、家族でささえてやってや」

お医者さんがいった。


「桐衛《きりえ》、しっかりせいよ。大阪《おおさか》でなんともならんかったら、高知へ帰ろう」

帰り道で、お父やんがいった。

「そやで、お母やん、元気出しや！」

笑生子《えいこ》もお母やんを励《はげ》ました。

こんな大変なときに、成年《なるとし》兄やんがいてくれたら……と、心から、思わずにはいられない。

兄やんがいたら、どれほど助けてくれただろうと。

笑生子《えいこ》には、山仕事から帰ってても、だれの手伝いであっても、いつも笑顔だった兄やんの顔が浮《う》かんでいた。

(兄やん、兄やんのかわりに、うち、がんばる!)

心の中で、笑生子は誓《ちか》った。


そんな中、焼け出されただけでなく、機銃掃射《きじゅうそうしゃ》で撃《う》ち殺《ころ》されたり、焼夷弾《しょういだん》で焼き殺された人びとの遺体《いたい》は、生き残った人びとの手で集められ積みあげられ、棺桶《かんおけ》さえなく、ほとんどは、どこのだれともわからぬまま、弔《とむら》いもされず、まとめて灰《はい》にされ、埋《う》められてしまった。

だが、地獄《じごく》はそれだけではなかった。

三月から八月十四日まで、大阪《おおさか》は八度にもわたって、大空襲《だいくうしゅう》にみまわれたのだ。

江戸《えど》の昔から難波《なにわ》の都として、繁栄《はんえい》し続けてきた水の都「大阪」は、壊滅《かいめつ》してしまっ

た。

投下された二トン爆弾《ばくだん》、一トン爆弾などの大型爆弾は地表に巨大《きょだい》なすり鉢状《ばちじょう》の穴《あな》を残し、鉄筋《てっきん》コンクリートをもふき飛ばしたが、無数に投下された焼夷弾《しょういだん》の束こそが、ふつうの人びとにとっては恐怖《きょうふ》だった。

何千トンもの焼夷弾が空中で分解《ぶんかい》し、さらにその数十倍にもなり、火の雨になって降《ふ》ってきたのだから。

それらは水をかけても消えず、人びとの暮《く》らした家々だけでなく、道路も、河川《かせん》も火の海にした。

この焼夷弾こそ、木造住宅《もくぞうじゅうたく》の多い日本本土を焼くために、アメリカ軍部が実験に実験を重ねて開発した兵器であったが、実際《じっさい》は家を焼くだけでなく、非戦闘員《ひせんとういん》である市民、年《とし》寄《よ》りや女子どもをことごとく焼き殺す兵器と化したのだった。

笑生子《えいこ》の大阪《おおさか》もまたそのあと来襲《らいしゅう》され続けて、バラバラになった友達も、ご近所の人も、だれもかれも行方《ゆくえ》がわからず、会うこともなかった。

七日には、正義《まさよし》兄やんのいる吹田《すいた》市にも空襲《くうしゅう》があったが、町からややはなれている正義兄やんの家は無事だった。

三月十三日にはじまった大阪大空襲は、六月一日、七日、十五日……と続いて、十五日には、東成《ひがしなり》区の中本あたりや生野《いくの》区の御幸森《みゆきもり》、中川あたりも焼かれて、大阪で暮《く》らしていた在日朝鮮《ざいにちちょうせん》の人びとも被災《ひさい》した。

一方で、湿気《しっけ》で冷える壕《ごう》で暮らすお母やんはどんどん悪くなって、赤ちゃんみたいにおむつを手放せなくなり、ほとんど、寝《ね》たきりになってしまった。

「もう、大阪《おおさか》は無理や。お父やんは高知のおばあちゃんとこへ帰って、お母やんと笑《え》生子《いこ》をむかえる準備《じゅんび》をするから、それまで、お母やんを頼《たの》むで。徳島《とくしま》に疎開《そかい》してる春男《はるお》も、六年生になったらむかえに行ってやらないかんからな」

お父やんは笑生子にそう頼んで、笑生子とお母やんは、五年生だった笑生子が縁故《えんこ》疎《そ》開《かい》をしていた正義《まさよし》兄やんの吹田《すいた》の家へあずけられることになった。

このところの空襲《くうしゅう》で、大阪港にあったお父やんの働いていた石炭会社も燃《も》えたので、お父やんは、高知で農業をはじめる決意をかためていたのだ。

「けど、キラはどうしたらええの？　兄やん、あずかってくれる？」

笑生子にとっては、それが一番心配だった。

「頼んでみよう」と、お父やんはいった。

そのお父やんに頼まれたからなのか、おこりんぼうでこわい正義兄やんも、「キラの世話は笑生子がする」という条件《じょうけん》で引き受けてくれた。

それで、お母やんと笑生子は兄やんの家へ行った。

「これで、どうぞよろしくお願いします」

兄やんの家に着いてすぐ、移動《いどう》だけでへとへとになったお母やんは、お父やんからあずかった生活費全部を、正義《まさよし》兄やんの奥《おく》さんの紀代《きよ》さんにあずけた。

「はいはい」

紀代さんは笑顔で受けとった。

「正義、紀代さん、よろしく頼《たの》む」

そう頭をさげ、いろいろ気づかってくれたお父やんが高知へ帰ってしまうと、紀代さんも兄やんも、小さな子どもたちの世話だけでもいそがしいのに、吹田《すいた》でも防空壕《ぼうくうごう》づくりをはじめなくてはならないことになって、兄やんは、いつもより怒《おこ》りっぽくなっていった。

紀代さんと正義兄やんの長女、史子《ふみこ》ちゃんはまだ幼《おさな》くて、その妹の美代子《みよこ》ちゃんは赤んぼうだったので、それだけでもいろいろと大変なのは、笑生子《えいこ》にもよくわかった。

それで、ひたすらひとりでお母やんの看病《かんびょう》や世話をしたが、その笑生子に、紀代さんは、大きな子の史子ちゃんを背負《せお》わせて、子守りをさせた。

だが、背負うには大きくなりすぎている史子ちゃんが、笑生子の背中《せなか》でそっくりかえって泣いたりするたびに怒《おこ》られたので、笑生子《えいこ》はこの家の子守りは好きになれなかった。

そんな中、お母やんの汚《よご》れたおむつを洗《あら》いに行くときだけはひとりだった。

毎日、汚《よご》れたおむつを抱《かか》え、キフを連れて、笑生子ははるばる淀川《よどがわ》まで通った。

兄やんの家から近い堀川《ほりかわ》と呼《よ》ばれていた水路で洗いたかったが、「子どもが水遊びする川で、そんな汚《きたな》いもん、洗わんといて！」と、紀代《きよ》さんにいわれたからだ。

淀川まで歩けば、急いでも三十分はかかるが、キラといっしょだともっとかかる。

でも、キラはいつでも笑生子を引っぱって、ぐいぐい歩いてくれるので、もう歩くのもしんどいというときには、助かった。

正義《まさよし》兄やんや紀代さん一家とはなれる淀川のその時間は、笑生子にとってはつらいだけではなく、ほっとする時間でもあったのかもしれない。

だが、兄やんの家へきてから長くなると、紀代さんは、お母やんが寝《ね》ている部屋に近づくだけで、「ああ、くさっ」といって、鼻の下を手であおぐようになっていた。

「くさい」「汚い」を、毎日のようにいわれるお母やんがかわいそうで、笑生子はできるだけ早くおむつをかえて、汚れものをためないよう、せっせと洗濯《せんたく》に行った。

その淀川《よどがわ》が遠いので、洗濯《せんたく》するのも、帰り道も、毎日、おなかがすいてふらふらになった。

おなかがふくれるおいもなんかの配給は、お母やんと笑生子《えいこ》を合わせて一日に一個もなかったので、ふかしいもがある日はごちそうだった。

日によっては、野菜はきゅうり一本という日もあったけれど、生活費のすべてを紀代《きよ》さんにあずけてしまったので、闇市《やみいち》に行ってなにかを買ってくることもできなかった。

ごはんづくりも別べつなので、笑生子は毎日、豆カス入りのおかゆや、野の草を入れた薄《うす》いみそ汁《しる》だけが主食だった。

ただ、笑生子には宝物《たからもの》があった。

お母やんがだいじにして、燃《も》えた鶴町《つるまち》の防空壕《ぼうくうごう》の一番奥《おく》にかくしていたので、燃えたり溶《と》けたりせずに済《す》んだ砂糖一斤《さとういっきん》が入った壺《つぼ》。それだけは、いつでも、お母やんの枕元《まくらもと》においてあったのだ。

笑生子はこっそり、その壺の中に指をつっこんで、くっついてきた砂糖をなめた。

あまくて、ブルッとふるえがくるほどおいしかった。

笑生子《えいこ》はなめ続けた。

毎日毎日……からっぽになるまで。

ウウウウウ――――ウウウウウウァ――――ウウウウウウァァァァ――――

吹田《すいた》で空襲警報《くうしゅうけいほう》を聞いたのは、六月二十六日だった。

省線《しょうせん》の吹田駅あたりに焼夷弾《しょういだん》が投下されたが、敵機《てっき》はたった一機。建物は壊《こわ》れたが、死傷者《ししょうしゃ》はなくて、大阪《おおさか》の大空襲とは全然ちがっていた。

七月九日の昼にも、吹田の町では五度目だという空襲警報が鳴った。

正義《まさよし》兄やんは仕事に出ていたので、紀代《きよ》さんと史子《ふみこ》ちゃんと美代子《みよこ》ちゃんの三人は、防空壕《ぼうくうごう》に避難《ひなん》した。だが、寝《ね》たきりのお母やんは動けない。

ウウウウウ――――ウウウウウウァ――――ウウウウウウァァァァ――――

空襲警報《くうしゅうけいほう》は鳴り続ける。

「笑生子《えいこ》！　早《は》よ、防空壕《ぼうくうごう》へ入れてもらい。ここにいたら、死ぬでっ」

座敷《ざしき》で寝《ね》たきりのお母やんがいった。

「かまへん。死ぬんやったら、お母やんといっしょに死ぬから」

笑生子は動かずこたえた。

「なにいうてんの⁉　笑生子はまだまだこれからや。お母やんとはちがう。早よ、防空壕へ行かんと！」

起きあがるのもつらいお母やんが、半身を起こしていった。

「行かへん。お母やんが死んで、うちだけ、この家に残されるのはいやや！」

笑生子は強情《ごうじょう》にいいはり、庭につながれていたキラを抱《だ》っこした。

ウウウウ――――ウウウウウウァ――――ウウウウウウァァァ――――
ジャン、ジャンジャンジャン、ジャン、ジャンジャンジャンジャン……

半鐘《はんしょう》の音もせっぱつまってひびいたが、笑生子《えいこ》はがんとして動かなかった。キラはここへきてからは、笑生子にあまりかまってもらえないので、空襲警報《くうしゅうけいほう》が鳴っていても、うれしそうに、ペロペロ、ペロペロ、笑生子をなめた。

「そ、そうか……わかった」

お母やんがバタリとふとんに寝《ね》て、それから、きりっとしていった。

「もしこの家に焼夷弾《しょういだん》が落ちてきても、お母やんはここでは死なへん。はいずってでも、この家から頭だけは出して死ぬ！」

そういったお母やんは、元気だったときの顔だった。

笑うとお地蔵《じぞう》さんのように優《やさ》しくなるお母やんだったが、お母やんの実家は、代々、高知に続いた宅間《たくま》家という土佐藩《とさはん》の武士《ぶし》の家柄《いえがら》で、お母やんは武士の娘《むすめ》だったのだ。

農家のお父やんに嫁《とつ》いだけど、「桐衛《きりえ》さんは、それはきれいやった！」と、親戚《しんせき》のおっちゃんから聞いたことがある。

「りりしい感じの、べっぴんさんでな。村の若《わか》いもんは、みんな、桐衛さんをねらってたんや！」

今ではだいぶちがって見えるけど、もしかしたら、若《わか》いころのお母やんは、京都の澄《す》恵《え》美《み》姉やんに似《に》ていたのかもしれない。

お母やんのキリッとした横顔は、そんなことを思い出させた。

（病気で寝《ね》たきりになったお母やんは、この家にきてから、ずっとくやしかったんや！）

笑《え》生《い》子《こ》はそう思った。

くやしくても、この家に置いてもらうしかないので、だまってがまんしてたのだ。

だから、死ぬなら、この家では死なない。

はいずってでも、外へ出るといったのだ。

笑生子ははじめて、武士《ぶし》の娘《むすめ》だったというお母やんの意地を見た。

そんなころ、京都の澄恵美姉やんから、玄米《げんまい》と干魚《ほしざかな》が届《とど》いた。

どうやって手に入れたのか、玄米は三合もあった。

うれしくて、ビンで玄米をついて白米にした。

（姉やん、おおきに！）

心の中で、澄恵美《すえみ》姉やんにお礼をいって　そのまま、三合ともごはんに炊《た》こうと思った。

ほかほかの白ごはんが目に浮《う》かんで、それだけで、おなかが鳴る。

台所で、お米をといでると、紀代《きよ》さんに見つかった。

「笑生子《えいこ》さん、お母さんとふたりやのに、それは多い！」

そういわれて、くやしかったけど、仕方なく三日間にわけて、おかゆにした。

ほかほかの白ごはんを食べたかったけど、おかゆであっても、お米のごはんはひさしぶりだったのでおいしかった。

干魚《ほしざかな》もおかずに少しだけ食べて、残りは、おなかがすいたときのおやつにすることにした。

「少しずつ炊《た》け」と、紀代さんがいってくれたのはよかったのかもしれないと、そのときになって思った。

（姉やん、おなかがすいてるから、いっぺんに炊きかけたけど、おかゆにして食べてるよ！　姉やんがどこかで高いお金をはらって、送ってきてくれたお米やもん。だいじに食べるから！）

心の中で、姉やんに呼《よ》びかけたら、姉やんの顔が浮《う》かんだ。

（そんなもん、気にせんでええ。食べられるときに、ぱくぱく、いっぱい食べたらええのや！）

その顔はニコリともしないけれど、そういった気がした。

吹田《すいた》の空襲警報《くうしゅうけいほう》は、このあと七月十九日、二十二日、二十三日、二十八日、三十日、八月一日にも鳴りひびいたが、たいていは、敵機《てっき》は一機、二機ほどで、大阪《おおさか》大空襲を知っている笑生子《えいこ》には、ホッとすることが多かった。

だが、空襲があろうがなかろうが、笑生子はお母やんのおむつを洗《あら》いに行かなければいけない。はるばる淀川《よどがわ》まで。

淀川の河川堤防《かせんていぼう》はななめに石が敷《し》いてあって、そのとちゅう、水に届《とど》くあたりに、やや出っぱりがあった。

そこが、笑生子の洗濯場《せんたくば》だった。

流れに、汚《よご》れたおむつをひたしてふり洗《あら》ってから、石けんをつけてこすって洗うのだが、その石けんも配給になっているので、ないときもあった。

そういうときは、河原《かわら》の草を束にして、タワシみたいに、何度も何度もこすり洗いをした。

緑色がつくことはあったが、おむつのにおいが、草のにおいになるので、笑生子《えいこ》は、それを草石けんと呼《よ》んだ。

そうやって、洗い終えて立ちあがると、おなかがすいているからか、頭がふわぁっとして、きらめく淀川《よどがわ》の流れに、吸《す》いこまれそうな気がする。

よろめきつつ、体勢《たいせい》を保《たも》って、どうにか、洗い終えたおむつを抱《かか》えて堤防《ていぼう》をあがった。

その帰り道で、吹田《すいた》で顔見知りになったおばちゃんと出会った。

「笑生子ちゃん、また、お母やんの洗濯《せんたく》か？　えらいなあ」

おばちゃんがほめてくれた。

「あ、そや！　今、正義《まさよし》はんとこのみんなが、防空壕《ぼうくうごう》で、おいしそうな白ごはんを食べてはったえ。早《は》よ行って、あんたも食べさせてもらい！」

おばちゃんがいった。

「え……!?」

ぼんやりした笑生子《えいこ》の頭に、薄《うす》いおかゆではない、湯気《ゆげ》の立ったやわらかそうな白ごはんが浮《う》かんだ。それだけでつばが出てくる。

「早《は》よ、行き! 早よ行き!」

おばちゃんがいって、笑った。

笑生子はペコリとおじぎをして、兄やんの家へ帰った。

物干《ものほ》しに、洗《あら》ったおむつを干《ほ》し終《お》わったが、兄やんたちが白ごはんを食べているという防空壕《ぼうくうごう》には行かなかった。

(かくれて食べてはるとこへなんか、行かへん!)

おなかがすいてふらふらなのに、強情《ごうじょう》にそう思った。

とはいえ、おなかもへって疲《つか》れてもいたので、お母やんの枕元《まくらもと》で、どっと横になった。

立ってられないぐらい、おなかがすいていたのだ。

「笑生子、どうしたんや?」

寝《ね》たきりのお母やんがたずねた。

「なんか……川で洗濯《せんたく》してたら、ふらふらして、川に吸《す》いこまれそうになるねん」

笑生子《えいこ》は、お母やんにだけは正直にいった。

お母やんがだまっていたので、笑生子はふらつく体を、ようやく起こした。

見ると、お母やんはだまったまま、ぽろぽろ、ぽろぽろ、涙《なみだ》をこぼしていた。

寝たきりで、母親らしいことがなにひとつできないことがくやしかったのか……悲しかったのか。

お母やんはだまったまま、ずっと涙をこぼし続けていた。

「お母やん……！」

笑生子も言葉を失って、もうなにもいえなかった。

ただ、寝ているお母やんのそばにはい寄《よ》って、お母やんの肩《かた》に顔をうずめた。

その翌日《よくじつ》、まだ夜が明けないうちに、正義《まさよし》兄やんに呼《よ》ばれた。

「今日は、竹槍《たけやり》訓練と防空《ぼうくう》訓練があるんや。指導《しどう》に、軍の兵隊さんもおいでになるそうやから、こんな頭では失礼にあたる！　散髪《さんぱつ》せなあかんから、今すぐ、淀川《よどがわ》の向こうの散髪屋に行って、散髪の予約をしてきてくれ！」と。

史子《ふみこ》ちゃんと美代子《みよこ》ちゃんはまだ寝《ね》ている。

奥《おく》さんの紀代《きよ》さんだけが、朝ごはんの支度《したく》をしていた。

笑生子《えいこ》は空を見たが、外はまだ暗い。

淀川あたりはただでさえ暗いので、こわい気がした。

それで、「行くけど、ちょっと待って。明るうなったら、すぐ行くから！」とこたえた。

とたん、正義《まさよし》兄やんの手が、笑生子のほおをはりとばした。

笑生子は座敷《ざしき》から庭へ転げ落ちた。

「わしは、いそいどるんじゃっ！　人の世話になっとるのに、使いもできひんちゅうのかっ！」

兄やんは庭に落ちた笑生子を、さらにけとばした。

（……兄やん！）

けられながら、笑生子が心の中で呼《よ》んだのは、成年《なるとし》兄やんだった。

なぐられ、けられた笑生子《えいこ》を、(だいじょうぶか?)と抱《だ》きとめてくれたのは、心の中の成年兄《なるとし》やんだったのだ。

笑生子は泣いた。

痛《いた》さとこわさに、泣いたのではない。

もういなくなってしまった成年兄《なるとし》やんの優《やさ》しさを思い出して、涙《なみだ》が止まらなかった。

「ほらほら、兄さんのいうことをきかんからよ!」

台所にいた紀代《きよ》さんまでが、かばってはくれず、そういった。

その朝、真っ暗な道を、笑生子はキラを連れて、淀川《よどがわ》の向こうの散髪屋《さんぱつや》まで行った。

けれど、もうこわくはなかった。

(キラと成年兄やんがついててくれる!)と思えたから。

お父やんがいる間の正義兄《まさよし》やんは、疎開《そかい》する笑生子をあずかってもくれて、ときどきおこりんぼうだったけれど、こんなひどいことはしなかった。

なのに、戦争が激《はげ》しくなって、お父やんが高知の田舎《いなか》へ帰ってからは、お母やんにさえ冷たくなった正義兄やんと紀代さん。……紀代さんは血もつながってないからしかたない。

こんな戦争の中、だれだって、自分の子どもを守るだけでせいいっぱいなのに、病気の義母《ぎぼ》や義妹《ぎまい》をあずけられても、大変なのは奥《おく》さんのほうだ。だから、うらまない。

でも、正義《まさよし》兄やんのことは、もう兄やんだと思えなくなっていた。

笑生子《えいこ》の大好きな兄やんは、戦死してしまった成年《なるとし》兄やんだけだ。

最初は自由だと思えた淀川《よどがわ》での洗濯《せんたく》も、おなかがへってふらふらするようになったときから、笑生子は成年兄やんを思って、いつも空を見るようになっていた。

戦争中であっても、Ｂ29が来襲《らいしゅう》しない空は、その空がくもっていても、青空でも、夕焼け空でも、まだ夜も明けない星が見える空でも、そこに成年兄やんがいると思えば、なぐさめられた。

だがこの年、昭和二十年八月六日。

広島に、アメリカの新型爆弾《ばくだん》が投下された。

続いて、八月九日に九州の長崎《ながさき》に新型爆弾が投下された。

それら新型爆弾《ばくだん》が、「原子爆弾」であったと新聞に報道《ほうどう》されたのは、十一日から十二日だった。

新聞掲載《けいさい》された被爆地《ひばくち》の写真は、たった一発の爆弾で破壊《はかい》されたとは思えないような、恐《おそ》ろしい焼け野原だった。

東京や大阪《おおさか》へも、最初は小型爆弾が落とされ、落ちた場所は五メートルや十メートルのすり鉢状《ばちじょう》の穴《あな》があいた。それから、何百機というB29が何度も何度も飛来するようになると、無数の焼夷弾《しょういだん》が投下されるようになって、火災《かさい》が町中を燃《も》え立《た》たせ、見渡《みわた》すかぎり焼け野原になったが、広島と長崎は、たった一発の原子爆弾だけで町が消滅《しょうめつ》したことになる。

(広島へ帰らはったねずみのおっちゃんは、だいじょうぶやったやろか……!?)

そう思ったが、たしかめることはできないので、笑生子《えいこ》は、その原子爆弾の下にいたみんなを想像《そうぞう》した。大阪大空襲《だいくうしゅう》の下で出会ったあの人、この人を思い出しながら……。

みんな、つらいことがあってもふんばって生きていた人たちだった。

お母さんや赤ちゃんや、子どもたち、中学生や女学生、それに、お年寄《としよ》り……。

広島も長崎《ながさき》も、そういう人たちが大勢《おおぜい》いたはずだ。いや、それだけではない。キラのような犬や猫《ねこ》、クリのような馬や牛や、ヤギだっていたはずだ。

せいいっぱい生きていた命が無数にいたはずの町に、投下された原子爆弾《ばくだん》。

それは、広島、長崎とも、殺されたり、けがをしたりした人は十万人以上といわれていたが、本当のところ、どれだけの人が犠牲《ぎせい》になったのかもわからない。

いや、原子爆弾は、遠くから渡《わた》ってくる渡り鳥の命さえ奪《うば》ったかもしれない。

鶴町《つるまち》の夕焼けに飛び交っていた赤トンボのような昆虫《こんちゅう》も……きっと、焼け死んだだろう。

笑生子《えいこ》の想像《そうぞう》の中で、焼け落ちる命の姿《すがた》は、焼夷弾《しょういだん》の火の雨のように無数に浮《う》かんでは消えた。

昭和二十年、八月十五日。

天皇陛下《てんのうへいか》のお声が流れる、玉音《ぎょくおん》放送があった。

「朕《ちん》深く、世界の大勢《たいせい》と帝国《ていこく》の現状《げんじょう》とにかんがみ、非常《ひじょう》の措置《そち》をもって時局を収拾《しゅうしゅう》せんと欲《ほっ》し、ここに忠良《ちゅうりょう》なるなんじ臣民《しんみん》に告ぐ。朕《ちん》は帝国政府《ていこくせいふ》をして*米英支蘇《しそ》四国に対し、その共同宣言《せんげん》を受諾《じゅだく》するむね、通告せしめたり……」

正義《まさよし》兄やんの家で聞いたラジオの、天皇陛下《てんのうへいか》のお声はそんな言葉からはじまった。

正義兄やんも紀代《きよ》さんも、最敬礼《さいけいれい》の姿勢《しせい》で、聞きとりにくいラジオに耳をかたむけていた。

「……しかれども、朕は時運《じうん》のおもむくところ、たえがたきをたえ、しのびがたきをしのび、もって万世《ばんせい》のために太平《たいへい》を開かんと欲《ほっ》す……もしそれ、情《じょう》の激《げき》するところ、みだりに事端《じたん》を滋《じ》くし、……大道をあやまり、信義《しんぎ》を世界に失うがごときは、朕最もこれをいましむ……なんじ臣民それよく朕が意を体せよ」

長い玉音《ぎょくおん》放送は、漢文みたいに難《むずか》しく長くて、聞きとれるところはところどころだし、なにをおっしゃっているのか、笑生子《えいこ》にはよくわからなかった。

その中で、笑生子によくわかったのは、「たえがたきをたえ、しのびがたきをしのび……」というところだけだったかもしれない。

けれど、ラジオを聞いていた正義兄やんも、紀代さんも、お母やんも、みんなが泣いていたので、笑生子《えいこ》にも、日本が戦争に負けたのだとわかった。

全国民が、軍国教育をたたきこまれたこの国の人びとにとって、それは、本当にたえがたい、しのびがたい敗戦であったけれど、戦争に負けたということは、もう、空襲《くうしゅう》がないということでもあった。

泣きたいほどくやしく、悲しく切ないのに、笑生子は、それだけは、ほう……っと、胸《むね》をなでおろしたい気持ちであった。


戦争は終わった。

昭和二十年八月の終戦後、アメリカ軍を中心にした連合国軍が日本を占領《せんりょう》した。

アメリカ軍のダグラス・マッカーサー元帥《げんすい》を最高司令官として、連合国軍最高司令官総司令部《そうしれいぶ》はＧＨＱとも呼《よ》ばれ、その本部は東京に置かれた。

こうして、日本は敗戦国として、進駐軍《しんちゅうぐん》と呼ばれた占領軍の支配下《しはいか》となるが、戦争が終わっても、吹田《すいた》にいる笑生子の暮《く》らしは楽にはならなかった。

配給される食品もあまり変わらず、ごはんはめったに食べられなかったし、お母やん

＊アメリカ、イギリス、中国、ソ連（現在《げんざい》のロシア）の四か国。

の病気もよくはならない。

ただ、田舎《いなか》のお父やんから頼《たの》まれたといって、高知のお母やんの実家の宅間《たくま》家から、お母やんの兄さんにあたるおんちゃんが、はるばる、ようすを見にきてくれた。

おんちゃんというのは、お母やんの実家がある高知弁《こうちべん》で「おじさん」の意味で使う。

おんちゃんは、田舎の利尾《りお》ばあちゃんの手紙と、おいもを持ってきてくれた。

池田の政海《せいかい》旅館へ疎開《そかい》してるころ、あんまりおなかがすくので、畑をしている高知の利尾ばあちゃんに、「おいもを送ってください」と手紙を書いたことがあったのを、利尾ばあちゃんは覚えていてくれたのだ。

おんちゃんが届《とど》けてくれたおいもは間引きいもだったのか、まるで根っこみたいに細かったけれど、それでも、利尾ばあちゃんが覚えていてくれたのが笑生子《えいこ》はうれしかった。

手紙には、とてもきれいな字で、「お父さんが、笑生子とお母さんをむかえるために、一所懸命《いっしょけんめい》がんばってますから、もう少し辛抱《しんぼう》してくださいね」と、書いてあった。

その字はとてもきれいで、どことなく、字が上手だった成年《なるとし》兄やんの書いた字に似《に》ていたので、笑生子《えいこ》はまるで成年兄《なるとし》やんに励《はげ》ましてもらったようでうれしかった。

けれど、寝《ね》たきりのお母やんは、おんちゃんの顔を見てもうれしそうではなかった。

笑生子がお母やんのおむつをかえるときだけは、水でしぼった布《ぬの》で体をふいてあげるが、長い間、お風呂《ふろ》にも入れず、もつれて汚《よご》れた髪《かみ》のまま寝かされているお母やんは、毎日、紀代《きよ》さんに、「くさい」「汚《きたな》い」といわれていたから、そんな姿《すがた》をおんちゃんに見られるのがいやだったのかもしれない。

髪ぐらいすいてあげればよかったと気づいて、笑生子は、持ってきたリュックの中にあるくしを探《さが》していた。そのとき、おんちゃんの声が聞こえた。

「桐衛《きりえ》、おまんは病気でしゃあないけんど、笑生子はこのままではいかんで。早《は》よ、なんとかせにゃあ……」

どういう意味なのか、笑生子にはわからなかったけれど、おんちゃんが帰るとき、笑生子に声をかけてくれた。

「笑生子は、えらいやせちゅうのう。食わせてもらえんがか？　利尾《りお》ばあちゃんは年が年やき、そうそう畑をたがやせんきに、そんな細っこいいもしか、つくれんのや。

……お父やんも、高知で農業はじめたばっかりやき、まだええ作物はとれんきのう。けど、もうちょっとの辛抱《しんぼう》じゃき、がんばりや!」

おんちゃんはそういって「元気でやりや」と、帰って行った。

けれど、その日も、次の日も、その次の日も、笑生子《えいこ》の暮《く》らしは変わらず、毎日、おむつを洗《あら》いに淀川《よどがわ》へ行かなければならなかった。

おなかがへって歩くのもつらくなると、堤防《ていぼう》まで行くだけで、ふらふらになる。

堤防に立って、きらめく川面《かわも》を見つめると、まだ洗濯《せんたく》もしてないのに、すうぅっと、水面に吸《す》いこまれそうになった。

(いっそ、このまま吸いこまれてしもたら、気持ちええかもしれん……)

そんなことを思いつつ、なんとか洗濯はした。

(戦争が終わったから、今度は、石けんを配給してくれるやろか?)

思いつつ、草タワシで何度も何度もおむつを洗い終え、ようよう、かたむいた堤防をはいあがると、ふらぁり、ふらぁりする。

なんとかふんばって、堤防の上へ顔を出すと、川辺の光の中に立っている人が見えた。

逆光《ぎゃっこう》に照らされ、後光《ごこう》のように輝《かがや》くその人がいった。

「笑生子《えいこ》。お母やんは京都で入院させるから、おまえもいっしょにおいで」

それは、観音《かんのん》さまのようにりりしい澄恵《すえ》美《み》姉やんだった。

9 光の中へ

澄恵美《すえみ》姉やんに助けられたお母やんは、京都府立の病院で手術《しゅじゅつ》してもらうことができた。

その間、澄恵美姉やんは治療費《ちりょうひ》も生活費も全部助けてくれて、笑生子《えいこ》は、入院中のお母やんのごはんをつくったりするつき人になった。

京都にも、まだ病人食を出すような病院はなかったので、入院患者《かんじゃ》はそれぞれつき人がついて自炊《じすい》しなければならなかった。

澄恵美姉やんは、戦後になって、国営《こくえい》の日本専売公社《せんばいこうしゃ》*の工場に勤《つと》めていたけれど、たぶん、女ひとりの収入《しゅうにゅう》は、月三千円にも満たなかったと思う。

けれど、姉やんは、笑生子に貧《まず》しさを感じさせなかった。

「今日のお見舞《みま》いや」といって、病院にも、旬《しゅん》のくだものや着がえを持ってきてくれて、

汚《よご》れものは持って帰ってくれるので、笑生子《えいこ》は、お母やんのごはんをつくるだけでよかった。

お見舞《みま》いに、梨《なし》を持ってきてくれたときに、姉やんは「成年《なるとし》は、子どもんときから、梨が好きやったなあ。一年生のとき、まるごときれいに食べて、スイカみたいに種だけ縁側《えんがわ》から、プッ、プッ、プッて、庭に飛ばしとったやろ？」と笑った。

「ああ、その種、庭で、梨をならすんやいうて、埋《う》めとったね」

お母やんも楽しそうにいった。

「そうそう、そうやった！　梨は、戦争中はめったに手に入らへんかったけど、生きてるうちに食べさせてやりたかったなあ」

姉やんがいうと、お母やんは、うん、うん……とうなずいて、また泣いていた。

笑生子は、兄やんが買ってくれたガラスの「ままごと道具」を思い出して、やっぱり泣きそうになった。

ガラスの食卓《しょくたく》のお皿に、ガラスの梨といちごがのっているのを見て、兄やんは、「お、この梨はうまそうやな！」といって、買ってくれたのだ。

＊大蔵省管轄《おおくらしょうかんかつ》の特殊《とくしゅ》法人。現在《げんざい》の日本たばこ産業株式《かぶしき》会社（ＪＴ）の前身。

澄恵美《すえみ》姉やんが、兄やんのお弔《とむら》いのときに、梨《なし》を買ってきて供《そな》えてくれたのは、そういうことだったんだと、はじめて知った。

毎日、煙草《たばこ》のにおいをただよわせて帰ってくる澄恵美姉やんは、病院でも、家でも、よけいなことは、めったにいわなかった。

ただ、「これは、明日のごはん代」といって、毎日の食費をくれる。

どこで、なにを買うのかも自由だったので、笑生子《えいこ》はそれをにぎって、近郊《きんこう》の農家の闇米《やみごめ》や農作物を買いに行ったり、赤レンガの京都駅近くにある闇市《やみいち》まで通った。

空襲《くうしゅう》の心配はなくなったが、物資《ぶっし》、ことに食べるものの不足は、戦争中よりひどくなっていたので、配給だけでは、病後のお母やんに栄養のあるものを食べさせてあげられない。

たとえ国が禁止《きんし》している闇市でも闇農家でも、食べものが手に入るところへは、だれもが行くしかなかった。闇市は、バラックの露店《ろてん》が並《なら》んで、そこには、お金さえ出せば、なんでもあった。それで闇市はいつでもにぎわっていた。

けど、おいしそうな食べものは、どれもびっくりするぐらい高価《こうか》だった。

そのうち、なんとか買えそうなものを見つけても、子どもに見える笑生子《えいこ》は頭からなめてかかられ、ひどく高い値段《ねだん》で押《お》しつけられることもあった。

「おっちゃん。あっちの店では、もっと安かったで!」

がんばってそういっても、「ほな、そこで買え」といわれてしまう。

それでも、こりずに、「もう少し安うしてくれへん?」と、頼《たの》んでみるようになって、たまに人のいい店主がいて、少しは安くしてくれた。

そのうち、顔なじみの店もできたので、笑生子が病院へ行ってる間、姉やんの家の留《る》守番《すばん》ばっかりしているキラのために、*コーリャンや米ヌカを練り合わせて焼いたパンや、小さな干魚《ほしざかな》も買えるようになってきた。

そういったものを買いこみ、リュックに詰《つ》めこんでの帰り道に、たびたび警官《けいかん》につかまる人がいる。

違法《いほう》な闇市《やみいち》で買った品物が見つかれば、すべて、警察《けいさつ》に没収《ぼっしゅう》されるのだ。

笑生子は警官におびえていたが、その日まで、警官につかまらずに、帰れていた。

ところが、その日、「おい!」と声をかけられ、リュックをぐいっとつかまれた。


*中国で栽培《さいばい》されるモロコシの一種。

澄恵美《すえみ》姉やんが一所懸命《いっしょけんめい》働いたお金で買った食べものを、こんなところで、没収《ぼっしゅう》されてはたまらない。

笑生子《えいこ》はギクッと首をすぼめたが、リュックを引っぱられたので、こわごわふり向くと、まだ若《わか》い警官《けいかん》だった。

戦争が終わったので、闇市《やみいち》を経営《けいえい》している者にも、取り締《とし》まる警官にも、若い人が増《ふ》えていた。

警官は笑生子の顔を見て、「なんや、子どもか……!」とつぶやいた。

小柄《こがら》でひょろっとして、国民学校の初等科を出たばかりの笑生子は、年より幼《おさな》く見えたのかもしれない。

「子どもやったらええわ。行け!」

若い警官が解放《かいほう》してくれた。

その警官に手を合わせたいような気持ちだったが、そんな目立つことをしてはいけない。

笑生子はペコリとおじぎをして、その場を急ぎ足で通りぬけ、姉やんの家まではるばる歩いて帰った。

戦後も、京都では、昼も夜も停電だったが、市電だけはいつも動いていた。けれど、市電や汽車に乗ると、取り締《とし》まりの警官《けいかん》が巡回《じゅんかい》してくることが多いので、笑生子《えいこ》は乗らなかった。

無事、家へたどりつくと、ヒモでつながれたキラが、三日月型の金具と星かざりの首輪をぎゅんぎゅん引っぱって大よろこびした。

「キラ、ほらごちそうやよ」と、干魚《ほしざかな》を一匹《ぴき》あげた。

キラは、ハグハグ食べて、もっともっととしっぽをふる。

そのキラの首でおどっている首輪は、成年兄《なるとし》やんがつくってくれた首輪だ。三日月と星がカチャカチャ鳴って、長屋の裏《うら》から差しこむ夕日に、きらきら光った。

そうやって暮《く》らすうちに、いつしか笑生子は年ごろにふさわしい元気な少女になっていた。

ほとんど空襲《くうしゅう》に遭《あ》わなかった京都の町は、昔ながらの古い寺社仏閣《ぶっかく》がたくさんあって、明治に建てられたという赤レンガの優雅《ゆうが》な洋風建築《けんちく》もあちこちにあった。

大阪《おおさか》のむごすぎる焼け野原からきた笑生子《えいこ》にとって、それらの町はなつかしく美しい日本の町並《まちな》みであったので、闇市《やみいち》へ行く道や帰り道には、京都の町を歩くのが好きだったが、その京都も、戦争による被害《ひがい》がなかったわけではない。

数度の空襲《くうしゅう》で死者を出し、伝統《でんとう》の西陣織《にしじんおり》などは、職人《しょくにん》が戦争へ召集《しょうしゅう》され戦死したりして、まだ復活《ふっかつ》するきざしはなかった。

また、建物疎開《そかい》という名のもと、古く美しい京町屋が移築《いちく》もされず、次つぎ、乱暴《らんぼう》に取《と》り壊《こわ》されて消えてしまっていた。

ルネッサンス風赤レンガ建築だといわれる京都府庁舎《ちょうしゃ》には、日本を占領《せんりょう》した連合国軍の進駐軍《しんちゅうぐん》がいたし、京都ホテルや、円山《まるやま》公園の中にある「長楽館《ちょうらくかん》」という大富豪《だいふごう》の邸宅《ていたく》なども接収《せっしゅう》され、進駐軍の宿舎《しゅくしゃ》になったりしていた。

日本の大都市をおおかた焼け野原にしてしまった進駐軍にとっても、なんとか、昔ながらの美しさを保《たも》っている京都こそ過《す》ごしやすく、貴重《きちょう》だったのかもしれない。

昭和二十一年になり、一九四六年と表示《ひょうじ》されることも多くなった七月のある日、笑生《えい》子《こ》は京都駅近くの丸物《まるぶつ》百貨店あたりの闇市《やみいち》へ行くところだった。

成年《なるとし》兄やんと澄恵美《すえみ》姉やんに、ガラスの「ままごと道具」を買ってもらったなつかしい丸物百貨店あたりも、バラックと呼《よ》ばれる闇市の露店《ろてん》が並《なら》んでいる。

その場で雑炊《ぞうすい》を煮炊《にた》きして食べさせる店や、パン風のものを売る店、いもや雑穀店《ざっこくてん》、はては密造酒《みつぞうしゅ》を売っている店もあったが、どの店も真夏の直射《ちょくしゃ》日光が差しこみ、煮炊きの熱や湿気《しっけ》もあって、周辺はひどく蒸《む》し暑《あつ》かった。

そのとき、戦争が終わって海外から引《ひ》き揚《あ》げてきた人たちだろうか、汚《よご》れて疲《つか》れきったような人たちと、その人たちの荷物を運ぶ大学生らしき若者《わかもの》たちが、京都駅から出てきた。女子学生もいる。

両手に抱《かか》えきれない荷物を運ぶ者、弱って歩けない人を背負《せお》っている学生もいる。

みな、汗《あせ》みずくだ。

その姿《すがた》に、笑生子は一瞬《いっしゅん》、成年兄やんを思い出した。いつでも、だれの手伝いであっても、身を粉にして働いた兄やんが、そこにいるような気がしたのだ。

それでつい、笑生子《えいこ》は、女学生に、「手伝いましょか?」と、声をかけていた。

「ありがとう。ええんか?」とかえしてきたのは、隣《となり》にいた男子学生で、京都大学の記章をつけていた。

「ぼくらは、『京都学生同盟《どうめい》』ちうて、引揚船《ひきあげせん》が舞鶴港《まいづるこう》に入るたびにむかえに行って、海外から引《ひ》き揚《あ》げてきた人びとを手助けしてるんや」

「西舞鶴からの最終便は、深夜の零時《れいじ》に着くから、今晩《こんばん》は泊《と》まりやで」

口ぐちに話してくれたのは、学生同盟の奉仕《ほうし》活動の青年たちだった。

この日、笑生子は京都駅前のバラック小屋までの荷運びを手伝ったが、学生たちは、次つぎ引き揚げてくるこれらの人びとの手伝いを真夜中までして、同じバラックで泊まって、みなで闇市《やみいち》の薄《うす》い雑炊《ぞうすい》などで腹《はら》ごしらえをするらしい。

そうして、海外から引き揚げてきた人たちを、その人たちの故郷《こきょう》の「学生同盟」へ、引《ひ》き継《つ》いだりするのだという。

同じ年の九月に、新聞を読んでいた澄恵美《すえみ》姉やんが、「まあ、こういうことなんやわな……」と、ひとり言をいったので、笑生子《えいこ》は新聞をのぞいてみた。

紙面には、「捜《さが》せばあるゾ隠匿物資《いんとくぶっし》」という記事が載《の》っていた。

それは、ホテルが違法《いほう》な食品をかくしていたという記事だったが、実際《じっさい》は、ホテルのようなお金持ちだけでなく、これまでも日本の軍部や官僚《かんりょう》たちがそういった物資や食品をかくしていたのに、食べるものもない市井《しせい》の人びとにわけようとせず、闇市《やみいち》の取《と》り締《し》まりばかりしていたのだとわかってきたのは、戦争に負けて国家が連合軍に占領《せんりょう》されてしまったからだった。

「敗戦しても、ええことはいろいろあるんやね」

笑生子は、姉やんにいった。

「まあ、だからいうて、アメリカのやったことはゆるせんけど、この日本にも、なかなか最低なやつらがおったってことやろな。どこの国でも、ずるい悪人に天下とらせたら、貧乏人《びんぼうにん》が死んだり、殺されたり……泣かされるだけやってことや」

姉やんがキセル煙草《たばこ》をふかしながらいった。

昭和二十三（一九四八）年の二月には、京都府庁《ふちょう》の正門前に、「食糧《しょくりょう》一割増産《わりぞうさん》」と書かれた看板《かんばん》が立てられたが、配給そのものは変わらなかった。

もともと、人間が生きていくためには、最低限《さいていげん》以下の食糧の配給しか定められていないのに、それが、さらに遅配《ちはい》で届《とど》かないことが続いていたので、笑生子《えいこ》も相変わらず、農家や闇市《やみいち》へ通う日々であった。

そんな六月に、またまた大地震《おおじしん》が起こった。

京都もゆれたので、笑生子は、とっさに、小さなころの地震を思い出した。

それは、まだ笑生子が二、三歳《さい》のころだ。

お母やんが買いものへ行くのに、ねずみのおっちゃんの家へ、笑生子をあずけたのだ。

「根角《ねずみ》はん、ちょっとだけ、うちの子頼《たの》むわ！」

お母やんがそう声をかけて、ねずみのおっちゃんの家の玄関《げんかん》をあがったところへ、笑生子をおいていった。

「はいはぁい。ちいやん、二階にあがっといで！」

ねずみのおっちゃんの奥《おく》さんが髪《かみ》をまとめつつ、二階からのぞいていったので、笑生《えい》子《こ》は、二階への階段《かいだん》を、一段《いちだん》ずつ、つかまりながらはいあがっていた。

そのとき、グラグラッとゆれた。

「ぎゃあああーっ」

笑生子は階段につかまって泣き出した。

奥さんはとっさに階段を駆《か》けおりてきて、笑生子を横抱《よこだ》きにして、玄関《げんかん》からとび出した。


その後のことは覚えていない。

けれど、あのときの地震《じしん》のこわさは、身にしみついている気がする。

あのときの地震、戦争中の鳥取の地震、こんどは、福井《ふくい》市の地震だった。……まだ少女にすぎない笑生子の人生でも、三度も地震が起こっている日本が恐《おそ》ろしい気がした。

このときには、地震の被害《ひがい》が大きかったのも、福井市だった。

新聞に掲載《けいさい》された写真、福井大地震《ふくいおおじしん》の大火で全焼した町は、笑生子《えいこ》に、あの空襲《くうしゅう》を思い出させた。

戦争が終わって、アメリカによって破壊《はかい》されつくした日本はどこも、戦後のバラック建造物《けんぞうぶつ》が多かった。

地震が起こってすぐ、日本を占領《せんりょう》したアメリカ軍が福井《ふくい》市上空を偵察《ていさつ》したが、バラックがきれいに屋根を落として倒壊《とうかい》しているのに気づかず、整然と並《なら》んだバラックの屋根だけ見て、「異常《いじょう》なし」と報告《ほうこく》したという。

アメリカ軍は、町が火の海になるまで、被害《ひがい》に気づかなかったのだ。

「火が出て気づいたアメリカ軍は、あわてて救援《きゅうえん》トラック隊を派遣《はけん》したけど、おおかたは、もう手遅《ておく》れやったそうや」と、お母やんの病院の先生が話していた。

そんな七月になっても、笑生子は闇市《やみいち》へ通って、警官《けいかん》につかまらないよう、京都駅から駅をぐるりと回って、七条《しちじょう》を通過《つうか》し、東山通りにある姉やんの家へ帰る日々だった。

そのとちゅう、東山通りで進駐軍《しんちゅうぐん》の自動車を見かけた。

黒い外車に乗っていたのは、背広《せびろ》の日本人とアメリカ陸軍の軍服を着て、頭にちょんとのせるだけのような、小さくおしゃれな帽子《ぼうし》、アーミーキャップをかぶっている背《せ》の高い、茶色い髪《かみ》のアメリカ兵だった。

その車の周囲にむらがっている日本の子どもたちは、いっぱいに手を伸《の》ばして、車に乗っている人から、ガムやチョコレートをもらっていた。

うらやましくて、つい、笑生子《えいこ》が立ちどまっていると、そのアメリカ兵がなにを思ったのか、笑生子に向かってやわらかにほほえんだ。

手招《てまね》きされたが、笑生子はかたまってしまった。

そこにいるのは、笑生子にとって、鬼畜《きちく》だったアメリカ兵だ。

あの空襲《くうしゅう》で、どれほどの人が殺されたかを思えば、むらがった子どもたちにさえ、怒《いか》りをおぼえずにはいられない。

（おいしいもんさえくれたら、ええの⁉　そいつら、人殺しやよ！）

心の中でさけんでしまう。

笑生子は、大阪《おおさか》で死んだあの人を思い、この人を思って、その場を去ろうとした。

そのとき、車のドアが開いて、出てきたのは、背《せ》の高い若《わか》いアメリカ兵だった。

その人は、むらがる子たちをなだめつつ、笑生子《えいこ》に向かって歩いてきた。

そして、アメリカのチョコレートを、笑生子にそっと差し出してくれたのだ。

おどろいて目をみはっていると、車内の日本人が、「グリスマン軍医！」と呼《よ》んだので、その人はすぐ車へもどった。

そのまま、日本人といっしょに車で去って行くのを、笑生子はぼんやり見送った。

（軍医というと、ふつうの兵隊さんじゃなくて、軍隊のお医者さんということなんやろか？）

そんなことを思いながら、ハッと気づいた。

（あ、うち、ありがとうをいわへんかった！）

それは、人に対する礼儀《れいぎ》を欠いていたと気づいたのだが、その一方で、こんなチョコレートをもらってしまった自分にも少し傷《きず》ついていた。

このときの笑生子はまだ、東京や大阪《おおさか》の町の人たちに、広島や長崎《ながさき》の人たちに、あんなにひどいことをしたアメリカ兵をゆるすことはできなかったのだ。

戦時中、笑生子《えいこ》が間近に目にしたアメリカ兵は、たくさんの市民や女子どもまで機銃《きじゅう》掃射《そうしゃ》したP51攻撃機《こうげきき》の操縦室《そうじゅうしつ》に見えた能面《のうめん》のようなアメリカ兵だけだった。

だが、さっきの若《わか》い軍医は笑生子にほほえみかけ、だまってチョコレートをくれて、ただ通り過《す》ぎただけだった。

おそらく、ついこの間まで学生だったような若い彼《かれ》は、日本との戦闘《せんとう》にも参加したことのないアメリカ青年だったのかもしれない。

その青年と、まだ少女だった笑生子のほんの一瞬《いっしゅん》の触《ふ》れ合《あ》いにすぎなかったが、笑生子はまだ、アメリカがしたことは、どんな神さまだってゆるすはずがないと思っていた。

だが、国家と国家の憎《にく》しみは根深く残っても、人と人が心を交わす一瞬は、雲間から差しこむ光のように、たしかに、そこにあったのかもしれない。


そんなころに、正義《まさよし》兄やんが、澄恵美《すえみ》姉やんの家へようすを見にきたという。

笑生子はお母やんの病院に行っていたので会っていないが、家へ帰ったときに、澄恵美姉やんが教えてくれた。

「兄やん、なにしにきはったん?」

笑生子《えいこ》が聞くと、姉やんが笑った。

「正義《まさよし》がな、『笑生子はどうしてる?』って聞いたんや。そんで、『ああ、元気やで。リンゴみたいな真《ま》っ赤《か》なほっぺたになって、走りまわってるわ!』っていうといた。ははは……」

姉やんの天真爛漫《てんしんらんまん》な笑い声に、笑生子は、正義兄やんの家から澄恵美《すえみ》姉やんの家へ行くと決まったあの日の、紀代《きよ》さんのことを思い出した。

「……あんな、澄恵美姉やん。姉やんが『いっしょにおいで』っていうてくれて、むかえにきてくれるって決まった前の日に、紀代さんな、はじめてお母やんの髪《かみ》の毛《け》洗《あら》ってくれてん」

笑生子は今日まで話さなかったできごとを、姉やんに話した。

「お母やんの髪を洗ってくれるなんて、あの家に行ってはじめてやったんやで。けど、長いこと放ってあったから、お母やんの毛は洗ってもすいても、もつれてしもうて、きれいにすけへんかってん。……そしたら、紀代さん、お母やんの長い髪をハサミでジョキジョキって切ったんやで！　時間かけたらすけるのに、すぐ切ってしもてん。……紀《き》代《よ》さんは、澄《す》恵《え》美《み》姉やんからお母やんを放っておいたと思われとうのうて、髪《かみ》を洗《あら》うたんやろけど、もともと、心からの親切でしてくれたんやないから、すぐ面《めん》倒《どう》になって、ジョキジョキ切ったんや！　正《まさ》義《よし》兄やんは、ずっと知らん顔してた！」

笑《え》生《い》子《こ》は思い出して、怒《おこ》っていた。姉やんがいっしょに怒ってくれると思って。

なのに、姉やんはあっさりいった。

「まあ、それでも、笑生子とお母やんを家に置いてくれて、追い出さへんかったんやからな」と。

そういう姉やんに、笑生子はついうなずいてしまった。

「そ、それはそうやけど……」

姉やんが笑生子といっしょになって、兄やんを悪くいってくれないのはもの足りなかったけれど、それが、澄恵美姉やんのきっぱりしたところだった。

（紀代さんも兄やんも、戦争があんなにひどくなって、食べものがなくなったりしなければ、もっとええ人やったかもしれへん。戦争は、ええ人を意地悪にして、仲よしの人たちをいがみ合わせるのかも……）と、笑生子《えいこ》は思い直した。

ようやく、お母やんの退院《たいいん》が決まった日。

府立病院のお医者さんがいった。

「町田桐衛《まちだきりえ》さん、ええか。退院しても、これからは長うて十年、短うて五年ぐらいかもしれんが、寝《ね》てても一生、起きて暮《く》らしても一生や。せっかく、戦争も終わったんや。これからは、無理だけはしなさんなや」

戦時中、無理ばっかりしてきたお母やんだったが、このときはまだ五十代だったのに、お医者さんがそこまでいうのは、よっぽど大変な手術《しゅじゅつ》だったのかもしれない。

退院してしばらくは、お母やんと、姉やんの家で暮らしたけれど、ある日、お母やんがいった。

「このまま澄恵美《すえみ》んとこにずっとおったら、澄恵美が結婚《けっこん》できんようになる。笑生子、高知のお父やんとこへ帰ろ」と。

戦争へ行った婚約者《こんやくしゃ》の清二《せいじ》さんが戦死して、澄恵美姉やんはまだ独身《どくしん》だった。

「清二《せいじ》さんのお母さんも亡《な》くなったから、あても宇治《うじ》の仕事やめて、専売公社《せんばいこうしゃ》に勤《つと》めるようになったんや」

今年になって、澄恵美《すえみ》姉やんからそう聞いた。

もともと澄恵美姉やんはきっぱりしすぎて、ちょっとこわいけど、面倒見《めんどうみ》がよくて細かいことはいわない性格《せいかく》だった。

そのせいで、笑生子《えいこ》も知らなかったけれど、そういうことだったのだ。

「あのな、姉やん。お母やんが、姉やんが結婚《けっこん》できんようになるから、高知へ帰ろって……」

平和になった京都での暮《く》らしは、正義《まさよし》兄やんのところにいたときにくらべて、とても自由で楽しかったけど、笑生子は姉やんにそういってみた。

「結婚？　あてが？」

澄恵美姉やんはきょとんとして、それから笑った。

「ええ男はみんな、戦争にとられて死んでしもた。今さら、結婚なんか……！」

姉やんはさばさばいって、それから、一瞬《いっしゅん》、遠くを見る目になった。

「もう……こんな写真を撮《と》ってくれる男はおらんやろ」

そういって、部屋に飾《かざ》ってある大きな写真を見つめて、姉やんがいった。

その写真は、まるで、雑誌《ざっし》かなんかにのってるモデル写真みたいに、きれいな姉やんが、めずらしく優《やさ》しくほほえんでる写真だった。

「え、これ、清二《せいじ》さんが撮ってくれたん?」

笑生子《えいこ》はその写真を見てたずねた。

「ああ、趣味《しゅみ》で山の写真とか撮ってた人やったから、兵隊に行く前に撮ってくれたんや。ほんで、こんな大きゅう焼いた写真をくれて、小さいのは自分で持って行ったけど、アッツ島で玉砕《ぎょくさい》してしもて、とうとう、お骨《こつ》も遺品《いひん》も、なんにも帰ってきいひんかった……」

そういった姉やんの目はうるんでいたけど、泣いてはいなかった。

「そやから、笑生子。高知がつらかったら、いつでも、こっちへ帰ってきてもええで」

姉やんはそういってくれたけど、お母やんは、そんな姉やんのためにも、お父やんのいる高知の山村へ帰ることにした。笑生子も、きれいな姉やんには、清二さんみたいないい人が、また見つかってほしかったから、はじめての高知へ行くことにした。

高知へ帰った日。

笑生子《えいこ》は、濃い緑の山の景色と、耳鳴りのようにひびいてくるセミの声、さまざまな鳥の声に、しばしぼんやりした。

深呼吸《しんこきゅう》すると、木々と草のにおいが、胸《むね》いっぱいにひろがった。

なつかしい成年《なるとし》兄やんと行った宇治《うじ》の山のにおいより濃くて、むせるようだった。

「よう帰ったねぇ！」

足の悪い利尾《りお》ばあちゃんが、くねくねした山道のとちゅうまでおりてきて、むかえてくれた。はじめて会った利尾ばあちゃんは、小ちゃくて、くしゃっとかわいかった。

大阪《おおさか》の友人の家に残った雅子《まさこ》姉やんは、高知へは帰らず結婚《けっこん》したと、利尾ばあちゃんがいった。

（市電の運転士もできなくなった雅子姉やんは、ええ人に出会えたんやろか……？）

そんなことを思いながら、笑生子はばあちゃんについて、山道を登った。

戦争で引きはなされて、会えなくなった人はたくさんいるけれど、なぜだか、雅子姉《まさこ》やんはだいじょうぶな気がした。それは、あの戦争にも負けなかった雅子姉やんの、「わたしが一番！」というところだった。

そうなのだ。いいことも悪いことも、人の顔色を見てばかりだった戦時中は、だれもかれもがどうかしていたのだ。そうだと気づけた今こそ、笑生子は自分自身をとりもどしたのかもしれない。

そう考えると、自分の思うとおりにしか生きなかった雅子姉やんはすごいと思えた。

山の上のお父やんと利尾《りお》ばあちゃんが暮《く》らしている茅葺《かやぶ》きの家へ入ると、床《とこ》の間《ま》には、笑生子が集団疎開《しゅうだんそかい》先から送った手づくりの藤《ふじ》づるの手さげかごがたいせつに飾《かざ》られていた。そのかごから、利尾ばあちゃんは、だれかの手紙をとり出した。

「これは、成年《なるとし》が出征《しゅっせい》する前にくれたんじゃけんど、おまんのことやないかのう？」

そういわれて、手紙を見せられた笑生子は、あの日を思い出した。

出征の日、成年兄やんが、お父やんに、「利尾ばあちゃんに出しといて」と、あずけていた手紙があったことを。

「なんて書いてあったん？」

笑生子《えいこ》はたずねた。

「見てもえいよ」と、利尾《りお》ばあちゃんは、折りたたんだ手紙を笑生子の手に渡《わた》した。

封筒《ふうとう》から出してみると、一筆箋《いっぴっせん》に書かれた兄やんのきれいな字が見えた。

あかとんぼ　暮《く》れゆく空を　朱《あけ》に染《そ》め
夕映《ゆうば》えの　空、海、川や　冷やし馬
妹抱《だ》けば　僕《ぼく》も僕もと　はね寄《よ》りて、せがむ子犬の　息白し朝
成

と、それだけ、書かれていた。

「俳句《はいく》？　最後のは、歌？」

笑生子《えいこ》は利尾《りお》ばあちゃんに聞いた。

「ああ、あの子はねぇ、子どもんときから、俳句とか、歌が大好きやったき、大阪《おおさか》へ行ってからも、学校で書いた作文や俳句を、『上手やないけんど……』って、日記みたいに、送ってくれたもんじゃ。いっつも、わしは、それが楽しみでのう」

利尾ばあちゃんが笑った。

笑生子《えいこ》は、その俳句をじっと見つめた。

そうしたら、あの鶴町《つるまち》の夕焼けが見えてきた。

夕焼けが映《うつ》りこんだ海と川、その川辺に立ったクリと兄やんの姿《すがた》が……。

あの川辺で、鶴町《つるまち》の名のいわれを教えてくれた兄やんは、子どものときから、『万葉《まんよう》集《しゅう》』とかの歌や俳句が好きだったんだ……。そう思って、読みかえした最後の歌に、ハッと思い出した。

出征《しゅっせい》の朝、兄やんが、「戦争に行く前に、おちびのちいやんはどれぐらい重うなったか、覚えときたい！」なんていって、ふいに笑生子《えいこ》を抱《だ》きあげたことを。

それが、おかしくてくすぐったくて、なのに切なくて、ふたりで泣き笑いになってしまった。そしたら、それを見て駆《か》け寄《よ》ってきたキラが、まるで、「ぼくも、ぼくも……」っていうみたいに、兄やんのひざに飛びついてあまえた。

笑生子は、そのとき、キラも抱きあげてやった兄やんの笑顔を思い出して、泣きそうになった。

鶴町《つるまち》のクリとキラの思い出が、夕焼けのように赤くにじんで、ひろがっていくようだった。

（兄やん……！　なんで、死んだん？）

そうつぶやいた瞬間《しゅんかん》、笑生子の中に浮《う》かんだ透《す》き通《とお》った夕焼けと赤い花火のような赤トンボの景色は、町中を燃《も》やし尽《つ》くす炎《ほのお》と黒煙《こくえん》で、まだらになった空に変わってしまった。

赤トンボのように無数に押《お》し寄《よ》せてきたB29が降《ふ》らす焼夷弾《しょういだん》、ひらめく火油と燃え立つ炎、風にあおられる黒煙……いやでも浮《う》かぶ、むごい空を頭から消したくて、笑生子は、ぶるぶるっと首をふった。

利尾《りお》ばあちゃんは、そんな笑生子《えいこ》の肩《かた》を、優《やさ》しくなでてくれた。

その日、案内されたのは、山にある先祖《せんぞ》代々のお墓《はか》の横につくられた、成年《なるとし》兄やんの新しいお墓だった。

笑生子は、兄やんのお墓にお参りして、京都で買ってきた梨《なし》をひとつ、供《そな》えてあげた。

利尾ばあちゃんは、兄やんの墓前《ぼぜん》にちんまりと座《すわ》って、長い、ながぁいお経《きょう》をあげてくれたので、笑生子はずっと合掌《がっしょう》をして、兄やんのことを思い出していた。

それが、高知での最初の日だった。


だが、その日から、笑生子の苦労はふたたびはじまることになった。

澄恵美《すえみ》姉やんの京都をはなれて、高知の山奥《やまおく》にある岩村へ帰ってみれば、今ではほとんど農作業ができない利尾ばあちゃんにかわって、笑生子が、お父やんの農作業を手伝わなければならなかった。

病《や》みあがりのお母やんには絶対《ぜったい》無理をさせられないと、お父やんも笑生子も思っていたから。

けれど、なれない農作業は、それはそれは大変だった。

畑をたがやしたり、草をとったりはまだよかったが、笑生子《えいこ》が苦手なのは、人間の排《はい》せつ物《ぶつ》を発酵《はっこう》させた肥壺《こえつぼ》から、「肥《こ》え」をくみ出し、桶《おけ》に入れて、てんびん棒《ぼう》の前後につりさげ、畑まで運ぶ肥え運びや肥えまきだった。

てんびん棒にぶらさげた肥え桶は、傾斜《けいしゃ》の強い山道でバランスをとるのもむずかしいし、桶の中で、肥えがボチャボチャッとゆれるのもこわかった。

肥えがはねて、運んでいる笑生子の手足や服にかかったらどうしようと思えば思うほど、笑生子の体はふらふらして、酔《よ》っぱらいのようになる。

肥え桶を運ぶ笑生子が、あんまりふらふらしていたので、それを見たお父やんが「笑生子は、八人持ちじゃの」と笑った。

「え、どういう意味？」

笑生子はひとりで重い肥《こ》え桶《おけ》を運んでいるのに、「八人って、なに？」って不思議だった。

「あっちへよったり、こっちへよったり、ふっらふらしゆうき、よったり（四人）とよったり（四人）で、八人持ちじゃ！」

お父やんがカラカラ笑った。

農薬も使わず、有機肥料《ひりょう》だけのこのころの農業は、すべて農家の技術《ぎじゅつ》と知識《ちしき》、それに人手のみにかかっていた。だから、農業は新参者《しんざんもの》だったお父やんも、大変だったはずだ。

一方で、お父やんとお母やん、小学校を卒業した春男《はるお》もむかえての家族の暮《く》らしは平和だった。

雅子《まさこ》姉やんは、戦後に結婚《けっこん》してひとり立ちしたし、もう、どこにも爆弾《ばくだん》は降《ふ》らない。

食べものも自分たちでつくるから、おなかもへらない。

なにより、お父やんのつくったきび*を収穫《しゅうかく》した年に、お母やんにつくってもらった「もろこしごはん」のおいしかったこと！

もろこしごはんは、お父やんのつくった米を一時間ぐらい水につけてから塩少々を加

え、とうもろこしの芯《しん》まで入れて炊《た》きあげるのだ。

そこに、牛飼《うしか》いの家からわけてもらったバターをひとかけら入れ、芯だけのぞいて、よく混《ま》ぜ合わせれば、もろこしごはんのできあがりだ。

それは、死ぬほどおいしかった！

戦中戦後に食べたごはんの中でも、笑生子《えいこ》が一番おいしく感じたのが、この「もろこしごはん」だ。

おかずに食べるお父やんのつくったトマトはとてもあまかったし、キュウリやナスビも香《かお》りが濃《こ》くて、みずみずしかったけれど、なにより、一番なりのスイカをがぶりとかじったときには、（成年兄《なるとし》やんにも食べさせてあげたかった！）と、心から思った。

兄やんが大好きだった梨《なし》も供《そな》えてあげたかったけど、お父やんは梨園を持っていないので、こんな田舎《いなか》では、ちょっと買いに行くというわけにもいかなかった。

そのとき、思い出した。焼け野原になった鶴町《つるまち》からは、なにも持ち出せなかったけど、たったひとつ、笑生子がお守りにしているものがあった。

それは、あの空襲《くうしゅう》で燃《も》え溶《と》けて、ふたたび冷えかたまったガラスのままごと道具のう

＊とうもろこしのこと。

ち、床下《ゆかした》に落ちて、土の中で、ポツンと黄色に輝《かがや》いていたガラスの梨《なし》だった。

笑生子《えいこ》は守《まも》り袋《ぶくろ》から出して、スイカの切り身の横に供《そな》えた。

それから、いったん、成年《なるとし》兄やんのお墓《はか》に供えたスイカの切り身は、その日のうちに墓前《ぼぜん》からさげて、高知へ連れて帰ったキラにあげた。

「兄やんからやで」といって。

キラは、スイカの赤いところはシャリシャリかじって、もう白くなったヘタまで、シャキシャキかみくだいて食べた。


その夜、笑生子は夢《ゆめ》を見た。

元気な成年兄やんが、あめ玉みたいに小さくてキラキラした梨を口にほうりこんで、シャキシャキ、おいしそうに食べていたのだ。

目が覚めたとき、(あ、あれは、ガラスの梨《なし》だったのかも！)と笑生子は気づいた。

それは、成年兄やんが、「笑生子の梨はうまいなあ」と、夢《ゆめ》で伝えてくれたのかもしれない。

高知へ帰ってしばらくすると、近くの子どもと遊ぶようになった春男《はるお》が、川へ行って小魚をとってきた。その小魚も、焼いたり煮《に》たりして、キラにあげることができるようになった。

お母やんは、お隣《となり》の農家から鶏《にわとり》をわけてもらって、庭で飼《か》いはじめたので、しばらくすると、卵《たまご》も食べられるようになった。自分たちで食べものがつくれて、川から魚がとれ、庭で卵がとれる暮《く》らしは、それなりに世話は大変だが、笑生子にはすばらしいことに思えた。

高知からは、京都の澄恵美《すえみ》姉やんへも、季節ごとに育った作物を送ってあげられたので、姉やんからは、お金や町の洋服などを送ってきてくれた。

澄恵美姉やんは、お母やんとお父やんに毎月仕送りをしてくれているようだった。

そうして暮《く》らすうちに、笑生子《えいこ》は十六歳《さい》になって、いつしか、子どもから、年ごろの娘《むすめ》になっていた。

戦後四年も経《た》つと、高知の村にも、軍隊から故郷《こきょう》へ帰った人たちが増《ふ》えて、笑生子と同世代の若者《わかもの》たちもどんどん成長していったので、村はどんどんにぎやかになってきた。

農業のかたわら、お父やんは、夜なべにわらを打ったり、そのわらでむしろや、わらじをこしらえたりする。

茅葺《かやぶ》きの古い家の囲炉裏端《いろりばた》や土間でするそういった夜なべ仕事は、笑生子や利尾《りお》ばあちゃん、お母やんも手伝ったが、ゆったりする田舎《いなか》の夜の時間には、周囲に遊び場のない村の青年たちもよく遊びにきた。

田舎のご近所は、戦時中の大阪《おおさか》の隣組《となりぐみ》のように戦意高揚《こうよう》の回覧板《かいらんばん》が回ってきたり、たがいに監視《かんし》し合うような関係ではなく、いつでもゆったりしていて、たいていは、楽しかったことやおもしろかったことなんかを話しにくる人ばかりだった。

そんな中に、ただ遊びにきて話していくだけでなく、お父やんや笑生子の夜なべ作業を手伝ってくれる青年がいた。

「おら、戦時中には、学校の先生から、『おまんは、広瀬中佐《ひろせちゅうさ》のようなりっぱな軍人になれ』っちゅうていわれたもんじゃけんど、わしは、軍隊より山のほうが好きじゃきに……」

作業を手伝いつつ、そういった青年に、笑生子《えいこ》はハッとした。

（広瀬中佐……？　鶴町《つるまち》の消火で焼け死んだ……あの黒田武男《くろだたけお》くんのいってた広瀬中佐のこと⁉）

おもわず、青年を見た。

笑生子より年上のようだが、黒田武男くんが生きていたら同じ年ごろかもしれないと思ったとき、黒田武男くんの焼けただれた最期《さいご》の姿《すがた》が浮《う》かんで、笑生子はぎゅっと目を閉《と》じた。

「笑生子、武男はのう、山で働いちゅうき、力持ちぜよ！」

お父やんがいった。

（は……？　た、武男⁉）

笑生子《えいこ》はあわてて目を開け、お父やんを見た。

お父やんは、わらじを上手に編《あ》みながら、青年を見て話していた。

「笑生子は、町で育っちゅうきに、まったく力が足りん。畑へ、肥《こ》え桶《おけ》を運ぶのも、ふっらふら、ふっらふらしゆうで」

大阪弁《おおさかべん》ではなく、土佐弁《とさべん》にもどったお父やんがいう。

たしかにてんびん棒《ぼう》の前後に肥えのたっぷり入った桶をさげ、山の畑へ運んで行くのは、笑生子の一番苦手な農作業だった。

だが、それより、お父やんがいった青年の名に、笑生子は気をとられていた。

（あの武男《たけお》くんと、同じ名前……!?）

その笑生子に、青年が笑いかけた。

「そんなら、山仕事が休みんときにゃあ、おらが笑生子の肥えまきを手伝うちゃるき。力ばあなら、まかせとおせ！」

そういって、笑った青年は、どこか、あの武男くんにも似《に》ていた。

死んだ黒田《くろだ》武男くんのようにきりりとした感じではなかったけれど、そのかわり、笑うと、なんともいえない優《やさ》しい顔に見えた。

と、囲炉裏《いろり》のそばで、お母やんと夜食のみそなべを煮《に》ていた利尾《りお》ばあちゃんがいった。

「武男さんはのう、力ばっかりじゃのうて、字ぃもうまいで。ほら、大阪《おおさか》や、吹田《すいた》の笑生子《えいこ》に出した手紙なんかは全部、武男さんが代筆してくれたんじゃ。ばあちゃんは、字ぃがへたやきに」

そう聞いて、笑生子は、利尾ばあちゃんにもらった手紙を思い出した。

間引きいものような細いいもといっしょに、宅間《たくま》のおんちゃんが持ってきてくれたあの手紙は、成年《なるとし》兄やんに似《に》たきれいな字だと思ったのは、ばあちゃんではなく、この人だったのか……と。

あのとき、兄やんに励《はげ》まされたみたいで、うれしかったあの手紙……。

知らず知らずのうちに、あの糸や、この糸が、この武男という青年につながっていたのだと気づいて、笑生子は、ふいにドキドキしはじめた。

(もしや、これは、運命なのだろうか……)

と、つい、武男を見てしまった。

すると、武男《たけお》と目が合ってしまい、武男が、きらっと笑った。
その笑顔に、成年《なるとし》兄やんを思い出し、笑生子《えいこ》は胸《むね》がいっぱいになった。

10 おとぎ電車

昭和三十年、笑生子《えいこ》は二十三歳《さい》になっていた。

今、笑生子の目の前にひろがっている景色は、なつかしい京都の宇治村《うじ》。

いや、戦時中には宇治村だったが、いつの間にか、そこは宇治市になっていた。

戦後七年を経《へ》て、昭和二十七年には、日本はアメリカの占領《せんりょう》から解放《かいほう》され、独立《どくりつ》国家にもどったからか、なんだか、このごろは、陽差《ひざ》しまで明るい気がする。

昔、人力車が並《なら》んでいた駅前には、自家用車やタクシーが停車していて、目の前に見える宇治橋を渡《わた》っていくのは、リヤカーに桶《おけ》をのせて運ぶ耕運機《こううんき》だった。

昔は、人力車か、馬車か大八車《だいはちぐるま》ぐらいしか見なかったのに、宇治の発展《はってん》がわかる。

「姉や〜ん!」

宇治《うじ》駅から、手をふると、駅前にいた澄恵美《すえみ》姉やんが大きく手をふりかえしてくれた。

となりに立っているごっつい感じの丸ぼうずの男の人は、澄恵美姉やんと結婚《けっこん》した信《のぶ》夫《お》さんだ。澄恵美姉やんと信夫さんは、京都の専売公社《せんばいこうしゃ》で出会って職場《しょくば》結婚したので、笑生子《えいこ》は、今日はじめて、信夫さんに会うことになる。

細くてきれいな澄恵美姉やんと、ごっつい信夫さんが並《なら》んでいると、どう見ても美女と野獣《やじゅう》なので、思わずふき出しそうになる。

とはいえ、信夫さんはニコニコしてるので優《やさ》しそう。

今も専売公社に勤《つと》めている姉やんが、宇治へ行くのはひさしぶりだから、宇治で会おうといってくれたのはうれしかった。

なぜなら、笑生子にとって、なつかしい成年《なるとし》兄やんとの思い出が一番濃《こ》いのは、今は家もない鶴町《つるまち》と、ここ宇治だったから。

「笑生子、ようきたね！」

姉やんがいって、

「おお、この子が、小夜子《さよこ》かぁ⁉」と、信夫さんも駆《か》け寄《よ》ってきた。

笑生子《えいこ》が抱《だ》いた二歳《さい》になった小夜子《さよこ》をのぞきこんで、信夫《のぶお》さんは、「重いやろ、わしが抱いたろか？」なんていいつつ、ごっつい手を伸《の》ばしてきたものだから、小夜子がびっくりして、「わあっ」と泣いた。

丸《まる》ぼうずの頭がこわかったのかもしれない。

「あんた！　子どもには、あんたの顔はこわいんや。なれるまで、がまんしいや！」

澄恵美《すえみ》姉やんが、信夫さんの伸ばした手を、パシンと軽く打ったので、でっかい信夫さんはすごすごと引きさがった。

笑生子はおかしくて、ちょっと信夫さんが気の毒にも思った。

「澄恵美姉やん、雅子《まさこ》姉やんは元気やろか？」

このとき、笑生子はたずねてみた。

「ああ、元気そうやで。どうやら、年下の亭主《ていしゅ》を尻《しり》にしいてるらしいで」

澄恵美姉やんは、そういって笑った。

笑生子の目に、市電に乗せてくれたときの雅子姉やんが浮《う》かんだ。

（そういや、市電でも、運転士の杉山《すぎやま》さんを尻にしいているみたいやったなあ）と。

変わらぬ流れの宇治川《うじ》のたもと、茶店「つうゑん」に行くと、あざやかな藤《ふじ》の花の時期は終わって、枝垂《しだ》れた緑の葉がのれんのようにゆらゆらしていた。

「いらっしゃい。笑生子《えいこ》ちゃん。大きゅうなったね！　その子、笑生子ちゃんの子ども？」

「つうゑん」から出てきたのは、昔、二十歳《はたち》ぐらいだった藤子《ふじこ》さんだったが、今は貫禄《かんろく》がついて、りっぱな女将《おかみ》さんになっていた。

小学高学年か、中学生になったばかりぐらいに見える男の子と、まだ幼児《ようじ》の小さな男の子が、藤子さんのかげにかくれていた。

「こんにちは、藤子さん！　おめでとさんでした。だんなさん、軍のお仕事から、無事、帰ってきやはったんやね」

笑生子は、藤子さんの息子らしい男の子たちを見ていった。

「おおきに。この子は亮一郎《りょういちろう》っていいますねん。わたしの長男」

藤子さんが、小さな男の子のほうを押《お》し出《だ》していった。

「え、ほな、こっちの子は？」

笑生子《えいこ》は大きなほうの男の子を見て聞いた。

あごに細い傷《きず》あとがあるその子に、どこか見覚えがあるような気がしたのだ。

「この子は親戚《しんせき》の子で隆司《たかし》。かわいそうに、大阪《おおさか》の空襲《くうしゅう》で親を亡《な》くしてしもてね。ゆくゆくは、うちの養子にするつもりやねんよ。さ、隆司、亮一郎《りょういちろう》、ごあいさつしなさい」

（え、隆司……たかし？）

笑生子はハッとした。

「ま、まさか、大村隆司くん？」

笑生子がたずねると、隆司はこくんとうなずいた。

その表情《ひょうじょう》に、はっきり思い出した。

あの大阪大空襲の日、焼夷弾《しょういだん》の直撃《ちょくげき》を受けて亡くなったお母さんの胸《むね》にしがみついて泣いていたあの子。

それを助け出したのは、笑生子とお母やんだった。

あのとき、お母やんからはなれたくなくて、手を伸《の》ばして、わんわん泣いたあの子

……！

空襲《くうしゅう》の翌日《よくじつ》になって、警防団《けいぼうだん》のおじさんにあずけた男の子、あの大村隆司《たかし》くんにまちがいなかった。

「よかった！　この子を助けて、警防団のおじさんにあずけたん、お母やんと、うちやねん！」

そういっても、隆司に反応《はんのう》はない。

「まあ、そうなん⁉　世間はせまいねえ。けど、隆司は、あんまりこわかったせいか……そのときのこと、なんにも覚えてへんねん」

藤子《ふじこ》さんがいった。

「そうなん？」

笑生子《えいこ》が聞くと、隆司はまた、こくんとする。

「かまへん、かまへん。あんな日のこと、覚えてんでもええ！　わすれたらええねん！　ただ、いつかだいじょうぶになってからでええから、死んだお母さんのことだけ

は思い出してあげてや」

笑生子《えいこ》は隆司《たかし》にいってから、「この子はうちの子で、小夜子《さよこ》です」と、小夜子にペコリとさせた。

そのとき、笑生子はしみじみ戦争が終わったっていう気がしていた。

進駐軍《しんちゅうぐん》と呼《よ》ばれて、日本を占領《せんりょう》していた連合軍のアメリカが去ったのは、ちょうど、小夜子が生まれる前の年だった。

あの日から占領が終わって、この国は「国民主権《しゅけん》の民主国家・日本」になった。

それはもう、紙切れ一枚《まい》で、命も、家族も、財産《ざいさん》も、なにもかも持って行かれるようなことが、二度と起こらないということだ。

「藤子《ふじこ》さん、ここのお店も、空襲《くうしゅう》に遭《あ》わんでよかったですねえ」

笑生子がいうと、藤子さんは、「ええ、ほんまに。まあまあ、お茶入れるから」といってくれたので、姉やん夫婦《ふうふ》と笑生子は、なつかしい「つうゑん」の店内に入った。

店内には、戦時中、通圓《つうえん》のおばあちゃんが誇《ほこ》りにして守っていた一休さんの彫《ほ》った木《もく》像《ぞう》や、太閤秀吉《たいこうひでよし》さんの井戸《いど》の釣瓶《つるべ》などがそのままあった。

「ほんまに、建物疎開《そかい》にならんでよかったわな、藤子《ふじこ》さん」

床几《しょうぎ》に腰《こし》かけ、澄恵美《すえみ》姉やんがいった。

「え、建物疎開？」

笑生子《えいこ》が聞きかえすと、藤子さんが、うんうんとうなずいた。

「そう、ここもね、終戦間際《まぎわ》に、建物疎開の命令が出てたんよ。この家が宇治橋《うじばし》に近いから、空襲《くうしゅう》で家が燃《も》えたら、宇治橋まで燃《も》え移《うつ》るから建物疎開せよって、それはもう、いやもおうもなく命じられてね。建物疎開いうたら聞こえがええけど、結局、家をつぶして、どっか行けっていうだけやん。それでも逆《さか》らえへんから、家の中の家具やなんかを全部運び出して、さあ、今日が期限《きげん》やから、家をつぶすっていわれてたのが、八月十五日やったんえ」

藤子さんがいった。

「なんとまあ、そうでしたんかいな」

「つうゑん」の床几に腰をおろした信夫《のぶお》さんが、人のよさそうなあいづちをうった。

丸《まる》ぼうずの頭や顔はこわいけど、信夫さんはとても愛想《あいそ》がいいようだ。

いつでもきっぱりしていて、愛想《あいそ》というものには、完璧《かんぺき》に欠けている澄恵美《すえみ》姉やんとは正反対だった。

藤子《ふじこ》さんは、お茶を入れながらいった。

「そうなんです。戦時中はえらいことでした……もともと、この家は江戸《えど》時代の建物やから、礎石《そせき》の上に家をのせただけの建物やったんで、大黒柱にロープかけて引《ひ》き倒《たお》したら終《しま》いやっていわれてたんですけど、まさにその日、八月十五日に、天皇陛下《てんのうへいか》の玉音《ぎょくおん》放送があって、戦争が終わったんです。……ほんま、ぎりぎりで、家が壊《こわ》されんと済《す》みましてん。そのあとに、うちのだんなさんも無事帰ってくれはったんで、これはきっとご先祖《せんぞ》さんが守ってくださったんやって、おばあちゃんもお母さんもいうてはったけど、うちもそう思います。うちみたいな古い家には、長い歴史のたくさんの魂《たましい》がこもってるから、ご先祖さんが守ってくれはったんどす」

すると、澄恵美姉やんも、敗戦が決まったあの日を思い出したようにつぶやいた。

「敗戦後の新聞には、皇居《こうきょ》前で泣く人ばっかりが載《の》ってたけど、戦争が終わって、ほっとした人間かて、たくさんいたはずやしね」

澄恵美《すえみ》姉やんの言葉に、笑生子《えいこ》もうなずいた。

たしかにあのとき、周囲のおとなは泣いていたけれど、あの日の敗戦で、「つうゑん」が助かったんだとすれば、あの日あのときに、戦争が終わってほんとによかったと思う。

（隆司《たかし》も、ここに引きとられるみたいやし……。きっと、一休さんもよろこんではるはずや！）

そう考えると、長い日本の歴史がみんな味方してくれそうで、笑生子は心強い気持ちになった。

もしあのまま戦争が続いていたら、日本は消えていたんじゃないかとも思う。

人種がちがうといっても、アメリカは、同じ人間に向かって、なぜ、あんなひどいことができたのか……それはまだ、おとなになってもわからない。

ただ、今だから、わかることもある。

あのときの、アメリカはひどかった。戦争にかこつけて、ゆるされないことをいっぱいやった。

だけれど、日本はひどくなかったのか？

国民があんな目に遭《あ》うことは十分予測《よそく》できたはずなのに、敗戦するにしても、有利な条件《じょうけん》を引き出そうとして戦争を引きのばしていた日本も最低だ。

もっと早く戦争をやめていれば、殺されずにすんだ人が、もっとたくさんいたはずだと思う。

それだけじゃない。かつて、日本が攻《せ》めていった戦地では、日本軍はなにをしたのだろう？

戦争に行って、たった四か月で亡《な》くなってしまった成年《なるとし》兄やん。けど、戦後、お父やんを訪《たず》ねてきた連隊長が、「成年くんは勇敢《ゆうかん》に戦った」と、報告《ほうこく》してくれたと聞いた。だとしても、それは、戦場の兵隊同士のことだ。

笑生子《えいこ》は、兄やんが、兵隊ではない女の人や子どもを殺すなんて想像《そうぞう》できなかったし、兄やんは、人として壊《こわ》れていなかったと、強く信じていた。

しかし、一方で、戦争は人間を壊すのだとも感じていた。

あのチョコレートをくれた優《やさ》しげなアメリカの軍医さんだって壊れてしまうかもしれないし、成年兄やんだって、もし、もっともっと長く戦場で戦えば、壊れてしまったかもしれない。

アメリカも、日本も、どこの国でも、それは変わらないのかもしれなかった。

そうでなければ、同じ人間がいる土地に、あんなむごい空襲《くうしゅう》ができるはずはない。

もし、日本が攻《せ》めていた中国で、日本軍が同じことをしていたら……と思えば、やっぱりゆるせない。いや、アメリカのような兵器も物資《ぶっし》もなかった日本軍は、同じことはできなかったはずだとは思う。

けれど、何百機ものＢ29で日本中を焼け野原にしたアメリカ軍とはちがってたとしても、もしひとりの兵、一部の連隊だけだったとしても、日本兵がよその国の市民や、ふつうに暮《く》らしている家族を殺《あや》めていたとしたら、その罪《つみ》は決してゆるされないと、笑生《えい》子《こ》は思った。

今も決して、アメリカをゆるせないと思う笑生子の気持ちと同じに……日本に攻められた国の人もそう思うのではないのか？

（……きっと、どの国にとっても、戦争は人を壊《こわ》して、悪魔《あくま》にしてしまうんや！）

そう気づいた笑生子は、心の中で、もういなくなった人たちに誓《ちか》っていた。

（人を悪魔《あくま》にする戦争なんか、もう、絶対《ぜったい》させへん。……成年《なるとし》兄やん、これからの日本を守ってな！）

ひとり、そんなことばかり考えていた笑生子《えいこ》に、おいしいお茶を出してくれた藤子《ふじこ》さんが、ほほえみかけて聞いてきた。

「今日は、おとぎ電車に乗らはるんやろ？　お天気はどうやろ？」

……おとぎ電車？　お天気？

その平和な言葉のつらなりに、笑生子は一瞬《いっしゅん》、話題についていけなかった。

「そやねん。笑生子がひさしぶりに京都へきたんで、宇治《うじ》川を見せてやりたいと思いましてん。あっちの空は降《ふ》ってそうやけど、たぶん、だいじょうぶでっしゃろ」

笑生子にかわって、澄恵美《すえみ》姉やんが東の空を見ていった。

でも、笑生子は「おとぎ電車」は知らなかった。

「姉やん、おとぎ電車って、なに？」

たずねると、信夫《のぶお》さんが教えてくれた。

「戦後の昭和二十五年に、宇治《うじ》川の天ケ瀬《あまがせ》から、渓谷沿《けいこくぞ》いを走り出した電車や。子どもに大人気なんやで。小夜子《さよこ》もよろこぶぞ！」

信夫《のぶお》さんはいって、こわごわ、笑生子《えいこ》の抱《だ》いた小夜子の頭をそっとなでた。

小夜子は今度は泣かず、信夫さんの顔をじっと見あげていた。

「そや、小夜子には、これをやろ」と、信夫さんはポケットから、丸くて小さな「ベビーボーロ」を出し、包み紙をむいて、「あーん、してみ」といった。

小夜子は小さな口をあーんした。

その口に、ひとつ、ボーロを放りこむと、すぐ小夜子が、またあーんをするので、信夫さんは、今度は多めに、ボーロを小夜子の口に入れた。

すると、小夜子はそのいくつかを、口からぽろぽろ、笑生子のひざにこぼした。

と、信夫さんはすばやく、小夜子がこぼしたボーロを拾って自分の口に入れ、小夜子には新しいボーロをあげた。

そのしぐさは、まるで母親みたいだった。

（姉やんは、優《やさ》しい人と結婚《けっこん》したんや。……見た目は、野獣《やじゅう》やけど！）

そう思うと、笑生子《えいこ》は、また、ふき出しそうになる。

小夜子《さよこ》もボーロをもらって、ごきげんになったのか、信夫《のぶお》さんがのぞきこんでも泣かなくなっていた。

「ほな、また遊びにおいでね！」

「つうゑん」を出るとき、藤子《ふじこ》さんが笑生子にいってくれた。

小さな亮一郎《りょういちろう》と、隆司《たかし》も、「バイバイ、またね！」と、手をふってくれた。

けれど、田舎《いなか》の農業だけで生計を立てているお父やんも、あの武男《たけお》と結婚《けっこん》した笑生子自身も、今はまだ貧乏《びんぼう》なので、そうそう京都へはこられない。

今回は澄恵美《すえみ》姉やんが旅費を出してくれたから、小夜子といっしょにくることができたのだ。

ふと、高知を立つとき、駅まで送ってくれた武男の顔を思い出した。

夫となった武男を、「武男」と呼《よ》んでいるのは、高知では、夫や兄弟、子どもなどはたいてい呼び捨《す》てであったからで、それは、乱暴《らんぼう》なのではなく、家族の濃《こ》いつながりのあらわれだった。

その武男《たけお》が、駅でいった。

「わしは、小夜《さよ》を出しとうない……！」と。

それは当然だった。

小夜子は、武男と笑生子《えいこ》の間に生まれた、はじめての女の子だったから。

長男の「武志《たけし》」に、長女の「小夜子《さよこ》」、それに生まれて一年になる弟の「笑生太《えいた》」の三人が、笑生子と武男の家族だった。

そんなときに、小夜子を養女にくれないかと、澄恵美《すえみ》姉やんに頼《たの》まれたのは去年のことだ。

澄恵美姉やんと信夫《のぶお》さんはもう四十代になろうというのに、子どもがなかったのだ。

「残念ながら、信夫には、子どもができひんねん」と、姉やんはいった。

だとしても、もしほかのだれかに頼まれたのなら、笑生子は「絶対《ぜったい》手放さない」とこたえたはずだ。

けど、相手は、澄恵美姉やんだった。

お母やんを救ってくれて、笑生子《えいこ》を幸せにしてくれた、澄恵美《すえみ》姉やん。

そんな澄恵美姉やんが、そういうことを頼《たの》んでくるのは、よほどのことだと思えた。

その理由が、今、信夫《のぶお》さんに会ってみてわかった。

信夫さんはどう見ても、子どもが大好きそうだ。

澄恵美姉やんよりずっと優《やさ》しいし、まるで母親みたいに小夜子《さよこ》にかまってくるのだから……。


笑生子は武男《たけお》に頼みこんで、京都へきた。

「聞いて、武男。正義《まさよし》兄やんの家にあずけられてからは、お母やんも、うちもほんまにつらかった。……あのとき、お母やんのおむつを洗濯《せんたく》していた淀川《よどがわ》の土手に、姉やんがきてくれたとき、うちには、姉やんが観音さんに見えた。この世のもんとは思えんほど、姉やんはりりしゅうて、そらあ、きれいやった。あのときから、うちは、姉やんには一生かけてもかえせせん恩義《おんぎ》があるんや。な、武男、わかって！　あの姉やんなら、きっと小夜子を幸せにしてくれる！」と。

武男《たけお》はまだ大賛成《だいさんせい》はしてくれなかったけど、しぶしぶ「おまんの大恩人《だいおんじん》やったら、しょうないのう」とつぶやいた。

そこで、笑生子《えいこ》は、「武志《たけし》」と「笑生太《えいた》」を、お母やんにあずけて、高知を発《た》ってきたのだ。

栄養失調で笑生子が死なないで済《す》んだのも、お母やんの病気が治ったのも、これまで、貧乏《びんぼう》だったお父やん、お母やんの暮《く》らしや、笑生子と武男の結婚《けっこん》生活を助けてくれたのも、京都の澄恵美《すえみ》姉やんだった。

だからこそ、笑生子は、澄恵美姉やんに恩返《おんがえ》しがしたかった。

どんなに恩返しがしたくても、成年《なるとし》兄やんには、もう恩返しができない。

姉やんになら、今、できる！

それに、今も、笑生子と武男の暮らしは大変だったし、貧乏な田舎《いなか》で育つよりは、姉やんなら、小夜子も幸せにしてくれると、笑生子は信じていた。

（かわりに、武男には、うちがもうひとり、女の子を生んであげる！）

そう自分をも説得して、笑生子は宇治《うじ》へ出てきたのだが、笑生子の本当の気持ちは、ただ恩返《おんがえ》しなんかじゃなかった。

あの空襲《くうしゅう》で、鶴町《つるまち》の家が焼けたあの日。

京都からわざわざ、お母やんと笑生子《えいこ》をさがしにきてくれた姉やんが、空襲に遭《あ》った人たちであふれた国民学校で、泣きやまない隆司《たかし》の泣き声がうるさいと怒《おこ》ったおじさんたちを、女だてらにどやしつけたあの声。

「子どもは泣くもんやっ！」

そういった姉やんの声が、わすれられなかったのだ。

あの戦争から、お母やんやお父やん、笑生子を守ってくれて、あのときの隆司まで守ってくれた姉やんが、子どもを幸せにしないはずはない……と。

それは、いつしか、笑生子の中で強い確信《かくしん》になっていた。

その日、天ケ瀬《あまがせ》から「おとぎ電車」に乗った。

パラパラ降《ふ》りはじめていた雨は、電車に乗るとやんで、おとぎ電車は子ども連れの家族でいっぱいだった。

ガタゴトンと動き出すと、子どもたちの歓声《かんせい》があがって、小夜子《さよこ》の緊張《きんちょう》もとけたみたいで、目を輝《かがや》かせた。

「窓《まど》から、ええ景色が見えるで。抱《だ》っこしたろか？」

こりずに、そういった信夫《のぶお》さんを見ても、小夜子はもう泣かずに、おとなしく抱っこされた。

宇治《うじ》川の渓谷《けいこく》沿《ぞ》いは、成年《なるとし》兄やんときたころには細い山道が続くばかりで、観光客などめったにいない秘境《ひきょう》だったが、その細い山道を、牛や馬が土や木材を運んで、この山に線路が敷《し》かれたという。やがて、いろいろな資材《しざい》を運ぶための線路が、戦後に観光開発されて、「おとぎ電車」になったそうだ。水量が大きく変わる宇治川の遊覧船《ゆうらんせん》はなくなったが、子ども人気が高かった「おとぎ電車」は残って、単線で、ガッタンゴットン走るようになった。

ガタガタン、ガッタンゴットン……

赤とクリーム色のツートンカラーで、山と川の間を走る「おとぎ電車」からの景色はばつぐんで、子どもたちの歓声《かんせい》は高くなる。

乗車時間はたった二十五分だったが、「むかで号」と呼《よ》ばれる六両連接《れんせつ》式の電車は、どの車両も子どもでいっぱいだった。

かつて成年《なるとし》兄やんと歩いた山や渓谷《けいこく》が、車窓《しゃそう》を、おどるように過《す》ぎていった。

「成年がなあ、笑生子《えいこ》を連れてきてやりたいって、いつもいうてたんやで。あのころは、遊覧船《ゆうらんせん》も、おとぎ電車もなかったけど、川が静かなときは、水も澄《す》んできれいやったし、子どもらも、

よう泳いでいたもんやからなぁ」
澄恵美《すえみ》姉やんが、景色を観ながらいった。
単線なので、電車がすれちがう場にきて、しばし電車は停車した。
そのとき、笑生子《えいこ》は目をみはった。
「あ、あれは……！」
宇治《うじ》川の浅瀬《あさせ》を、水に足をひたした馬と男の人が、ゆっくり向こう岸へ渡《わた》っていく。
と、泳ぎながら、あとを追う子犬までが見えた。
（ま、まさか……成年《なるとし》兄やんとクリ⁉　そ、それに、あの子犬は、キラ⁉）
そんなはずないのに、笑生子にはそう見えた。

あの戦争の最中、空襲《くうしゅう》になればリュックにかくして守り切ったキラは、高知へ帰ってからは、自由な放《はな》し飼《が》いの番犬になって、とても幸せそうだった。
大きくなって、何度か、兄やんの首輪をゆるめてやったりしたけれど、キラが十一歳《さい》の夏、笑生子が小夜子《さよこ》を生む前年に、キラは腎臓《じんぞう》を病《や》んでしまった。

老犬とはいえ、まだまだ生きられそうだったのに、戦時中、栄養のあるごはんをあげられなかったせいかもしれない。

それに、笑生子《えいこ》の残りものばかりで、犬には負担《ふたん》のかかる食事だったのかもしれない。

キラは病《や》んで、笑生子はわが子にするようにキラの看病《かんびょう》をした。

だが、田舎《いなか》には、犬を診《み》てくれるような獣医《じゅうい》はいなかったので、牛飼《うしか》いの農家へ行って、牛の獣医さんに診てもらったりした。

親切な獣医《じゅうい》さんは、キラの腎臓《じんぞう》の働きを助けてくれる点滴《てんてき》をしてくれ、キラは少しは元気になった。だが、その点滴の水分が肺《はい》にたまって、とうとうキラは、肺まで病んでしまったのだ。

それでも、動けなくなるまで、キラはふるえながら、ひょろひょろしながらでも、きちんと外へ行って排便《はいべん》しようとした。

一度はとちゅうで、自分のウンチの上にペタンと倒《たお》れてしまったこともある。

そのとき、笑生子《えいこ》は、キラの汚《よご》れた体をぬらしたタオルでふいてやって、こういい聞かせた。

「キラ、ええんやで。ウンチしに立って行かんでええ。うちが始末してあげるから……」と。

笑生子《えいこ》は、お母やんが病《や》んで看病《かんびょう》していたころを思い出していた。

おむつを洗《あら》いに行くのは大変だったけれど、いやだと思ったことはない。

あのときのお母やんも、このときのキラも、笑生子にとってたいせつな家族だったから、できることはしてあげたかった。

それでも、キラは最期《さいご》まで、自分で立って行こうとして、ある日、お父やんの畑に向かう山道の草むらに倒《たお》れていた。

倒れたキラが、もう息をしていないのを見つけた瞬間《しゅんかん》、笑生子は泣きさけんだ。

「キラァ……! キラァァァ……ッ!」

キラはただの犬ではなく、あの戦争を、ともに生きぬいた同志《どうし》だった。

戦死した成年《なるとし》兄やんの形見のような存在《そんざい》でもあった。

けれど、戦争で焼かれたり、爆弾《ばくだん》で殺された人たちとはちがって、キラの顔は寝《ね》ているようだった。

せいいっぱい生きぬいてから、自然の中で亡《な》くなった命の終わりを、笑生子《えいこ》は、はじめて見たのかもしれない。

それにくらべれば、戦時中の死は、死ではなく虐殺《ぎゃくさつ》だった。

人びとの遺体《いたい》はみな、引きつり呪《のろ》って、泣きさけんでいるようだった。

けれど、キラの死は、静かで、おだやかだった。

笑生子は泣きながら、キラに話しかけた。

「……せめて、キラを守れてよかった。
兄やんも、みんなも……うちは、
だれも守れへんかったけど、キラだけは、
うちが守ったんや！　なっ、キラ、そうやなっ」

そう語りかけると、もう動かないキラがペロペロなめてくれそうで、笑生子《えいこ》はキラを抱《だ》きしめ続けた。

ぐったり動かないキラのやわらかい毛並《けな》みが風にそよいで、笑生子のほほを、そよそよ、そよそよとくすぐった。

次の日、笑生子《えいこ》は、キラを、お父やんの庭の金木犀《きんもくせい》の下に埋葬《まいそう》した。

土盛《ども》りの上に丸い石を置いて、その石に、成年《なるとし》兄やんがつくってくれたキラの首輪をかけた。

なぜかといえば、学校を卒業して、お父やんの家から仕事に通っている春男《はるお》が、そこにお墓《はか》をつくるといってきかなかったからだ。キラは春男と笑生子の犬でもあったから、そのほうがキラもよろこぶかもしれないと、笑生子は春男のいうとおりにした。

キラのお墓の石にかけた首輪は、三日月と星が光って石の王冠《おうかん》みたいに見えたが、それが秋になると、金木犀がいいにおいの花をつけ、やがて金色の細かい花が一面に散りこぼれた。

まるで星に埋《う》もれたみたいになったキラのお墓《はか》は、そこに小さな星空があるようだっ

た。

そのキラの一周忌《き》が明けてすぐ、生まれ変わりのように生まれてきたのが、長女の小《さ》夜子《よこ》だった。

結婚《けっこん》した笑生子《えいこ》と武男《たけお》の家系《かけい》は、みな髪質《かみしつ》が太く黒かった。長男の武志《たけし》も、弟の笑生太《えいた》も、髪《かみ》が黒く濃《こ》かった。なのに、なぜか小夜子だけが、やわらかく細い髪質で、少し茶色くてくるくるしていたのも、どこかキラに似《に》ている気がした。

笑生子は、おとぎ電車の車窓《しゃそう》を見ながら、そんなキラを、ずっと思い出していた。

そのキラに似た子犬が、川を渡《わた》った人と馬を追って、宇治《うじ》川の向こう岸に泳ぎ着いた。馬と人がふりかえり、男の人が子犬を抱《だ》きあげた。

とたん、おとぎ電車が動き出した。

ガッタンゴットン、ガッタンゴットン、ゴトゴトゴットン……

目が覚めたようになって、笑生子は車窓《しゃそう》をふりかえった。

（そんなはずない！　いくら浅瀬《あさせ》っていうても、宇治《うじ》川は深みがあるはずや。人や馬が歩いてわたるなんてできるんやろか……？）

笑生子《えいこ》は、もう一度、宇治川を見た。

だが、蛇行《だこう》した宇治川には、馬も人も、子犬も、もう見えなかった。

「兄やぁーんっ！　クリッ！　キラァーッ！」

笑生子は、子どもみたいにさけんだ。

「どうしたんや？」

小夜子《さよこ》を抱《だ》いた信夫《のぶお》さんが、声をかけてくれた。

「……きっと、笑生子にだけ見えたんや。そっと、しといたり」

澄恵美《すえみ》姉やんが無表情《むひょうじょう》にいった。

「見えたって、なにがや？」

信夫さんがたずねた。

「……あても山を見てたら、ときどき見えるんや。戦死した清二《せいじ》さんが歩いてはるのが……！」

そういった姉やんの目は赤くなっていたけど、泣いてはいなかった。

信夫《のぶお》さんは言葉をなくし、仕方なく、小夜子《さよこ》に話しかけた。

「オンナはむずかしいなあ、なっ、小夜ちゃん！」

小夜子は意味がわからないまま、「うんむっ」とうなずいたので、信夫さんはよろこんで、「笑生子《えいこ》ちゃん、この子はええ子やっ」とよろこんだ。

宇治《うじ》川の明るい陽《ひ》の光が車窓《しやそう》から差しこんで、小夜子の細い髪《かみ》をキラキラ輝《かがや》かせていた。

空をあおぐと、くもっていた空は真《ま》っ青《さお》に変わっていて、白い雲がひとつだけ浮《う》かんでいた。

「うち、きてよかった！　この空、宇治の山でいも掘《ほ》りしたときに見た空と同《おん》じや！」

笑生子がいうと、澄恵美《すえみ》姉やんが空をあおいだ。

と、車窓《しやそう》を横切って、無数の羽虫《はむし》が、真っ青な空に飛び立って行く。

はかない透明《とうめい》な花びらのように、風にふかれる羽虫たちの上で、浮《う》かんだ雲がゆっくり動いて陽差《ひざ》しが変わった。

そのときだった。

飛び交う虫たちの羽が、いっせいに虹色《にじいろ》に光ったのだ。

「わ、虹色！　霊虫《たまむし》やっ……！」

笑生子《えいこ》は、成年《なるとし》兄やんに教えられた言葉をさけんだ。

霊虫たちは宇治《うじ》川の風にあおられ、空の高みへふきあげられて、見えなくなってしまった。

笑生子は、あの戦争で亡《な》くなった無数の人びとを思った。

成年兄やん、清二《せいじ》さん、黒田武男《くろだたけお》くん、ちいちゃん、ちいちゃんのお母さん……。

そして、あのとき、名も知らぬまま殺されてしまったおじさんや、黒いマネキンのようになった人たち……。

あの日から行方《ゆくえ》がわからぬままの江川《えがわ》のおばあちゃんや、ひばし組の仲よしだっためちゃんはどうしたんだろう？

黒田武男くんのお母さんも、戦争に行った武男くんのお父さんも、ちいちゃんのふたりのお兄さんもどうか、無事であってほしい。

……それに、ねずみのおっちゃんは、広島でだいじょうぶだったんだろうか？

それらはすべて、あの戦争で、プッツリ切られてしまった人と人のつながりだった。焼かれてしまった無数の命、命、命……いまだに行方《ゆくえ》知れずの友達や、ご近所の人たちも多い。

クリと、いっしょに死んだ馬たち……それに、キラ。

それらの魂《たましい》が、霊虫《たまむし》になって、今このとき、天に召《め》されたような気がして、笑生子《えいこ》のほほに涙《なみだ》があふれてきた。

「姉やんにも見えた？」

笑生子は、澄恵美《すえみ》姉やんにたずねた。

「あては、いつでも見てるから、今、見んでもええのや」

姉やんがそっぽを向いてこたえた。

「小夜《さよ》ちゃんは、見たんか？」

信夫《のぶお》さんは、空を見あげてる小夜子にいったけれど、小夜子は「にいに、にいに！」といって、空の雲を指差した。

それは、まるで、成年《なるとし》兄やんのことをいってるようで、笑生子《えいこ》は小夜子《さよこ》の指差す雲を見あげた。

すると、浮《う》かんだ白い雲に、うっすらと、七色の虹《にじ》が映《うつ》っていた。

小夜子が「にいに、にいに」といったのは、兄やんではなく、虹だといったのか……と、笑生子は気づいた。

青い空に浮かぶ白い雲に映った虹は、「彩雲《さいうん》」とも呼《よ》ばれ、日本人にとって吉兆《きっちょう》であった。

今は亡《な》き、何十万もの命の霊魂《れいこん》が、笑生子に見せてくれたもの……。

それは、欲望《よくぼう》の金色でもなく、空を制《せい》す銀色の比翼《ひよく》でもなく、大きな希望の青い空と、亡き人との架《か》け橋である七色の虹であったのかもしれない。

あとがき

この物語は、太平洋戦争中に、大阪大空襲《おおさかだいくうしゅう》に遭《あ》ったわたしの実の母をモデルにした物語です。

その母（物語の笑生子《えいこ》）の娘《むすめ》、小夜子《さよこ》が、わたし自身につながる存在《そんざい》ともいえます。

この物語の続きともいえる、京都の町へもらわれた小夜子の物語も『あした、出会った少年』として、ポプラ社さんから発行されておりますが、この『ガラスの梨《なし》　ちいやんの戦争』は、わたしのデビュー作『風のラヴソング』（岩崎《いわさき》書店　日本児童文学者協会新人賞、文化庁芸術選奨新人《ぶんかちょうげいじゅつせんしょう》賞のダブル受賞）と、二〇〇四年発行の『あした、出会った少年』（ポプラ社　日本児童文芸家協会賞受賞）の原点となった物語ともいえます。

　本年二〇一八年は、戦後七十三年になりますが、この物語に描《えが》かれた世界は、わたしの母が体験したこと、この国、この日本に起こった歴史上の真実をモデルにしています。ずっと昔の戦争だと思えるあの時代は、まぎれもなく今このときにつながっているのを、わたしは物語を書く作業の中で強く感じました。

　あのころがどれほどむごい時代だったとしても、あのころはたしかに今につながって、未来へもつながっていくのです。では、これからのわたしたちの未来はどうあるべきでしょうか？

人が人として自由に生きて、命を尊《とうと》び、愛し合うことができる未来がなくてはなりません。

決して、あの暗黒の世界（人が人を疑《うたが》い、おとしいれ、憎《にく》み、殺し合う世界）をくりかえさないために、わたしたちは決してだまらず、人の命を軽んずる政治《せいじ》や人びとに向かっては、勇気をもって発言し、愛する者を守りぬいて、強く生きていかねばなりません。

それこそが、人が生きるということだと思います。

新聞やラジオでは、日本はどんどん戦争に勝っているとしかいわなかったあの戦争。

ここからは、あの戦争について、今だからこそ開示《かいじ》された記録について、書かせていただきます。

太平洋戦争終末期には、アメリカのB29編隊《へんたい》の無差別空襲《くうしゅう》によって、日本の五大都市、東京、横浜《よこはま》、名古屋、大阪《おおさか》、神戸《こうべ》は、ほぼ壊滅《かいめつ》させられました。

とくに大阪、神戸では、日本軍守備隊《しゅびたい》を壊滅させ奪《うば》いとった硫黄島《いおうとう》のアメリカ基地《きち》から、P51ムスタング（野生の小型馬の意）も、日本を空襲するB29編隊の援護《えんご》のため飛び立っていました。

日本軍はこのP51を恐《おそ》れていたので、B29であれば迎撃《げいげき》に出動するはずの日本の戦闘機《せんとうき》が、P51

を見ると、出撃《しゅつげき》しなかったそうです。

もともとB29の編隊《へんたい》のみであっても、その物量に圧倒《あっとう》され、日本軍はほとんど力を発揮《はっき》できなかったのですが、大本営発表《だいほんえいはっぴょう》は、東西の大都市が火炎地獄《かえんじごく》となって焼きはらわれる中、たびたび、事実ではない大戦果を発表し続けていました。

けれども、イギリス機やドイツ機でさえかなわなかったというP51に向かっては、まったくもって太刀打《たちう》ちできなかったので、日本の戦闘機《せんとうき》は迎撃《げいげき》せず、かろうじて本土防衛《ぼうえい》として稼働《かどう》したのは、時として、日本人をも巻《ま》きこんで傷《きず》つけてしまうような高射砲《こうしゃほう》のみでありました。

いわば、日本の本土防衛は、すでに破綻《はたん》していたのです。


けれど、この戦争において焼け野原になった都市は、東京、横浜《よこはま》、名古屋、大阪《おおさか》、神戸《こうべ》といった大都市だけではありませんでした。

北は北海道から、南は鹿児島《かごしま》、沖縄《おきなわ》までが、すさまじい空爆《くうばく》を受けたのです。

人類史上はじめて、原子爆弾《ばくだん》を投下された広島、長崎《ながさき》のほかにも、空爆された中都市は数え切れないほどでした。

一度ならず空襲《くうしゅう》に遭《あ》った中都市は、北海道の室蘭《むろらん》、釧路《くしろ》、根室《ねむろ》、小樽《おたる》などから、浜松《はままつ》、四日市《よっかいち》、豊橋《とよはし》、福岡《ふくおか》、静岡《しずおか》、岡山《おかやま》、佐世保《させぼ》、門司《もじ》、延岡《のべおか》、呉《くれ》、熊本《くまもと》、宇部《うべ》、下岡《しもおか》、高松、高知、姫路《ひめじ》、徳島《とくしま》、千葉、明石《あかし》、清水《しみず》、甲府《こうふ》、仙台《せんだい》、堺《さかい》、和歌山、岐阜《ぎふ》、宇都宮《うつのみや》、一宮《いちのみや》、敦賀《つるが》、宇和島《うわじま》、沼津《ぬまづ》、大分《おおいた》、桑名《くわな》、平塚《ひらつか》、福井《ふくい》、日立、銚子《ちょうし》、岡崎《おかざき》、松山、徳山《とくやま》、大牟田《おおむた》、津《つ》、青森、宇治山田《うじやまだ》、大垣《おおがき》、八王子、富山《とやま》、長岡《ながおか》、水戸《みと》、佐賀《さが》、前橋、西宮《にしのみや》、今治《いまばり》、八幡《やはた》、福山、熊谷《くまがや》、伊勢崎《いせさき》、鹿児島《かごしま》、鹿屋《かのや》、種子島《たねがしま》、奄美大島《あまみおおしま》、徳之島《とくのしま》、沖縄《おきなわ》の那覇《なは》、名護《なご》、うるま……など、日本の百八十都市が、空爆《くうばく》の目標とされ、全国の大中小都市がアメリカB29の空爆によって焼きはらわれました。

この戦争で、アメリカ軍部は、攻撃指揮官《こうげきしきかん》であったカーティス・ルメイ少将《しょうしょう》に命じて、国際法《こくさいほう》で禁《きん》じられていた一般《いっぱん》市民への大空襲《だいくうしゅう》、大殺戮《だいさつりく》をやってのけたのです。

けれども、そのたびに、日本の大本営《だいほんえい》や大新聞は極めて過小《かしょう》な報道《ほうどう》しかせず、ただ国民の士気を鼓舞《こぶ》するばかりでした。

この大都市、中都市空襲時の記録がアメリカに残っていました。

東京大空襲《とうきょうだいくうしゅう》後、指揮官ルメイ少将の上官、アーノルド大将《たいしょう》から、ルメイ少将へ送られた打電記録があります。

「諸君《しょくん》、おめでとう。この作戦で、貴官《きかん》らは、なにごとをも成《な》し遂《と》げうる胆力《たんりょく》をしめしてくれた」と、アーノルド大将は祝しました。

さらに作戦指揮官《しきかん》のひとりであったパワー准将《じゅんしょう》は、「これは、単一攻撃《こうげき》でもたらされた軍事史上最大の壊滅的損害《かいめつてきそんがい》であり、史上かつてない多大な人的損害を与《あた》えた軍事行動である」としていました。

ルメイ少将《しょうしょう》も、この日の日記に、「航空戦史上、最も圧倒的《あっとうてき》な急襲《きゅうしゅう》作戦だ」と記していたのです。

彼《かれ》ら、アメリカ軍部の人びとは、敵国《てきこく》日本の軍属《ぐんぞく》ではない市井《しせい》の人びとに向かって、自分たちがなにをしたのかを、よくわかっていたことになります。

戦争の渦中《かちゅう》にいる人間は人の心を失いますが、それはアメリカ軍部だけではありません。中国へ攻《せ》めこんだ日本帝国《ていこく》の軍部も、この戦争末期に参入してきたソ連（現《げん》ロシア）軍部も同じでした。

戦争で敵対《てきたい》した国家間では、敵国の市民を虐殺《ぎゃくさつ》しても虐殺として見ることはなく、ただ敵国に与えた損害としてしか見なかったのです。

その証《あか》しに、戦時のアメリカの新聞の日本本土爆撃《ばくげき》の第一報《いっぽう》は、空襲《くうしゅう》爆撃における死者の数には触《ふ》れていません。ただ、重工業地域《ちいき》、居住《きょじゅう》地域、商業地域への集中爆撃の結果、都心が消滅《しょうめつ》したとだけ報《ほう》じたのです。

この後、大阪《おおさか》、神戸《こうべ》なども、東京と同攻撃にさらされたことになります。

ただ、アメリカが密《ひそ》かに原爆模擬弾《げんばくもぎだん》「パンプキン」を、日本の三十都市、五十か所に投下していたことは、長く、知らされませんでした。

パンプキンは原爆模擬弾でしたが、核物質《かくぶっしつ》が入ってないだけで、核爆弾《かくばくだん》と同重量の爆薬《ばくやく》が詰《つ》めこまれていたので、その被害《ひがい》は大きかったといいます。

パンプキンを投下されたのは、福島、新潟《にいがた》、富山《とやま》、茨城《いばらき》、東京、静岡《しずおか》、愛知、三重《みえ》、岐阜《ぎふ》、福《ふく》井《い》、京都、滋賀《しが》、大阪《おおさか》、兵庫、和歌山、山口、徳島《とくしま》、愛媛《えひめ》などで、アメリカは原爆をどこに落とすか、模擬弾での実験をくりかえしつつ、候補地《こうほち》をしぼっていたのです。

結果、最終候補地は、京都、広島、横浜《よこはま》、小倉《こくら》にしぼられ、八月六日に広島、九日には、悪天候だった小倉への攻撃が長崎《ながさき》に変更《へんこう》されて、原爆が投下されました。

これによって、以前から降伏《こうふく》を検討《けんとう》していた日本軍部は無条件《むじょうけん》降伏し、戦争は終結しました。

のちに、この戦争において、日本の市民、軍属《ぐんぞく》の犠牲者《ぎせいしゃ》は三百十万人にも達すると推計《すいけい》されましたが、アメリカは原爆投下によって降伏を得たとして、原爆投下を正義《せいぎ》の行いとして、自らの罪《つみ》も過《あやま》ちも認《みと》めぬまま、現代《げんだい》に至《いた》っています。

この原爆はもちろんですが、この物語に登場する焼夷弾《しょういだん》もまた、原爆に並《なら》ぶ悪魔《あくま》の兵器でした。

焼夷弾は、のちにナパーム弾《だん》とも呼《よ》ばれ、太平洋戦争時には、日本の罪《つみ》なき市民を大量虐殺《ぎゃくさつ》しましたが、その後、ベトナムでも、イラク戦争でも使用され、多くの人が火にあぶられ、焼き殺されました。

この恐怖《きょうふ》の焼夷《しょうい》兵器については、ベトナム戦争後に、世界的に多くの国が「クラスター爆弾《ばくだん》（ナパーム弾《だん》に似通《にかよ》ったすべての焼夷弾《しょういだん》を含《ふく》む）は、人を溶《と》かす兵器であり、人口密集地《みっしゅうち》への投下を禁《きん》ずる」として反対してきましたが、アメリカは長く、これら戦時国際法《こくさいほう》の議定書に批准《ひじゅん》することはありませんでした。

世界の多くは、この恐《おそ》ろしい爆弾を廃絶《はいぜつ》しようとして、二〇〇八年、ダブリン会議で条約《じょうやく》を採《さい》択《たく》（二〇一〇年発効《はっこう》）し、一〇七か国がこの議定書に署名《しょめい》し、日本も署名しました。

けれど、クラスター爆弾の主要な生産国、保有国《ほゆうこく》であるアメリカ、中国、ロシアなどは、署名しませんでした。

二〇〇九年になって、アメリカは、バラク・オバマ大統領《だいとうりょう》によって、戦時国際法の議定書には署名しましたが、これには、外交上の【留保《りゅうほ》と了解事項《りょうかいじこう》】がつけられていて、この【留保と了解事項】である条件《じょうけん》、「民間人の生命を救うためであれば、アメリカは独自《どくじ》の判断《はんだん》で、議定書を無視《むし》できる」や、「議定書の規範《きはん》を適用《てきよう》するか否《いな》かの決定は、指揮官《しきかん》の裁量《さいりょう》に委《ゆだ》ねる」ということが実行されるなら、アメリカの解釈《かいしゃく》によっては、人口密集地での焼夷兵器の使用は完全に禁止《きんし》されたことにはならないともいえるのです。

これが、わたしたちの生きる世界の現在進行形《げんざいしんこうけい》の動きです。

太平洋戦争終戦後に、日本の東京、広島、長崎《ながさき》への攻撃《こうげき》などを指揮《しき》したアメリカ軍カーティス・ルメイ少将《しょうしょう》はこう記しています。

「我々《われわれ》は東京の人びとをあぶり、ゆで、焼いて死なせた。その死者の数は、広島と長崎で蒸気《じょうき》となって消えていった人の数を合わせたより多かった」……と。

そして、ベトナム戦争において、アメリカの攻撃でナパーム弾《だん》を浴びた九歳《さい》の女の子、キム・フック（「黄金の幸福」を意味する名前）は、ベトナム報道《ほうどう》写真で世界的に有名になり、ナパーム弾の残虐性《ざんぎゃくせい》を世界に知らせた子どもでした。

「クラスター爆弾《ばくだん》の人口密集地《みっしゅうち》への投下を禁《きん》ずる」という世界的な流れは、ベトナム戦でのキム・フックの写真からはじまったものでした。

このキム・フックは、後遺症《こういしょう》に苦しみながらも生きのび、おとなになって語っています。

「小さな女の子だった私《わたし》が、なぜあんな目に遭《あ》わなければならなかったのでしょう。私は九歳で、戦争の事なんか、ちっともわかっていなかった……（中略《ちゅうりゃく》）今でも痛《いた》みは残っています。背中《せなか》にね。

骨《ほね》に達するほどのひどい火傷《やけど》を負ったのです」と。(『ナパーム空爆史《くうばくし》 日本人をもっとも多く殺した兵器』より)

暴走《ぼうそう》する国家や政治《せいじ》を恐《おそ》れて、人びとが沈黙《ちんもく》すれば、この恐怖《きょうふ》は、ふたたび、わたしたちに襲《おそ》いかかってくるでしょう。

そうならないために、現代《げんだい》の幸せなお母さんやお父さん、子どもたちに向かって、わたしは、この物語を書きました。どうぞ、お母さんやお父さんも、お子さんと一緒《いっしょ》に読んでください。多くの方に読んでいただくために、わたしはこの本を、おとなだけが読む本にも、子どもだけが読む本にもしませんでした。おとなと子どもが一緒に読んで、話し合ってほしかったからです。

人を愛し、人に愛される多くの人びとの手に、この本が届《とど》きますように……と、強く願って。

二〇一八年　越水《こしみず》 利江子《りえこ》

※注　本文では、個人《こじん》のプライバシーを守るため、人物設定《せってい》や姓名《せいめい》を変えていますが、戦時に起こった事象は、真実を基盤《きばん》にして創作《そうさく》しております。

参考書籍・戦時資料

1『毎日グラフ別冊５　日本の戦歴　満州事変から太平洋戦争まで　秘められた20年の戦場写真集』（毎日新聞社）

2『改訂大阪大空襲　大阪が壊滅した日』著／小山仁示（東方出版）

3『大阪大空襲』　編／大阪大空襲の体験を語る会（大和書房）

4『御民ワレ　ボクラ少国民第２部』著／山中恒（辺境社）

5『撃チテシ止マム　ボクラ少国民第３部』著／山中恒（辺境社）

6『少国民体験をさぐる　ボクラ少国民補巻』著／山中恒（辺境社）

7『追って書き少国民の名のもとに　ボクラ小国民の周辺』著／山中恒（辺境社）

8『間違いだらけの少年Ｈ　銃後生活史の研究と手引き』著／山中恒／山中典子（辺境社）

9『少国民の名のもとに』著／山中恒（小学館）

10『戦争の時代ですよ！　若者たちと見る国策紙芝居の世界』著／鈴木常勝（大修館書店）

11『ボクちゃんの戦場』著／奥田継夫（ポプラ社）

12『私たちの戦争体験　四十年目の自分史』編／辺見じゅん（深夜叢書社）

13『子どもたちの太平洋戦争　国民学校の時代』著／山中恒（岩波新書）

14『ボクラ少国民と戦争応援歌』著／山中恒（朝日文庫）

15『国防婦人会　日の丸とカッポウ着』著／藤井忠俊（岩波新書）

16『ナパーム空爆史　日本人をもっとも多く殺した兵器』著／ロバート・Ｍ・ニーア　訳／田口俊樹（太田出版）

17『米軍資料　ルメイの焼夷電撃戦　参謀による分析報告』著／奥住喜重／日笠俊男（岡山空襲資料センター）

18『B-29 64都市を焼く　1944年11月より1945年８月15日まで』著／奥住喜重（揺籃社）

19『米軍資料　原爆投下の経緯　ウェンドーヴァーから広島・長崎まで』著／奥住喜重／工藤洋三（東方出版）

20『米軍医が見た占領下京都の600日』著／二至村菁（藤原書店）

21『大阪砲兵工廠の八月十四日　歴史と大空襲』編／大阪砲兵工廠慰霊祭世話人会（東方出版）

22『「撃ちてし止まむ」太平洋戦争と広告の技術者たち』著／難波功士（講談社選書メチエ）

23『皇軍兵士の日常生活』著／一ノ瀬俊也（講談社現代新書）

24『平和への願いをこめて 17 国防婦人会（大阪）編　かっぽう着の銃後』編／創価学会婦人平和委員会（第三文明社）
25『銃後の社会史　戦死者と遺族』著／一ノ瀬俊也（吉川弘文館）
26『戦場に行った動物たち　きっと帰って来るよね』著／杉本恵理子（ワールドフォトプレス）
27『あの夏、兵士だった私　96 歳、戦争体験者からの警鐘』著／金子兜太（清流出版）
28『写真が語る日本空襲』編著／工藤洋三／奥住喜重（現代史料出版）
29『日本の都市を焼き尽くせ！　都市焼夷空襲はどう計画され、どう実行されたか』著／発行／工藤洋三
30『日本陸軍がよくわかる事典　その組織、機能から兵器、生活まで』著／太平洋戦争研究会（PHP 文庫）
31『ひと目でわかる「戦前日本」の真実　1936-1945』著／水間政憲（PHP 研究所）
32『ひと目でわかる「大正・昭和初期」の真実 1923-1935』著／水間政憲（PHP 研究所）
33『復刻アサヒグラフ　昭和二十年日本の一番長い年』編／朝日新聞出版
34『戦時中の日本　そのとき日本人はどのように暮らしていたのか？』編／歴史ミステリー研究会（彩図社）
35『終戦直後の日本　教科書には載っていない占領下の日本』編／歴史ミステリー研究会（彩図社）
36『私の学童集団疎開　小学三年生の体験した戦争』著／南部敏明（すずさわ書店）
37『疎開学童の日記　九歳の少女がとらえた終戦前後』著／中根美宝子（中公新書）
38『走れ !!　おとぎ電車　昭和 30 年代の街と暮らし』編／発行／宇治市歴史資料館
39『思い出と写真とモノで綴る　子どもたちの近代誌』編／発行／宇治市歴史資料館
40『写真展　昭和の子どもたち　暮らしと風景の中で』編／発行／宇治市歴史資料館
41『京都の赤レンガ　近代化の遺産』編／前久夫／日向進（京都新聞社）
42『流域紀行　宇治川の原風景をたずねて』編／発行／宇治市歴史資料館
43『戦争のなかの京都』著／中西宏次（岩波ジュニア新書）
44『戦時下の日本人と隣組回報』著／渡邊洋吉（幻冬舎ルネッサンス新書）
45『橋守八百年　あるじ茶のみ咄し』著／発行／通円良三／通円亮太郎
46『通圓茶壺　何を想い何を語るか』著／発行／通円良三／通円亮太郎　写真／夏至満雄
47『続橋守八百年　あるじ茶のみ咄し』著／発行／通円良三／通円亮太郎
48『台所に敗戦はなかった　戦前・戦後をつなぐ日本食』著／魚柄仁之助（青弓社）

参考書籍・戦時資料

49『いのち運んだナゾの地下鉄』著／野田道子（毎日新聞社）
50『犬やねこが消えた　戦争で命をうばわれた動物たちの物語』著／井上こみち（学習研究社）
51『戦争中の暮しの記録』編／暮しの手帖編（暮しの手帖社）
52『ビジュアルブック　語り伝える空襲第４巻　逃げまどう市民たち　大阪大空襲と近畿・四国の空襲』著／安斎育郎（新日本出版社）
53『続々大阪古地図むかし案内　戦中～昭和中期編』著／本渡章（創元社）
54『パンプキン！　模擬原爆の夏』著／令丈ヒロ子（講談社）
55『輝く蔵　７歳少年の大阪大空襲体験記』著／三宅茂樹（文芸社）
56『わたしが子どものころ戦争があった　児童文学者が語る現代史』編／野上暁（理論社）
57『子どもたちへ、今こそ伝える戦争　子どもの本の作家たち19人の真実』著／長 新太／和歌山静子／那須正幹／長野ヒデ子／おぼまこと／立原えりか／田島征三／山下明生／いわむら かずお、三木卓／間所ひさこ／今江祥智／杉浦範茂／那須田稔／井上洋介／森山京／かこさとし／岡野薫子／田畑 精一（講談社）
58『戦争を語りつぐ―女たちの証言』著／早乙女勝元（岩波新書）
59『写真版 東京大空襲の記録』編著／早乙女勝元（新潮文庫）
60『早乙女勝元―炎の夜の隅田川レクイエム』著／早乙女勝元（日本図書センター）
61『幻の声― NHK 広島８月６日』著／白井久夫（岩波新書）
62『ぼんぼん』著／今江祥智（岩波少年文庫）
63『ななしのごんべさん』著／田島征彦／吉村敬子（童心社）
64『猫は生きている』作／早乙女勝元　絵／田島征三（理論社）
65『それでも、日本人は「戦争」を選んだ』著／加藤陽子（新潮文庫）
66『ときを紡ぐ（上）昔話をもとめて』著／小澤俊夫（小澤昔ばなし研究所）
67『灼熱の迷宮から。　ミンドロ島から奇跡の生還　元日本兵が語る平和への夢』著／中野重平　聞き書き／佐藤竜一（熊谷印刷出版部）
68『わが青春の記録』画文／四國五郎（三人社）

［作］越水《こしみず》利江子《りえこ》

高知県で生まれ、京都府で育つ。『風のラヴソング』（岩崎書店）で芸術選奨新人賞、日本児童文学者協会新人賞を受賞。『あした、出会った少年花明かりの街で』（ポプラ社）で日本児童文芸家協会賞を受賞。主な作品に、「忍剣花百姫伝」シリーズ（ポプラ社）、「恋する新選組」シリーズ（角川書店）、『うばかわ姫』（白泉社）、「まじょもりのこまじょちゃん」シリーズ（ポプラ社）、「百怪寺・夜店」シリーズ（あかね書房）などがある。児童文学にとどまらず、ファンタジー小説、時代小説、絵本、伝記、古典・名作の抄訳など幅広いジャンルで活躍している。季節風同人。

［絵］牧野《まきの》千穂《ちほ》

福岡県生まれ。ステーショナリーメーカーの商品企画デザイナーを経て画家となる。『魔法使いの弟子たち』（作 井上夢人／講談社）他で第40回講談社出版文化賞受賞、絵本『うきわねこ』（作 蜂飼耳／ブロンズ新社）で第59回産経児童出版文化賞ニッポン放送賞を受賞。装画の仕事に、『羊と鋼の森』（作 宮下奈都／文藝春秋）、『34丁目の奇跡』（作 ヴァレンタイン・デイヴィス・訳 片岡しのぶ／あすなろ書房）など、児童書に『犬と私の10の約束 バニラとみもの物語』（作 さとうまきこ／ポプラ社）など、絵本に『くうきにんげん』（作 綾辻行人・監修 東 雅夫／岩崎書店）などがある。

［装丁］わたなべ ひろこ

ノベルズ・エクスプレス38

ガラスの梨

ちいやんの戦争

2018年7月　第1刷
2019年5月　第2刷

作——越水利江子
絵——牧野千穂
JASRAC出1804566-902

発行者—千葉 均
編集——井出香代
発行所—株式会社ポプラ社
〒102-8519
東京都千代田区麹町4-2-6　8・9F
電話——(編集)03-5877-8108
(営業)03-5877-8109
ホームページ　www.poplar.co.jp
印刷——中央精版印刷株式会社
製本——株式会社ブックアート

ISBN978-4-591-15908-8　N.D.C.913　359p　19cm

落丁本・乱丁本はお取り替えいたします。

小社宛にご連絡下さい。

電話 0120-666-553　受付時間は月～金曜日、9:00～17:00(祝日・休日は除く)

読者の皆様からのお便りをお待ちしております。

いただいたお便りは、著者にお渡しいたします。

P4056038